Née et élevée dans le Michigan, dans une famille d'artistes, d'intellectuels et de musiciens, **RUTA SEPETYS** est la fille d'un réfugié lituanien dont le père, officier, menacé de mort par Staline, a été emprisonné pendant huit ans dans un goulag. Elle fait des études de finance internationale et vit quelque temps en Europe, notamment à Paris. Puis elle s'installe à Los Angeles pour travailler dans l'industrie de la musique. Elle vit aujourd'hui dans le Tennessee avec son mari, se consacrant à l'écriture, à la recherche historique et à la rencontre de ses lecteurs. Elle est le seul écrivain à avoir été décoré de la croix de chevalier de l'Ordre par le président de la République de Lituanie, pour son roman *Ce qu'ils n'ont pas pu nous prendre*.
L'écriture du *Sel de nos larmes*, inspirée par la cousine de son père, qui a échappé au naufrage, lui a demandé trois ans de voyages, de lectures, d'entretiens et d'enquêtes à travers toute l'Europe.

Retrouvez Ruta Sepetys sur son site : rutasepetys.com
et sur Facebook : facebook.com/rutasepetys

Le sel de nos larmes

Ruta Sepetys

Le sel de nos larmes

Traduit de l'anglais (américain)
par Bee Formentelli

Titre original : *Salt to the sea*
Édition originale publiée aux États-Unis par Philomel Books, une filiale de Penguin Young Readers Group, un département de Penguin Group (USA) Inc.

Éditions de Noyelles,
avec l'autorisation des Éditions Gallimard Jeunesse

31, rue du Val de Marne, Paris.

ISBN : 978-2-298-15835-9

À *mon père,*
mon héros

« Nous, les survivants,
ne sommes pas les vrais témoins.
Les vrais témoins, ceux qui sont dépositaires
de l'innommable vérité, sont les engloutis,
les morts, les disparus. »
Primo Levi

DANEMARK
SUÈDE
1945
VUE D'ENSEMBLE
STEUBEN
BORNHOLM
(DANEMARK)
KIEL
SASSNITZ
BERLIN
ALLEMAGNE
HEIDELBERG

LETTONIE
ER BALTIQUE
BIRŽAI
LITUANIE
WILHELM
GUSTLOFF
GOYA
PILLAU
TILSIT
KAUNAS
VILNIUS
INSTERBURG
KÖNIGSBERG
GOTENHAFEN
NEMMERSDORF
PRUSSE
ORIENTALE
FRAUENBURG
VARSOVIE
POLOGNE
LWÓW
TCHÉCOSLOVAQUIE

JOANA

La culpabilité n'a de cesse de vous poursuivre.

Ma conscience, railleuse, me cherchait querelle comme un enfant de mauvaise humeur.

C'est entièrement ta faute, chuchota la voix.

J'accélérai le pas et rattrapai notre petit groupe. « Si jamais les Allemands nous trouvent sur cette route de campagne, pensai-je, ils nous chasseront aussitôt. » Les routes étaient réservées aux militaires. Les autorités n'avaient pas encore émis d'ordres d'évacuation, et quiconque était surpris à fuir la Prusse-Orientale se voyait catalogué comme déserteur. Mais peu importait ! C'était déjà mon cas quatre ans plus tôt, quand j'avais fui la Lituanie.

La Lituanie.

J'avais quitté mon pays en 1941. Que se passait-il là-bas ? Fallait-il croire aux rumeurs effroyables qui se propageaient de rue en rue à voix basse ?

Nous approchions d'un remblai sur le côté de la route. Le petit garçon qui marchait devant moi poussa un cri aigu en désignant quelque chose du doigt. Deux jours plus tôt, il était sorti de la forêt, seul, et avait commencé tranquillement à nous suivre.

– Hé, petit bonhomme, avais-je demandé, quel âge as-tu ?

– Six ans.

– Avec qui voyages-tu ?

Il s'était arrêté pour répondre, tête baissée :

– Ma *Omi*.

J'avais alors essayé de voir si sa grand-mère avait émergé des bois.

– Où est ta *Omi* maintenant ?

Le petit garçon avait levé vers moi des yeux clairs écarquillés.

– Elle ne s'est pas réveillée.

Voilà pourquoi il faisait route avec nous. Assez souvent, il s'écartait un peu du groupe pour rester devant ou derrière. Et à présent, il restait planté là, indiquant du doigt une étoffe de laine sombre qui voletait sous une meringue de neige.

J'adressai un signe de la main à ceux qui me précédaient et, quand ils furent un peu plus loin, je courus jusqu'à l'amas de neige qu'il avait désigné. Le vent souleva une couche de flocons glacés, dévoilant le visage bleui d'une femme morte, d'une vingtaine d'années. Elle avait la bouche et les yeux grands ouverts, comme figés par la peur. Je fouillai ses poches glacées, mais elles avaient déjà été explorées. Dans la doublure de sa veste je trouvai ses papiers d'identité. Je les fourrai à l'intérieur de mon manteau dans l'intention de les transmettre à la Croix-Rouge, puis je traînai son corps à l'écart de la route. Elle avait beau n'être plus qu'un cadavre gelé, la seule idée de voir les tanks rouler sur son corps m'était insupportable.

Je rejoignis en hâte le groupe. Le Petit Garçon Perdu se tenait au beau milieu du chemin, tandis que la neige tombait tout autour de lui.

– Elle ne s'est toujours pas réveillée ? demanda-t-il à voix basse.

Je secouai la tête et pris sa petite main emmitouflée dans la mienne.

C'est alors que nous avons entendu tous deux, à quelque distance, une détonation.

FLORIAN

Le destin n'a de cesse de vous poursuivre.

Un essaim de moteurs bourdonnait au-dessus de moi. *Der Schwarze Tod*, « la Mort noire » : c'était le nom qu'on leur donnait. Je me cachai sous les arbres. Les avions n'étaient pas visibles, mais je sentais leur présence. Toute proche. Cerné par l'obscurité, je soupesai mes chances. Il y eut une explosion et la mort se rapprocha, enroulant ses longs doigts de fumée autour de moi.

Je me mis à courir.

Mes jambes, molles, déconnectées de mon esprit qui tournait à toute vitesse, se dérobaient sous moi. J'aurais voulu les remuer, avancer, mais il y avait autour de mes chevilles comme un nœud coulant que ma conscience serrait de plus en plus fort.

– Tu es un jeune homme plein de talent, Florian, avait dit Mère.

– Tu es prussien. À toi de prendre tes propres décisions, fils, avait dit Père.

Aurait-il approuvé mes décisions, et qu'aurait-il pensé des secrets que je transportais sur mon dos ? Au milieu de cette guerre entre Hitler et Staline, Mère eût-elle continué à me trouver plein de talent ou bien m'eût-elle jugé criminel ?

Les Soviétiques me tueraient. Mais ils commenceraient sans doute par me torturer : comment ? Les nazis me tueraient, mais seulement s'ils découvraient mon plan. Combien de temps pourrait-il rester secret ? Toutes ces questions me propulsèrent en avant. Tandis que je battais la forêt en tâchant d'esquiver les branches, une main agrippée à mon côté, je serrais mon revolver dans l'autre. À chacun de mes pas, à chacune de mes respirations, la douleur se réveillait, et du sang filtrait de la blessure infectée.

Le bruit des moteurs s'estompa. J'étais en cavale depuis des jours et des jours, et mon esprit était aussi las que mes jambes. Le prédateur s'attaque aux faibles et aux épuisés. Il fallait que je me repose. Mon allure se réduisit peu à peu à un petit trot, puis à une simple marche. À travers les arbres denses de la forêt, j'aperçus soudain un vieux cellier à pommes de terre dissimulé par des branches. Je m'y jetai.

Nouvelle détonation.

EMILIA

La honte n'a de cesse de vous poursuivre.

Je vais me reposer un moment. J'ai bien un moment, n'est-ce pas ? Je me glisse à l'autre bout du cellier. La terre est froide et dure. Le sol vibre. Les soldats ne sont pas loin. J'aurais mieux fait de poursuivre mon chemin mais je me sens trop fatiguée. C'est une bonne idée d'avoir mis des branches au-dessus de l'entrée du cellier. Personne ne songerait à s'aventurer aussi loin de la route. À moins que ?

J'enfonce mon bonnet de laine rose jusqu'aux oreilles et je boutonne mon manteau jusqu'au cou. Malgré toutes mes couches de vêtements, je ressens la morsure du froid de janvier. Mes doigts ont perdu toute sensibilité. Je ne peux m'empêcher de penser à August.

Mes yeux se ferment.

Puis se rouvrent.

Un soldat russe est là.

Penché au-dessus de moi avec une lampe de poche, il me donne de petits coups dans l'épaule avec son revolver.

D'un bond, je me jette en arrière.

– *Fräulein*, dit-il avec un petit sourire tordu,

manifestement content que je sois en vie. *Komme, Fräulein*. Quel âge as-tu ?

– Quinze ans, murmuré-je. S'il vous plaît, je ne suis pas allemande. *Nicht Deutsche*.

Il n'écoute pas, ne comprend pas ou s'en moque. Tout en pointant son revolver sur moi, il me tire par la cheville.

– Chh, *Fräulein*, fait-il en coinçant son arme sous mon menton.

J'implore. Les mains posées sur mon ventre, je supplie.

Il s'avance vers moi.

Non. Cela ne se produira pas. Je détourne la tête.

– Tuez-moi, soldat. S'il vous plaît.

Soudain, une détonation.

ALFRED

La peur n'a de cesse de vous poursuivre.

Cependant, braves guerriers que nous sommes, nous envoyons promener la peur d'un simple mouvement du poignet. Nous lui rions au nez, nous l'expédions d'un coup de pied de l'autre côté de la rue comme un vulgaire caillou. Oui, Hannelore, je commence par composer ces lettres dans ma tête, car je ne peux pas abandonner mes hommes chaque fois que je pense à toi.

Tu serais fière de ton vigilant compagnon, le matelot Alfred Frick. Aujourd'hui j'ai sauvé la vie d'une femme sur le point de tomber à la mer. Ce n'était rien en réalité, mais elle m'était si reconnaissante qu'elle s'est agrippée à moi, refusant de me lâcher.

– Merci, matelot.

Son haleine tiède s'est attardée au creux de mon oreille. Elle était très jolie et sentait les œufs frais, mais les jolies filles reconnaissantes ne manquent pas. Oh, ne t'inquiète surtout pas à ce sujet ! Toi avec ton pull-over rouge, tu es toujours au premier plan de mes pensées. Tu ne te doutes pas avec quelle tendresse, avec quelle constance, je songe aux jours heureux en compagnie de mon Hannelore au pull rouge.

Je suis content que tu ne sois pas ici et que tu ne puisses voir les choses affreuses qui se passent dans le port de Gotenhafen. Ton petit cœur en sucre ne le supporterait pas. En ce moment même, je veille sur de dangereux explosifs. Je sers l'Allemagne de mon mieux. Dix-sept ans à peine, et plus courageux pourtant que ceux qui ont le double de mon âge. On parle d'une cérémonie en mon honneur, mais je suis trop occupé à me battre au nom du Führer pour accepter des distinctions honorifiques. Les honneurs sont réservés aux morts, ai-je répondu. Il faut combattre tant que l'on est en vie !

Oui, Hannelore, je le prouverai à l'Allemagne tout entière. En vérité, il y a un héros qui sommeille en moi.

Nouvelle détonation.

J'ai laissé là ma lettre imaginaire pour m'accroupir dans le placard des réserves, espérant que personne ne me trouverait. Je n'ai aucune envie d'aller dehors.

FLORIAN

J'étais dans le cellier de la forêt, le revolver toujours braqué sur le cadavre du soldat russe. L'arrière de sa tête s'était détaché de son crâne. Je roulai son corps loin de la femme.

Ce n'était pas une femme, mais une très jeune fille. Avec un bonnet de laine rose. Elle s'était évanouie.

Je fouillai les poches gelées du soldat russe et pris, outre son arme, des cigarettes, une flasque d'alcool, une saucisse emballée dans du papier et des cartouches. Il portait deux montres à chaque poignet – trophées arrachés à ses victimes. Je n'y touchai pas.

Accroupi dans un coin, je passai en revue la chambre froide, à la recherche de signes de nourriture – en vain. Je rangeai les cartouches dans mon paquetage, veillant à ne pas bousculer la petite boîte enveloppée dans un linge. Le coffret. Comment un objet aussi petit pouvait-il détenir un tel pouvoir ? Mais n'a-t-on pas fait de guerres sous des prétextes encore plus futiles ? Étais-je vraiment disposé à mourir pour cette cause ? Je mordillai la saucisse desséchée, et l'eau me vint à la bouche.

Le sol vibra légèrement.

Ce Russe n'était pas seul. Il en viendrait d'autres. Je ne pouvais pas rester là.

Je débouchai la flasque et la portai à mes narines. De la vodka. Je déboutonnai mon manteau, puis ma chemise et versai une large rasade d'alcool sur mon flanc. L'intensité de la douleur produisit un éclair devant mes yeux. Ma chair entaillée sembla se tordre. Je respirai un grand coup et, réprimant un cri, je répandis sur la plaie le reste de la vodka.

La fille remua sur la terre battue. Détournant brusquement la tête du Russe mort, elle scruta le revolver à mes pieds et la flasque vide dans ma main. Puis, elle s'assit et cligna des yeux. Son bonnet rose glissa à terre. Un pan de son manteau était maculé de sang. Elle se mit à farfouiller dans sa poche.

Jetant la flasque, je m'emparai de l'arme.

Elle ouvrit la bouche pour dire quelques mots.

Une Polonaise.

EMILIA

Le soldat russe me fixe, la bouche ouverte, le regard vide.

Il est mort.

Que s'est-il passé ?

Accroupi dans un coin du cellier, il y a un jeune homme en civil. Son manteau et sa chemise sont déboutonnés, montrant une chair ensanglantée et meurtrie, d'un violet sombre. Il brandit un revolver. Va-t-il tirer sur moi ? Non, il a tué le Russe. Il m'a sauvé la vie.

– Est-ce que ça va ? questionné-je d'une voix que je reconnais à peine.

Je crois voir son visage grimacer au son de ces quelques mots.

Il est allemand.

Je suis polonaise.

Pour rien au monde, il ne voudra avoir affaire à moi. Adolf Hitler a déclaré que les Polonais étaient des sous-hommes. Ils doivent être anéantis afin que les Allemands puissent disposer de la Pologne – territoire dont ils ont besoin pour établir leur empire. Selon Hitler, les Allemands, supérieurs aux autres races, ne peuvent vivre au milieu des Polonais. Nous ne sommes pas « germanisables ». Mais notre sol l'est.

Tirant une pomme de terre de ma poche, je la lui tends.

– Merci.

La terre battue vibre légèrement. Combien de temps s'est-il écoulé ?

– Il faut partir, lui dis-je.

Je m'efforce de parler le meilleur allemand possible. Dans ma tête, les phrases semblent correctes, mais je ne suis pas certaine qu'elles le soient toujours en sortant de ma bouche. Parfois, lorsque j'essaye de parler allemand, les gens se moquent de moi, et je sais alors que je n'ai pas employé les mots appropriés. En baissant le bras, je remarque que ma manche est éclaboussée de sang. Du sang russe. Tout cela ne finira-t-il donc jamais ? Je sens des larmes s'amasser quelque part au fond de moi. Je ne veux pas pleurer. Surtout pas.

L'Allemand me regarde. Il semble autant épuisé qu'irrité. Mais je comprends.

Ses yeux fixés sur la pomme de terre disent : *J'ai faim, Emilia.*

Le sang séché sur sa chemise indique : *Je suis blessé, Emilia.*

Mais la manière dont il se cramponne à son paquetage m'en dit beaucoup plus.

Ne touche pas à ça, Emilia.

JOANA

Nous étions quinze réfugiés à progresser laborieusement sur la route étroite. Le soleil avait fini par capituler, et la température avait chuté. Devant moi, il y avait une charrette tirée par un cheval ; à l'arrière était fixée une corde à laquelle se cramponnait une jeune aveugle, Ingrid. Si j'avais pour ma part des yeux pour voir, je partageais toutefois un handicap avec elle : nous marchions toutes deux dans un sombre corridor de combat, sans rien voir de ce qui s'étendait devant nous. Peut-être sa cécité était-elle une bénédiction. Ingrid pouvait entendre et sentir des choses que le reste d'entre nous était incapable de percevoir.

Avait-elle entendu le dernier souffle du vieil homme au moment où il avait glissé sous les roues d'une charrette quelques kilomètres plus tôt ? Avait-elle eu un goût de fer dans la bouche quand elle avait marché sur le sang frais dans la neige ?

– Crise cardiaque. Elles l'ont tuée, dit une voix derrière moi.

C'était le vieux cordonnier. Je m'arrêtai pour lui laisser le temps de me rattraper.

– Le corps gelé de la femme, là-bas, derrière nous, poursuivit-il. Ses chaussures l'ont tuée. Je ne cesse de le répéter, mais personne ne m'écoute. Les chaussures de mauvaise qualité blessent les pieds, entravent la marche, et l'on finit par ne plus avancer.

Il me serra le bras. Son doux visage couleur brique émergea de dessous son chapeau.

– Et alors on meurt, chuchota-t-il encore.

Le vieil homme ne parlait que de chaussures. Il en parlait avec un tel amour, une telle émotion qu'une femme de notre groupe l'avait baptisé le Poète de la Chaussure. La femme avait disparu le lendemain mais le surnom était resté.

– Les chaussures racontent toujours l'histoire de leur propriétaire, ajouta-t-il.

– Pas toujours, rétorquai-je.

– Si, toujours. Vos bottes, par exemple. Elles sont de bonne qualité et valent cher. Ce qui me dit que vous venez d'une famille riche. Mais leur style est démodé. J'en conclus qu'elles appartenaient probablement à votre mère. Qu'une mère s'en est privée pour sa fille. Je sais donc que vous êtes aimée, mon petit. Or votre mère n'est pas ici, ce qui me permet de déduire qu'elle vous manque et que vous êtes triste, ma chère. Les chaussures racontent l'histoire de ceux qui les portent.

Je fis halte au beau milieu de la route gelée et regardai le vieux cordonnier marcher d'un pas traînant devant moi. Le Poète de la Chaussure avait raison. Mère s'était sacrifiée pour moi. Quand nous avions dû fuir la Lituanie, elle m'avait emmenée sur-le-champ à Insterburg et avait fait en sorte que j'obtienne un travail à l'hôpital, grâce à un ami. C'était il y a quatre ans. Où était Mère à présent ?

Je pensai aux innombrables réfugiés en marche vers la liberté. Des millions de personnes avaient perdu leur famille, leur maison, leur pays pendant la guerre. Lorsque Mère m'avait dit de regarder vers l'avenir, j'avais acquiescé, mais dans le secret de mon cœur, je rêvais de retourner dans le passé. Quelqu'un avait-il entendu parler de mon père et de mon frère ?

La jeune aveugle leva son visage vers le ciel et tendit le bras pour nous avertir.

C'est alors que je les entendis.

Les avions.

FLORIAN

À peine venions-nous de sortir en rampant du cellier à pommes de terre que la Polonaise se mit à pleurer. Elle avait compris que j'allais la quitter.

Je n'avais pas le choix. Elle me ralentirait.

Hitler avait l'intention d'éliminer tous les Polonais. C'étaient des Slaves, catalogués comme inférieurs. Selon mon père, les nazis avaient massacré des millions de Polonais. Les intellectuels avaient été sauvagement exécutés en public. Hitler avait installé des camps d'extermination dans la Pologne occupée, imprégnant ainsi la terre polonaise du sang d'innocents juifs.

Hitler était un lâche. C'était là au moins un point sur lequel Père et moi étions d'accord.

– *Prosze... bitte*, implora-t-elle, alternant entre le polonais et un allemand boiteux.

Il m'était insupportable de la regarder, de regarder sa manche maculée de sang. Je commençai à m'éloigner, poursuivi par ses sanglots convulsifs.

– Attendez, lança-t-elle. S'il vous plaît.

Le son de ses pleurs m'était douloureusement familier. Il avait l'exacte tonalité de ceux de ma petite sœur, Anni, quand je l'avais entendue sangloter à l'autre bout du vestibule, le jour où Mère avait rendu son dernier soupir.

Anni. Où était-elle ? Se trouvait-elle aussi dans un trou au fond d'une forêt sombre, avec un revolver sur la tempe ?

Une douleur aiguë me déchira le côté de part en part, m'obligeant à faire halte. J'entendis les pieds de la jeune fille se hâter derrière moi. Je repris ma marche.

– Merci, pépia-t-elle.

Le soleil disparut, et le froid resserra son étau. D'après mes estimations, j'avais encore environ deux kilomètres à parcourir en direction de l'ouest avant de m'arrêter pour la nuit. J'avais plus de chances de trouver un abri le long d'une route de campagne, mais plus de chances aussi de tomber sur des troupes. Il était plus sage de continuer à suivre la lisière de la forêt.

La Polonaise le perçut avant moi. Elle m'empoigna le bras. Le vrombissement des moteurs d'avion s'amplifia très vite, soudain tout proche, dans notre dos déjà. Les Russes visaient l'armée de terre allemande. Mais il était difficile de les localiser. Étaient-ils devant nous ou tout près de nous ?

Les bombes se mirent à pleuvoir. À chaque explosion, chacun des os de mon corps semblait émettre de puissantes vibrations, infligeant à ma chair de violentes secousses. Le bruit du feu antiaérien retentit à travers le ciel, répondant aux premières explosions.

La petite Polonaise essaya de me tirer en avant. Je la repoussai brutalement.

– Cours !

Elle secoua la tête, désignant quelque chose à

l'horizon, et tenta maladroitement de m'entraîner à travers la neige. J'aurais voulu m'enfuir, l'oublier, l'abandonner dans la forêt. C'est alors que je vis des gouttelettes de sang tomber dans la neige, de dessous son épais manteau.

Et cela me fut impossible.

EMILIA

Il veut m'abandonner. Il n'y a de place dans sa vie que pour sa mission.

Quel est donc ce garçon allemand – en civil, alors qu'il a l'âge d'être incorporé dans la *Wehrmacht* ? Pour moi, c'est un conquérant, un chevalier endormi, comme dans les histoires que Mama me racontait. Comme dans la légende polonaise évoquant un roi et ses courageux chevaliers endormis dans une caverne de montagne. Si la Pologne se trouvait un jour dans une situation de détresse, les chevaliers s'éveilleraient pour lui porter secours.

Le beau jeune homme qui m'a sauvé la vie est, je crois, un de ces chevaliers endormis. Il s'élance en avant, prêt à faire feu. Il s'en va.

Pourquoi tout le monde m'abandonne-t-il ?

L'essaim d'avions au-dessus de nos têtes mitraille sans trêve. Le bourdonnement dans mes oreilles me donne le vertige. Une bombe. Puis une autre. La terre tremble, menaçant d'ouvrir toutes grandes ses mâchoires pour nous dévorer.

Je tente de rattraper le garçon, ignorant la douleur, ignorant le sang de la honte qui s'écoule de dessous mon manteau. Je n'ai ni le temps ni le courage d'expliquer pourquoi je ne peux pas courir. Je préfère m'obliger à marcher le plus vite possible dans la neige. Le chevalier court devant moi, se faufilant à travers les arbres, agrippant son côté blessé, se tordant de douleur.

Je n'ai presque plus de force dans les jambes. Je pense aux Russes qui approchent, au canon du revolver appuyé contre mon cou dans le cellier de la forêt. Je voudrais avancer, mais je ne fais que me dandiner comme un canard à travers la neige profonde. Alors tout à coup, la douce mélodie de la comptine de Mama commence à retentir dans ma tête.

Tous les canetons avec leurs têtes dans l'eau
Têtes dans l'eau
Tous les canetons avec leurs têtes dans l'eau
Ah, comme ils sont mignons, ces petits canetons !

Où sont donc passés tous les canetons à présent ?

ALFRED

– Qu'est-ce que vous faites, Frick ?

– Je réapprovisionne en munitions, monsieur, répliqué-je en faisant mine de manipuler quelque chose sur l'étagère.

– Ce n'est pas votre mission, dit l'officier. On a besoin de vous au port et non dans un placard de réserves. L'ordre d'évacuation ne va pas tarder à être émis. Nous devons nous tenir prêts. Nous aurons à affecter tous les vaisseaux disponibles au transport des réfugiés. Si on reste coincés ici, on va se faire baiser par Moscou. C'est ça que vous voulez ?

Certainement pas. Je n'ai aucune envie de rencontrer les forces armées soviétiques, ni même de les entrevoir. Leur chemin de destruction ne cesse de s'étendre. Des villageois pris de panique répandent dans les rues des histoires de soldats russes portant des colliers de dents enfantines. Et à présent, l'armée russe marche sur nous avec ses alliées, l'Amérique et l'Angleterre, qui soufflent dans la voile de Staline. Je dois à tout prix embarquer sur un navire. Rester à Gotenhafen signifie une mort certaine.

– Vous m'avez entendu, Frick ? aboie l'officier.

Vous tenez vraiment à vous faire baiser par Moscou ?

– Non, monsieur !

– Alors prenez vos affaires et filez au port. Une fois là-bas, vous recevrez des instructions plus précises.

Je m'arrête, me demandant si je ne devrais pas chaparder quelque chose dans le placard avant de partir.

– Qu'attendez-vous, Frick ? Fichez-moi le camp, et vite, espèce de pitoyable limace !

Eh bien, oui, Hannelore, l'uniforme me va très bien. Si j'en avais le loisir, je ferais faire une photographie que tu pourrais mettre sur ta table de chevet. Mais hélas ! le temps libre est compté aux hommes de valeur. À propos d'héroïsme, je vais bientôt être promu, à ce qu'il semble.

Oh, bien entendu, ma chérie, tu peux en parler à tous les gens du voisinage !

JOANA

Le petit garçon avait découvert une grange déserte un peu à l'écart de la route. Il fut décidé de nous y installer pour la nuit. Nous marchions depuis des jours et des jours, nous étions à bout de forces, et notre moral était à zéro. Les bombardements avaient mis à vif les nerfs de chacun. J'allais d'un corps à l'autre, soignant de mon mieux ampoules, engelures et blessures. Mais je ne connaissais aucun traitement pour guérir ce qui rongeait le plus les uns et les autres.

La peur.

L'Allemagne avait envahi la Russie en 1941. Ces quatre dernières années, les deux pays avaient commis d'innommables atrocités. Ils ne s'en prenaient pas seulement l'un à l'autre, mais à tous les innocents civils qu'ils trouvaient sur leur chemin. D'horribles histoires, racontées à mi-voix par ceux que nous dépassions sur la route, circulaient. Hitler était en train d'exterminer des millions de Juifs, et sa liste d'indésirables condamnés à la prison ou à la mort ne cessait de s'allonger. Quant à Staline, il avait entrepris de détruire systématiquement les Polonais, les Ukrainiens et les Baltes.

La brutalité des uns et des autres était révoltante. Leurs actes d'une inhumanité scandaleuse.

Bien entendu, personne ne voulait tomber entre les mains de l'ennemi. Le problème, c'est qu'il était de plus en plus difficile de distinguer qui était le véritable ennemi. Quelques jours plus tôt, un vieil homme, un Allemand, m'avait entraînée à l'écart.

– Avez-vous du poison ? Les gens en réclament.

– Je refuse d'administrer du poison, avais-je répliqué.

– Je comprends. Mais vous êtes une jolie fille. Si l'armée russe l'emporte sur la nôtre, vous regretterez de ne pas en avoir.

Je ne savais pas quelle était la part de l'exagération et la part de la vérité dans ses paroles. Mais j'avais effectivement vu des choses. Une fille morte dans un fossé, la jupe nouée haut sur les cuisses ; une vieille femme racontant entre deux sanglots qu'on avait brûlé sa chaumière. Là-bas régnait la terreur. Et cette terreur nous chassait en avant. Voilà pourquoi nous fuyions, cap sur l'ouest, tentant de rejoindre des régions de l'Allemagne qui n'étaient pas encore occupées.

À présent, nous étions tous assis dans une grange abandonnée autour d'un maigre feu improvisé. J'ôtai mes gants pour masser mes mains gercées. Quatre années durant, j'avais travaillé au côté du chirurgien de l'hôpital d'Insterburg. D'abord chargée de l'approvisionnement en produits pharmaceutiques, j'étais devenue l'assistante du chirurgien quand la guerre avait commencé à faire rage et le personnel à diminuer.

– Tu as des mains fermes et l'estomac solide, Joana, m'avait-il dit. Tu feras un bon médecin.

Médecine. Tel avait été mon rêve. J'étais sérieuse, assidue, ardente, peut-être trop. Mon dernier petit ami avait décrété que je lui préférais mes études. Avant même que j'aie pu lui prouver le contraire, il s'était trouvé une autre fille.

Je continuai à me masser les mains, tentant d'insuffler un peu de chaleur à mes doigts raides. Si mes mains ne me préoccupaient guère, en revanche, je m'inquiétais pour ma pharmacie portative. Il ne restait quasiment rien de mon maigre stock. J'avais espéré que la femme morte sur le bas-côté de la route aurait peut-être quelque chose à nous laisser : du fil, du thé ou même un mouchoir propre. Mais rien n'était propre. Tout était crasseux.

En particulier ma conscience.

Tous les yeux se levèrent quand les nouveaux venus entrèrent dans la grange : un jeune homme tenant un revolver à la main suivi d'une fille de petite taille coiffée d'un bonnet rose d'où émergeaient deux nattes blondes. Le visage de la fille était empourpré, sans doute à la suite d'un violent effort ; celui du garçon était rouge, lui aussi.

Rouge de fièvre.

FLORIAN

D'autres nous avaient devancés. Il y avait sous les broussailles une misérable collection de charrettes délabrées – image sans fard de la pénible marche vers la liberté. J'aurais préféré un lieu abandonné, mais je savais que j'étais dans l'incapacité de poursuivre mon chemin. La Polonaise me tira par la manche.

Elle s'était arrêtée dans la neige et regardait les ballots et les paquets entassés devant la grange, tâchant de deviner quels pouvaient en être les contenus respectifs et à quelle catégorie de gens ils pouvaient appartenir. Selon toute apparence, il ne s'agissait pas de militaires.

– Je crois qu'on peut y aller, finit-elle par dire.

J'entrai à sa suite dans la grange.

Une bonne quinzaine de personnes étaient assises là, blotties autour d'un maigre feu. Lorsque je me glissai à l'intérieur et m'attardai un instant près de la porte, leurs visages se tournèrent vers nous. Des mères, des enfants et des personnes âgées. Tous épuisés et dans un état pitoyable. La Polonaise se dirigea droit vers un coin qui n'était pas occupé et s'assit par terre, les bras enveloppant étroitement sa poitrine. Une jeune femme s'approcha de moi.

– Êtes-vous blessé ? J'ai une formation médicale.

Elle parlait couramment l'allemand, mais ce n'était pas sa langue maternelle. Je ne répondis pas. Inutile d'adresser la parole à quiconque.

– Avez-vous de la nourriture à partager ? demanda-t-elle encore.

Ce que je possédais ne regardait personne.

– Et la fille là-bas ? Elle a des choses à manger ? questionna-t-elle en désignant du doigt la Polonaise qui se balançait dans le coin. Elle a des yeux un peu fous.

– Elle était dans la forêt, répondis-je sans la regarder. Coincée par un soldat russe. Elle m'a suivi jusqu'ici. Elle a deux ou trois pommes de terre. Et maintenant, laissez-moi tranquille, ajoutai-je.

La jeune femme avait tressailli à la mention du soldat russe. Elle me quitta pour se diriger en hâte vers la Polonaise.

Ayant repéré un endroit isolé à l'écart du groupe, j'allai m'y asseoir. Je déposai mon paquetage contre le mur de la grange et m'y adossai avec précaution. J'aurais eu plus chaud si je m'étais installé près du feu avec les autres, mais je ne pouvais courir ce risque. Pas de conversations surtout.

Tout en mangeant un petit morceau de la saucisse subtilisée au Russe mort, j'observai la jeune femme, tandis qu'elle essayait d'entamer un dialogue avec la Polonaise de la forêt. Pendant ce temps, d'autres l'appelaient à l'aide. Ce devait être une infirmière. Elle semblait avoir quelques années de plus que moi. Jolie. Naturellement jolie – le genre de fille qui reste attirante, qui l'est même peut-être encore plus quand elle est sale. Tous les occupants de la grange étaient sales. Crasseux même. Il se dégageait d'eux une odeur nauséabonde – odeur de fatigue et de sueur, d'urine et surtout de peur –, plus insupportable que celle de n'importe quel bétail. Mais pour en revenir à l'infirmière, si je l'avais croisée à Königsberg, elle m'aurait tourné la tête.

Je fermai les yeux. Je ne voulais plus regarder la jolie fille. Il me fallait rester capable de la tuer, de les tuer tous, si nécessaire. Mon corps aspirait au sommeil, mais mon esprit vigilant me conseillait de ne faire confiance à personne. Sentant soudain une petite secousse à mes pieds, j'ouvris les yeux.

– Vous n'aviez pas précisé qu'elle était polonaise, dit l'infirmière. Et le Russe ?

– On s'est occupé de lui, répliquai-je. S'il vous plaît, j'ai besoin de dormir.

Elle s'agenouilla auprès de moi. C'est à peine si je l'entendais.

– Ce dont vous avez besoin, rétorqua-t-elle, c'est de me montrer cette blessure que vous essayez de cacher.

EMILIA

Je pense aux charrettes dehors, sur lesquelles sont entassés, jusqu'à une hauteur impressionnante, les biens des réfugiés : malles, valises, meubles… Il y a même une machine à coudre comme celle de Mama.

– Pourquoi est-ce que tu ne fais plus de robes ? lui avais-je demandé un jour dans la cuisine (j'étais perchée, je me souviens, sur l'appui de fenêtre ensoleillé).

Ma mère avait levé les yeux de sa machine à coudre.

– Peux-tu garder un secret ?

Hochant la tête, j'étais descendue en hâte de mon perchoir pour m'approcher d'elle.

– Je crois que c'est un garçon, avait chuchoté Mama avec un sourire en posant les mains sur son ventre épanoui. Je le sens, je le sais.

Elle m'avait serrée étroitement contre elle, et j'avais senti ses lèvres tièdes se poser sur mon front.

– Et tu sais quoi ? avait-elle ajouté. Tu vas être une grande sœur formidable, Emilia – la meilleure des grandes sœurs.

Et me voilà assise dans une grange glaciale, seule, à des kilomètres et des kilomètres de la maison. Toutes ces personnes autour de moi ont eu le temps, elles, de préparer leurs bagages. Des bagages ! J'aurais bien été incapable d'en faire, car ma vie tout entière avait volé en éclats. Qui se servait de la machine à coudre de Mama à présent ?

Le chevalier a beaucoup hésité à entrer dans la grange. Quel est son nom ? Qui fuit-il ? J'ai examiné les charrettes et leur chargement, ballots et paquets, essayant de deviner leur contenu et l'identité de leurs propriétaires pour voir si la grange était un lieu sûr. Mais avions-nous le choix ? Dormir dehors aurait signifié une mort certaine.

Après avoir fourré de la paille à l'intérieur de mon manteau pour avoir plus chaud, je me suis assise. Une fois que j'ai eu cessé de bouger, la douleur qui me tenaillait s'est enfin apaisée. J'ai enfoui mon visage dans mes mains.

Une main touche soudain mon épaule.

– Ça va ?

Levant les yeux, je vois une jeune femme debout près de moi. Elle parle allemand, mais avec un accent. Elle a des cheveux châtain foncé tirés en arrière et un visage agréable.

– Êtes-vous blessée ? me demande-t-elle.

Je m'efforce de contrôler la situation.

Je lutte contre la tentation de parler.

Alors une unique larme vient rouler le long de ma joue.

– Où avez-vous mal ? chuchote-t-elle en se rapprochant encore. J'ai une formation médicale.

M'enveloppant plus étroitement de mon manteau, je secoue la tête.

– Non, je n'ai pas mal. *Danke*.

La jeune infirmière penche légèrement la tête. Mon accent me trahit.

– *Deutsche?* murmure-t-elle.

Je ne réponds pas. Les autres me dévisagent. Si je partage avec eux mes maigres provisions, ils me laisseront peut-être tranquille. Tirant une pomme de terre de la poche de mon manteau, je la lui tends.

Une pomme de terre pour acheter le silence.

JOANA

L'arrivée de l'Allemand et de la jeune fille polonaise m'avait mise mal à l'aise. Aucun d'eux ne parlait ouvertement. À voir les regards nerveux que la fille lançait autour d'elle et ses épaules qui tremblaient, on se disait qu'elle avait sans doute subi un traumatisme quelconque. Je m'approchai d'Eva. C'était une femme d'une cinquantaine d'années à la stature de Viking. Elle avait des pieds et des mains non pas d'homme, mais de géant. Un membre de notre groupe l'avait surnommée Eva la Désolée, car elle faisait souvent des déclarations effroyables tout en glissant, avant ou après, le mot « désolée », comme pour adoucir l'effet de ses propos ; mais la plupart l'appelaient Eva la Géante ou la Géante.

– Eva, vous parlez un peu le polonais, n'est-ce pas ? chuchotai-je.

– Pas que je sache.

– Je ne le dirai à personne. Cette pauvre fille souffre. Je crois qu'elle est polonaise. Voulez-vous essayer de lui parler ? La convaincre d'accepter mon aide ?

– Qui est l'Allemand avec lequel elle est entrée et pourquoi n'est-il pas en uniforme ? Nous n'avons pas l'autorisation d'évacuer. Si les hommes de main d'Hitler nous trouvent en compagnie d'un déserteur, ils nous tireront une balle dans la tête. Désolée.

– Qui vous dit que c'est un déserteur ? On n'en sait rien. J'ignore qui il est. Tout ce que je sais, c'est qu'il est blessé. Il a trouvé la jeune fille dans la forêt. Coincée par un soldat russe, ajoutai-je en baissant la voix.

– À quelle distance d'ici ? s'enquit Eva, le visage blême.

– Aucune idée. Essayez de lui parler. D'obtenir quelques informations.

Bien que trop âgé pour servir dans la *Wehrmacht*, le mari d'Eva avait été enrôlé dans la *Volkssturm*, l'armée du peuple. Hitler, aux abois, avait mobilisé tous les hommes et les garçons qui restaient. Et pourtant, le jeune homme assis à l'autre bout de la grange n'avait pas fait partie du recrutement. Pourquoi ?

Le mari d'Eva était sûr et certain qu'Hitler allait perdre la guerre et que les Russes finiraient par occuper la Prusse-Orientale, détruisant tout sur leur passage. Sur sa prière insistante, Eva avait pris le chemin de l'ouest.

Au lycée, on nous avait appris que la Prusse-Orientale, bordée au nord par la Lituanie et au sud par la Pologne, était une des plus belles régions d'Allemagne. Cette superbe région, terre de lacs profonds et de sombres forêts, ne s'en était pas moins révélée très dangereuse pour les fugitifs. Le projet d'Eva n'était pas différent de celui des autres réfugiés : gagner à pied la partie de l'Allemagne qui n'était pas encore occupée et retrouver sa famille, une fois la guerre finie.

Pour l'instant, je m'occupais de mon mieux des membres de notre groupe. Beaucoup d'entre eux s'étaient endormis, à peine assis par terre.

– Les pieds, me rappela doucement le Poète de la Chaussure quand je passai devant lui. Veillez à soigner leurs pieds, sinon tout est perdu.

– Et vos pieds à vous ? demandai-je.

La silhouette trapue du cordonnier était curieusement concave, comme s'il avait attrapé un gros ballon et ne l'avait plus jamais lâché.

– Oh, je pourrais parcourir facilement plus de mille cinq cents kilomètres, ma chère enfant ! répondit-il avec un grand sourire. J'ai d'excellentes chaussures.

– Vous avez raison, dit alors Eva en me tirant à l'écart : polonaise, de Lwów. Elle s'appelle Emilia et elle a quinze ans. Mais elle n'a pas de papiers.

– Où est Lwów ? m'enquis-je.

– Dans le sud-est de la Pologne, en Galice.

Ça tenait debout. Un certain nombre de Galiciens avaient les cheveux blonds et les yeux bleus comme la jeune fille. Son apparence aryenne la protégerait peut-être des nazis.

– Si j'ai bien compris, poursuivit Eva, son père est professeur de maths ou quelque chose comme ça. Il l'a envoyée en Prusse-Orientale, s'imaginant qu'elle serait plus en sécurité là-bas. Elle a fini par travailler dans une ferme. Près de Nemmersdorf, ajouta-t-elle à voix basse.

– Non, murmurai-je.

Eva acquiesça d'un signe de tête.

– Elle n'a pas voulu en parler. Juste dit qu'elle s'était échappée de Nemmersdorf et que, depuis, elle était en cavale.

Nemmersdorf.

Tout le monde était au courant. Quelques mois plus tôt, le 22 octobre plus exactement, l'Armée rouge avait fait irruption dans ce village, commettant des crimes et des exactions d'une insigne cruauté. Des femmes avaient été clouées vives aux portes des granges, des enfants mutilés. La nouvelle du massacre s'était rapidement propagée, semant la panique dans toute la population. Beaucoup avaient fait leurs bagages sans attendre et pris le chemin de l'ouest, terrifiés à l'idée que leur village serait le prochain à tomber entre les mains des troupes staliniennes. Et cette jeune fille s'était trouvée là au moment du massacre.

– Pauvre créature ! chuchotai-je à Eva. Et l'Allemand m'a dit qu'un soldat russe l'avait trouvée dans la forêt.

– Où est ce Russe ? questionna Eva, manifestement inquiète.

– Je crois qu'il l'a tué.

Je souffrais pour Emilia. Qu'avait-elle vu ? Au plus profond de moi, je connaissais la vérité. Hitler expulsait les jeunes Polonaises comme Emilia pour les remplacer par des Allemandes d'origine balte dont l'ascendance était aryenne. Alors que mon père était lituanien comme moi, ma mère avait des racines allemandes. Ce qui nous a permis de fuir Staline – pour tomber dans les cruels bras d'Hitler !

– Vous savez, dit Eva, il se peut que les choses aient été pires pour elle.

– Que voulez-vous dire ?

– Mon mari m'a expliqué qu'Hitler soupçonnait tous les intellectuels polonais de se livrer à des activités antinazies. Les professeurs émérites de Lwów ont tous été exécutés. Aussi le père de la fille, désolée, a sans doute été étranglé avec de la corde à piano et…

– Arrêtez, Eva.

– Nous ne pouvons pas emmener cette fille avec nous. Son manteau est éclaboussé de sang. Elle a manifestement des problèmes. Et elle est polonaise.

– Et moi, je suis lituanienne. Comptez-vous me jeter dehors, moi aussi ?

J'étais lasse de tout cela. Lasse d'entendre cette phrase : *les Allemands seulement*. Pouvait-on tourner le dos à d'innocents enfants sans foyer ? C'étaient des victimes, non des soldats. Mais je savais que les autres ressentaient les choses différemment.

Je jetai un coup d'œil à la jeune fille assise à l'écart. Des larmes sillonnaient son visage noir de crasse. Elle avait quinze ans et elle était seule au monde. Ses larmes me rappelaient quelqu'un. Une petite porte s'entrouvrit dans mon esprit, et la sombre voix de ma conscience se glissa dans l'embrasure.

C'est entièrement ta faute.

FLORIAN

Je regardais l'infirmière aller d'une personne à l'autre avec sa mallette de cuir brun et soigner comme elle pouvait les maux de chacun. J'avais de la fièvre et je savais que je devais m'en débarrasser pour continuer ma route. La plaie s'étendait à présent au-delà de mon flanc, de sorte que je ne pouvais ni l'atteindre ni la voir. Peu importait que j'aie ou non confiance en cette jeune femme. De toute façon, je ne la croiserais plus jamais. Quand elle jeta un coup d'œil de mon côté, je hochai la tête.

– Changé d'avis ? demanda-t-elle.

– Quand tout le monde sera endormi, chuchotai-je.

Je ne fus pas long à attendre. Dans la grange, ce ne fut bientôt plus que convulsions et soubresauts, geignements et ronflements. L'infirmière fit cuire une pomme de terre et la mangea. En dépit de sa faim, elle mangeait lentement, délicatement, petite bouchée par petite bouchée. C'était une fille bien née.

Après quoi, elle s'approcha de moi avec sa mallette.

– Blessure par balle ? murmura-t-elle.

Je secouai la tête. J'ôtai avec précaution la

manche de mon manteau, réprimant une grimace. J'étais allongé sur le côté, la tête tournée vers la gauche. Ma chemise collait à la large plaie couverte d'une épaisse croûte de sang coagulé. Elle la détacha doucement de cette croûte sans émettre le moindre son, à la différence des autres filles qui ne peuvent s'empêcher de pousser des « oh ! » et des « ah ! » ou bien des cris quand elles voient quelque chose d'horrible. Peut-être les infirmières y sont-elles habituées. Je jetai un coup d'œil par-dessus mon épaule pour voir si elle était toujours là. Elle avait le visage à un pouce de la blessure. Après l'avoir examinée avec une extrême attention, elle se pencha en avant et me chuchota au creux de l'oreille droite :

– Éclats d'obus. Il y a environ deux jours. Vous avez arrêté l'hémorragie en exerçant une pression sur la plaie, mais cela n'a fait qu'enfoncer plus profondément les éclats et intensifier la douleur. La blessure est infectée. À un moment, vous avez dû verser un liquide quelconque dessus.

– Oui, de la vodka.

Elle recommença à me parler à l'oreille :

– Il y a deux ou trois éclats. Je dois les extraire. Je n'ai pas d'anesthésique.

– Avez-vous quelque chose à boire ? demandai-je.

– Oui, mais j'ai besoin de cet alcool pour nettoyer la plaie avant de la panser, répondit-elle en posant la main sur mon épaule. Il faudrait que je fasse ça tout de suite, avant que l'infection ne se généralise.

Je vis alors de petites bottes apparaître devant mon visage. La jeune Polonaise était agenouillée auprès de moi. Elle tenait à la main une poignée de neige enveloppée dans un mouchoir. Après avoir rejeté mes cheveux en arrière, elle pressa la compresse froide improvisée sur mon front.

– Va-t'en, fis-je.

– Attends, intervint l'infirmière en la regardant. Pourrais-tu, s'il te plaît, essayer de me trouver un gros bâton dehors ?

La jeune fille acquiesça et sortit. L'infirmière s'assit devant moi. J'observai sa bouche tandis qu'elle disait à voix basse :

– Elle s'appelle Emilia. Elle est originaire du sud-est de la Pologne. Son père, croyant qu'elle y serait plus en sécurité, l'a envoyée… près de Nemmersdorf !

– Bon sang ! dis-je à voix basse.

Elle ouvrit sa mallette avec un hochement de tête.

– Je suis Joana. J'ai travaillé durant quelques années comme assistante d'un chirurgien. Je ne suis pas allemande. Je suis lituanienne. C'est un problème ?

– Peu m'importe ce que vous êtes. Avez-vous déjà fait ça ?

– J'ai pratiqué des interventions très semblables. Quel est votre nom ?

Je me tus. Que lui aurais-je dit ?

– À quoi sert le bâton ? finis-je par demander.

Feignant de ne pas avoir entendu ma question, elle répéta la sienne :

– Quel est votre nom ?

La fièvre me dévorait. Je me sentais très faible, au bord du vertige. Mon nom. Ma mère m'avait donné le nom d'un peintre du XVIe siècle qu'elle adorait. Non. Je ne lui répondrais pas. Pas de conversations surtout.

L'infirmière soupira.

– Vous allez avoir besoin du bâton, il faudra le mordre. Ça va faire mal.

Je fermai les yeux.

Florian, étais-je tenté de lâcher. *Je m'appelle Florian.*

Et je serai bientôt mort.

EMILIA

La Géante, Eva, m'a appris que l'infirmière est lituanienne et qu'elle s'appelle Joana. Elle a l'air pleine de bienveillance, mais comment en être sûre ? Si elle soigne le chevalier, ce qu'elle semble sur le point de faire, je resterai là à surveiller les opérations. Je sens que c'est mon devoir. J'ai une dette envers lui, n'est-ce pas ?

Il m'a pourtant dit de m'en aller. C'est une voix de plus dans le chœur de ceux qui veulent la disparition des Polonais. Pour toujours. Après ma fuite éperdue à travers Nemmersdorf, j'avais rencontré sur la route une vieille femme de Lwów. Ses yeux étaient hantés par la mort. Elle m'avait raconté que les nazis avaient tué des centaines de Juifs polonais à Lwów.

– Les Weigels ? avais-je demandé.

– Partis.

– Les Lempels ? avais-je encore demandé dans un murmure.

– Pourquoi continues-tu à m'interroger ? Je te le répète, ils sont tous morts. Et avec eux, sans doute des centaines de milliers d'autres.

Pourquoi ces questions ? Eh bien, parce que Rachel et Helen étaient mes amies ! Quand Père m'avait envoyée en Prusse-Orientale, elles étaient venues en catimini la veille de mon départ pour m'apporter des sucreries et des présents.

Morts. Comment la vieille femme avait-elle pu prononcer ce mot d'une manière aussi irrévocable ? Je ne voulais pas y croire, je ne veux toujours pas y croire.

La jolie Lituanienne, Joana, m'a chargée de trouver un gros bâton dehors. Je marche devant la grange, le visage fouetté par le vent et la neige. Je suis tellement engoncée dans mes couches de vêtements superposés et mon volumineux manteau que tous mes mouvements sont maladroits.

Est-ce que je dois me confier à Joana ? Peut-être pourra-t-elle m'aider. Non. Je sais ce qui se produira fatalement : elle sera dégoûtée.

Entendant un bruit, je lève les yeux. C'est alors que je *le* vois : un nid perché sur le toit de la grange, le plus grand que j'aie jamais vu.

ALFRED

Salut, chère Hannelore !

Écrire ton nom ou même simplement y penser suffit à changer mon humeur. Parfois, étendu sur mon lit de camp, je le murmure doucement, tout doucement, dans l'obscurité. Han-ne-lore. Petite Lore.

C'est le soir, il est tard. Je t'imagine chez toi, occupée à lire un de tes livres bien-aimés tout en tortillant une mèche de tes cheveux. Peut-être la neige tombe-t-elle là-bas comme ici.

Heidelberg, la maison de Heidelberg me semblent si loin d'ici. Protégé par la distance, je me sens tenu de partager un secret avec toi. Même si c'est peut-être méchant de ma part d'en parler. T'es-tu jamais rendu compte que la fenêtre de votre cuisine se trouve exactement en face de la fenêtre de nos cabinets au rez-de-chaussée ? De ma salle de bains, j'ai souvent senti l'odeur du canard de ta mère en train de rôtir dans le four. Oui, je l'avoue, je t'ai souvent regardée prendre ton petit déjeuner avant de partir pour l'école. Oh, inutile de te sentir embarrassée, Hannelore ! Les voisins partagent forcément une certaine intimité. Et, bien entendu, nous partageons bien davantage, toi et moi. Tous ces souvenirs sont les charbons ardents qui empêchent mon cœur de geler.

Mais je manque de temps pour réfléchir. Il n'y a pas de détente possible pour un courageux matelot de la Kriegsmarine, *la marine de guerre du Troisième Reich. Comme tu le sais, je suis un observateur accompli. L'attention aux détails a toujours été une de mes grandes forces, voilà pourquoi je note tout ce que je vois afin de te le raconter. On parle d'une évacuation massive imminente par voie de mer. Nous nous y préparons au port de Gotenhafen. Je vais finalement emprunter les voies navigables pour prendre la mer et gagner les océans, comme les aventuriers dont tu aimes tant lire les hauts faits dans tes chers romans.*

Et ce sera une aventure, Lore. Les gens commencent déjà à arriver au port et font la queue pour embarquer sur un des grands navires. Quelques-uns ont emporté avec eux tous leurs biens : on peut voir ici des charrettes à cheval et des traîneaux sur lesquels s'empilent, jusqu'à des hauteurs impressionnantes, tapis coûteux, chaises, horloges, porcelaines de Chine, etc. Il n'y aura certainement pas de place pour caser toutes ces choses sur les bateaux et, à mon avis, bon nombre d'entre elles resteront au port. Aujourd'hui, j'ai aperçu un ravissant papillon de cristal sur une charrette. Il m'a aussitôt fait penser à toi – à ta chevelure sombre et soyeuse qui flotte comme de la gaze. Si le papillon n'est pas accepté à bord, eh bien, je le garderai ! Ma décision est prise. Une redistribution aux plus méritants – voilà qui a du sens !

Ton tendre cœur se briserait à la vue des réfugiés. Ils tiennent à peine debout et ils sont très sales. Ils marchent depuis si longtemps. Certains ont fui des contrées aussi lointaines que l'Estonie. Peux-tu imaginer une chose pareille ? Staline a volé plus que la terre, Hannelore, il a volé jusqu'à la dignité humaine. Je le vois dans les yeux désespérés de ces réfugiés, dans leur attitude de vaincus. C'est la faute des communistes. Ce sont des animaux.

Et maintenant, l'Armée rouge se referme sur nous, et les gens sont pris de panique. Non, non, ne crains rien pour moi. Je suis sûr de mes capacités et plein de confiance en moi-même. Vois-tu, Hannelore, il est vain de s'entraîner à vivre ce genre de situation, il faut être né pour cela. Et, Dieu merci, c'est mon cas.

Roulant à bas de mon lit de camp, je sors mon paquetage de dessous le lit et tends le bras pour attraper mon exemplaire tout corné du livre d'Hitler, *Mein Kampf*. Je remarque alors le papier à lettres que *Mutter* m'a donné. Demain, je me déciderai peut-être à prendre mon stylo. Demain.

JOANA

Je craquai une allumette pour stériliser le scalpel et commençai à parler. Le médecin d'Insterburg m'avait appris que parler aux patients était souvent le meilleur moyen de les apaiser.

– Quand Staline a occupé la Lituanie, ma famille a pris la fuite, racontai-je. Comme ma mère avait des racines allemandes, Hitler nous a autorisés à revenir en Allemagne. Je ne suis pas allée plus loin qu'Insterburg.

– Insterburg est en Prusse-Orientale, commenta-t-il. Si je comprends bien, Hitler serait donc votre sauveur ?

Il ne prononça pas une parole de plus, mais son petit reniflement de mépris en disait long. Il portait sans nul doute un regard critique sur le parti nazi ou sur moi qui avais accepté d'être rapatriée en Allemagne, ou encore sur le parti et moi. Je me serais bien passée de ses critiques. Je me sentais déjà suffisamment coupable comme ça. J'avais commis une grave erreur. J'avais beau avoir les notes les plus brillantes à l'école, je manquais totalement de bon sens.

– Je sais qu'il fait froid, dis-je, mais il faut tout de même enlever complètement votre manteau et vous coucher sur le ventre.

Tandis que je l'aidais à ôter l'autre manche, j'aperçus sa carte d'identité vert pâle qui dépassait de la poche intérieure du manteau. Parfait. Puisqu'il ne voulait pas me dire son nom, j'y jetterais moi-même un coup d'œil.

– Je vais appuyer sur la zone autour de la blessure pour voir jusqu'où l'infection s'est étendue, continuai-je.

Il ne répondit pas.

– Dites-moi quand ça fait mal.

D'une main, j'appuyai doucement sur la zone en question, prenant note des endroits sensibles, pendant que, de l'autre, je tentai d'extirper les papiers de sa poche de manteau.

– Arrêtez ! ordonna-t-il d'un ton si féroce que je sursautai. Donnez-moi mes papiers.

– Quoi ?

– Vous m'avez entendu. Donnez-les-moi. Tout de suite.

Il tendit le bras en arrière, et je fourrai la carte d'identité dans sa main.

– Je veux aussi la feuille de papier pliée.

Je tirai de sa poche la feuille couleur crème, non sans essayer d'y jeter un coup d'œil. Mais comme elle était pliée, il était impossible d'y déchiffrer quoi que ce soit. Me l'arrachant des mains, il la glissa avec sa carte d'identité sous sa poitrine.

Emilia revint. Elle tenait un bâton à la main, et des flocons blancs scintillaient sur son bonnet rose.

– Il recommence à neiger ? demandai-je.

Elle acquiesça. C'était ennuyeux : lorsque nous repartirions le lendemain, notre marche en serait très ralentie.

– Finissons-en ! déclara le patient.

Sa tolérance à la douleur dépassait tout ce que j'avais pu voir jusqu'à présent. Il mordait le bâton non par nécessité, mais comme par défi.

Emilia était une assistante attentive, anticipant à la fois mes besoins et ceux du jeune Allemand. Toutefois, elle avait l'air si fatiguée que je finis par la renvoyer dans son coin pour prendre un peu de repos. Elle ne dormit pas. Elle resta là à observer mes moindres gestes.

Le dernier éclat d'obus était enfoncé profond dans la chair. Pour l'extraire, je dus plonger ma main dans la blessure jusqu'aux articulations. J'étais préoccupée à l'idée d'une éventuelle gangrène, mais je ne soufflai mot à ce sujet. Il avait besoin de toutes ses forces pour lutter contre la douleur. Me penchant vers lui, je murmurai :

– Je crois que j'ai extirpé tous les éclats d'obus. Le dernier était enfoui très profond, et la plaie est béante. Je vais réveiller le cordonnier et lui demander de la recoudre. Ses points de suture ont des chances d'être plus solides que les miens.

– Non, s'écria-t-il, laissant échapper le bâton, c'est vous qui le faites. S'il vous plaît, ajouta-t-il après un bref instant de silence.

Je regardai la blessure ouverte. Notre Poète de la Chaussure, qui avait eu affaire à quantité de chaussures en cuir dans sa vie, saurait sans nul doute la recoudre plus proprement que je ne pourrais le faire, mais si la vue du sang incommodait le vieil homme, cela ne ferait qu'empirer les choses.

Je suturai donc moi-même la plaie avant de la panser.

– Je n'ai pas vu vos papiers, fis-je tout en m'essuyant les mains, mais j'ai aperçu des cigarettes au fond de votre poche.

– Vous ne m'avez pas dit qu'il y avait des honoraires.

Les yeux qu'il leva vers moi papillonnaient. Son visage exprimait une douleur intense – non seulement une douleur physique comme celles dont j'avais été témoin à l'hôpital, mais aussi une douleur d'ordre émotionnel, comme celle que j'avais remarquée chez mes parents. Il me dévisagea longuement.

– Il y a des allumettes dans la même poche, finit-il par dire.

Je sortis une cigarette et la promenai entre mes doigts, m'efforçant de la tenir droite. Puis, je l'allumai et j'en aspirai une bouffée avec gratitude. La fumée réchauffait ma poitrine glacée. Me penchant vers le jeune homme, je glissai doucement la cigarette entre ses lèvres et lui permis d'avaler la fumée. Le bout rougeoyant de la cigarette éclaira un visage dont je pus entrevoir la beauté sous la crasse et les meurtrissures.

– Quel âge avez-vous ? m'enquis-je.

– Mettez de côté le reste, demanda-t-il en exhalant la fumée. Elles se font plutôt rares.

J'écrasai la cigarette sous ma chaussure pour l'éteindre et je la remis dans sa poche.

– Voulez-vous voir l'éclat d'obus que j'ai enlevé en dernier ? Celui-là a presque la taille d'une capsule de bouteille.

Je tendis le bras pour le lui montrer. Il me saisit par le poignet.

– N'essayez jamais de me voler, chuchota-t-il.

– De quoi parlez-vous ? répondis-je, essayant de m'écarter.

L'étau de sa main se resserra.

– Vous avez vu mes papiers.

– Non, je ne les ai pas vus. Lâchez-moi, vous me faites mal.

– Vous savez quelque chose de moi – cette blessure…

Sa voix était faible mais chargée d'anxiété. Ou bien délirait-il ? Il marmonna un moment avant de lancer, tout en desserrant légèrement son étreinte :

– Dites-moi quelque chose sur vous.

– Vous voulez savoir quelque chose de moi ?

Je contemplai son visage fatigué, ses paupières lourdes qui commençaient à papilloter. Il attendait. Mais bientôt ses yeux se fermèrent et ses doigts relâchèrent doucement mon poignet. Je le regardai respirer un moment. Ses papiers d'identité étaient toujours fourrés sous son torse. Il voulait donc savoir quelque chose de moi. Je me penchai pour lui parler à l'oreille. C'était à peine un murmure.

– Je suis une criminelle.

FLORIAN

La pensée de la jeune infirmière me poursuivit jusque dans mon sommeil et subsista après mon réveil. Avais-je rêvé que je parlais avec elle ? Cette seule idée me mit en colère. La menace qui pesait sur moi s'aggravait de jour en jour. Peut-être avaient-ils déjà tout découvert à Königsberg. Il n'était pas question de laisser une jolie fille m'écarter de la route que je m'étais tracée.

La grange était toujours plongée dans l'obscurité et semblait sonner étrangement creux – peut-être parce qu'elle abritait des personnes déplacées, comme suspendues dans le vide. D'après ma montre, il serait bientôt quatre heures du matin. Serrant les dents pour lutter contre la douleur, je parvins à m'asseoir. Mon paquetage était intact, mes papiers toujours là. Je les remis dans la poche intérieure de mon manteau et me levai.

À peine avais-je fait quelques pas en direction de la porte que la jeune aveugle aux yeux laiteux se redressa, battant des paupières. Allongée près d'elle, l'infirmière dormait, sa valise grande ouverte, ses beaux cheveux châtain foncé répandus comme un halo autour de son visage. Quel était son nom déjà ? Oh, peu importait ! De toute façon, elle était moche. C'est du moins ce dont je tentai de me persuader.

Je m'agenouillai et commençai de farfouiller dans sa valise. La jeune aveugle leva le nez vers le plafond. Puis, tournant la tête, elle me regarda bien en face. Que pouvait-elle bien voir ? Ses yeux étaient-ils couverts de givre comme une fenêtre glacée, laissant filtrer la lumière et l'obscurité ? Ou bien son univers était-il complètement recouvert d'un épais voile noir ? Mes mains passaient au crible les affaires de la jolie infirmière. Qu'étais-je donc en train de faire ? Cette jeune femme m'avait peut-être sauvé, sauvé, oui, en échange d'une simple bouffée de cigarette. Et moi, je la volais, tout en essayant de me convaincre que ce n'était pas du vol, mais un moyen de me protéger.

Je passai en revue ses maigres biens : des vêtements, un livre de médecine, la fourchette avec laquelle elle avait mangé la pomme de terre et je finis par tomber sur quelque chose d'inattendu. Alors, après avoir contemplé un instant ses boucles brunes en désordre, je glissai l'objet en question dans la poche de mon manteau et partis.

Il y avait des Russes dans les bois. Je le savais déjà. Sans doute, s'agissait-il d'éclaireurs ou de soldats à la dérive qui avaient dû, à un moment ou à un autre, se trouver séparés de leur unité. Je pouvais m'occuper d'un soldat. Un seul à la fois. Mais combien de temps s'écoulerait-il avant que le gros des troupes n'envahît la région ? Au départ, j'avais deux semaines pour atteindre le port. Tel était mon plan : monter à bord d'un navire, naviguer vers l'ouest – et accomplir ainsi ma mission. Une fois sorti de la grange, je remis de l'ordre dans mon paquetage et tombai sur la lettre avec ma carte d'identité qui ne pouvait que me rappeler quelqu'un. Il me fut dès lors impossible de chasser cette personne de mon esprit.

Dr Lange.

Le Dr Lange était le directeur du musée de Königsberg. Il m'avait embauché comme élève restaurateur, formé, et même envoyé dans la meilleure école. Je passais le voir et j'écrivais ensuite des lettres précises, partageant avec lui toutes mes pensées sur l'art et la philosophie. Le Dr Lange proclamait que j'étais brillant. Il disait que grâce à mes talents, je rendrais un grand service à l'Allemagne en permettant au Führer de réaliser son rêve : la création d'un musée d'art national dans sa ville natale de Linz. Après quoi, le Dr Lange m'avait présenté au *Gauleiter* Erich Koch. Koch était chef de *Gau*, autrement dit chef de la branche régionale du parti nazi.

C'était aussi un monstre.

Lorsque les caisses remplies de chefs-d'œuvre artistiques commencèrent à arriver au musée, l'enthousiasme du Dr Lange devint maladif. Certains objets d'art le faisaient pleurer. Il y avait des moments où je devais le remettre d'aplomb en quelque sorte – entre autres, quand une nouvelle pièce était ajoutée à son tableau de chasse. Chaque fois qu'une caisse arrivait, il me mettait immédiatement à l'ouvrage. Il m'arrivait quelquefois de travailler toute la nuit à la restauration d'une œuvre afin de permettre au Dr Lange de faire son rapport à Koch dès le lendemain. Obsédé par l'idée de mener à bien les tâches qui m'incombaient et de plaire au Dr Lange, je ne prenais plus le temps de dormir ni de manger ; j'en oubliai même l'anniversaire de mon père. « Nous formons une magnifique équipe, n'est-ce pas, Florian ? », disait le Dr Lange avec un grand sourire.

Un matin, il m'envoya chercher une pelote de ficelle qui n'était pas à sa place habituelle. En passant en revue les tiroirs de son bureau, je tombai sur les lettres que je lui avais écrites de l'institut. Il les avait jetées au fond d'un tiroir avec de l'encre et d'autres fournitures sans les ouvrir. Il n'avait même pas pris la peine de les lire.

Une voix s'éleva derrière moi dans le noir, m'arrachant à mes pensées. Empoignant mon revolver, je fis volte-face.

– Attendez. S'il vous plaît !

La jeune fille polonaise, toute rose et hors d'haleine, courait à ma rencontre dans la neige.

EMILIA

Il m'est impossible de faire confiance aux personnes réfugiées dans la grange. La Géante a eu un mouvement de recul en apprenant que j'étais polonaise. Voilà pourquoi je hâte le pas pour rattraper le chevalier. Une fois que je lui aurai raconté mon histoire, il comprendra – enfin, c'est ce que je me dis. Il saura ce que j'ai fait pour son pays et il me protégera.

Mon ventre gronde. La faim cessera-t-elle jamais de cogner à la porte ? Puis-je espérer qu'elle disparaîtra un jour sur la pointe des pieds ? Autant que je m'en souvienne, il n'y a pas un seul jour où je n'aie eu peur et faim, où mon estomac n'ait été tiraillé par la brûlure du manque. Mes souvenirs de Lwów semblent se décolorer, s'effacer, comme des photographies trop longtemps laissées au soleil.

Lwów, ville souriante, lieu d'éducation raffinée et de haute culture en Pologne. Qu'en restera-t-il ?

J'aperçois enfin la silhouette du chevalier, ce qui m'incite à marcher plus vite. Dès que je l'appelle, il fait volte-face, le revolver braqué sur moi.

– Attendez. S'il vous plaît, dis-je. Je viens avec vous.

Se détournant de moi sans un mot, il continue son chemin.

Je suis ses traces fraîches dans la neige et me sens plus forte en respirant l'air vif et tonifiant de ce petit matin de janvier. Je marche, marche – toujours sur ses traces. Au bout de plusieurs mètres, il s'arrête pour faire à nouveau volte-face.

– Va-t'en, crie-t-il, furieux.

– Non, protesté-je.

– Tu ferais mieux de rester avec les autres, dit-il. Ce serait plus sûr pour toi.

Plus sûr ? Il ne comprend rien.

Je suis déjà morte.

JOANA

Les petits matins recelaient toujours la promesse d'une progression, d'une nouvelle étape qui nous rapprocherait du but ; ils faisaient miroiter un peu d'espoir. Tous, nous fantasmions sur l'arrêt suivant, imaginant beaucoup mieux qu'une grange. Le Poète de la Chaussure évoquait les manoirs grandioses appartenant aux *Junkers*, les riches aristocrates de Prusse-Orientale. La campagne était parsemée de magnifiques domaines, et nous ne manquerions pas, disait-il, de tomber à un moment ou à un autre sur l'un d'eux. Le Poète avait visité un tel manoir avant la guerre ; il pensait même qu'il se trouvait dans les parages. Nous ne pouvions nous empêcher de rêver : une famille opulente nous accueillerait, verserait à la louche une bonne soupe épaisse dans des bols de porcelaine et nous permettrait de réchauffer nos orteils gelés près du feu.

Le Poète se promenait dans la grange en frappant les semelles de chacun avec son bâton de marche. Le Petit Garçon Perdu le suivait.

– Il est temps de se lever, dit le vieil homme. Les pieds ont plus de force le matin. Toujours en bon état, ces bottes ? ajouta-t-il quand il arriva devant moi. Pas d'ampoules ?

– Non, Poète.

Je me levai et secouai la poussière de mes vêtements.

– Tout le monde est-il prêt à partir ?

– Le déserteur allemand et la fugitive polonaise sont partis, annonça le cordonnier.

Ils le prenaient tous pour un déserteur. En un éclair, je le revis en train de m'arracher des mains sa carte d'identité et la feuille de papier pliée en deux.

– Je suis surprise qu'il se soit senti assez bien pour se remettre en route d'aussi bonne heure.

– Ses bottes étaient de facture militaire, mais avec des modifications, intervint le Poète de la Chaussure.

Il soupira en secouant sa tête ronde aux cheveux blancs.

– Cette guerre… Est-ce que vous vous rendez compte que de très jeunes gens se battent sur de minuscules îles du Pacifique ou traversent à pied les déserts d'Afrique du Nord ? Nous mourons de froid, tandis qu'ils étouffent. Tant et tant d'enfants malheureux… La jeune Polonaise était épuisée. Elle avait les pieds très enflés : on aurait dit qu'ils avaient gonflé comme des petits pains sous l'effet de la fermentation. C'est peut-être triste à dire, mais ça vaut sans doute mieux. Il n'aurait pas été bon qu'ils se fassent prendre au sein de notre groupe. Si mon esprit est toujours aussi alerte que mes pieds, on tombera sur le manoir avant la nuit. Personne ne nous laisserait entrer avec un déserteur et une Polonaise.

– Bien sûr que ça vaut mieux ! renchérit Eva. Un déserteur et une Polonaise ? Je suis désolée, mais d'ici un jour ou deux, ils seront morts sur la route.

– Ma parole, vous n'êtes qu'une petite enflure, Eva. Et mauvaise avec ça !

Et le Poète de la Chaussure se mit à rire en la menaçant de son bâton de marche.

ALFRED

Sous le ciel glacial de ce matin-là, les docks semblent drapés de noir. Mon Allemagne bien-aimée est-elle en train de perdre pied ? Pareille catastrophe est-elle seulement possible ? Lübeck, Cologne, Hambourg. Le bruit court qu'il ne reste plus de ces villes que des décombres.

La Huitième Air Force de l'armée américaine a bombardé le port quelques mois plus tôt. Une bonne centaine d'avions ont lâché leurs suppositoires d'acier sur Gotenhafen, touchant le *Stuttgart*. Le navire a coulé.

Ils ont déjà bombardé. Ils recommenceront à le faire. Trois missiles antiaériens ont été installés dans un ordre de puissance croissante. J'ai retenu leurs noms :

Pluie.

Grêle.

Neige.

Dans l'hypothèse d'une attaque, j'imagine que je contre-attaquerais, faisant voler en éclats la Huitième Air Force sous le feu d'un tir nourri. Il m'arrive souvent de me lancer mentalement dans une véritable escalade de combats.

Mais entre-temps, je préfère utiliser ma puissance d'observation, plutôt que la force bestiale.

Le Führer tient beaucoup à ce qu'on établisse des rapports méticuleux. Et je suis bien décidé à faire mes preuves et à me montrer digne d'un poste de documentaliste. Après tout, je suis un veilleur-né. Noter mes observations et les réciter est une excellente manière de mettre au point mon catalogue mental. Cela semble agacer mes compagnons – mais puis-je vraiment les blâmer d'être jaloux de mes aptitudes à ce genre de fonction ?

J'ai un truc secret. Afin de mémoriser plus facilement le nom de tous les ennemis raciaux, sociaux et politiques du Reich, j'ai mis en musique la liste du Führer. Je ne cesse de la chantonner, comme un enfant qui récite sa leçon. C'est un air plutôt entraînant :

Communistes, Tchécoslovaques, Grecs, Tsiganes, handicapés, homosexuels,

– ici, prendre une respiration –

Juifs, malades mentaux, Nègres, Polonais, prostituées, Russes, Serbes, socialistes

– ici, prendre une respiration –

Républicains espagnols, syndicalistes, Ukrainiens et…

– ici, prendre une longue respiration pour un glorieux finale –

You-go-slaves !

Le dernier nom, You-go-slaves, est mon préféré. Trois syllabes, tels trois puissants coups de poing. Tout en accomplissant mes tâches quotidiennes, je fredonne cet air de mon invention.

Une opération officielle importante est en cours dans le port, mais aucune information précise n'a encore filtré. Les conversations sont lourdes de craintes et de tensions. J'écoute attentivement.

– Ne restez pas là à écouter aux portes, Frick, circulez ! Vous voulez vraiment être soufflé par un avion russe ?

– Sûrement pas !

Je ramasse la pile de gilets de sauvetage bleus et la garde en équilibre dans mes bras.

– Où faut-il porter tout ça ? demandé-je en jetant un coup d'œil furtif de derrière ma pile.

L'officier désigne un gigantesque navire d'un gris ardoise en parfaite harmonie avec le ciel menaçant.

– Celui-là, répond-il. Le *Wilhelm Gustloff*.

FLORIAN

– Pars ! Va-t'en !

J'étais contrarié. En colère. Pourquoi ne voulait-elle pas partir ? De toute évidence, marcher l'épuisait.

– Je vous suis de loin. Vous ne me voyez pas, rétorqua-t-elle dans un mauvais allemand.

– Je ne peux pas te protéger.

– C'est peut-être moi qui vous protège, répondit-elle, le visage grave.

– Je n'ai pas besoin de protection.

– Alors pourquoi est-ce que vous ne prenez pas la route ? demanda-t-elle en donnant un coup de pied à la neige qui avait durci pendant la nuit. Ça va plus vite, et on a plus de chances de trouver quelque chose à manger. Dans la campagne, c'est plus joli, mais on avance moins vite. Vous ne voulez pas qu'on vous voie ?

Sur ce, elle enfonça son bonnet rose jusqu'aux oreilles.

Ce que je ne voulais pas, c'était perdre du temps. Lui tournant le dos, je repris ma marche. Je l'entendais parler polonais derrière moi ; elle devait se raconter des histoires. Elle finirait par se fatiguer et par être obligée de s'arrêter. Son corps las ne pourrait pas la porter bien loin. La pensée de ma petite sœur frappa soudain à la porte de mon esprit et je finis par me retourner. Dès que je m'arrêtai, elle s'arrêta aussi et s'adossa un instant à un arbre pour se reposer. Glissant la main dans mon paquetage pour en retirer le revolver du soldat russe, je revins sur mes pas.

– Prends ça, lui dis-je. Et si tu dois t'en servir, tiens-le avec les deux mains quand tu appuies sur la détente. Tu comprends ? Et maintenant, va-t'en !

Elle eut beau hocher la tête, j'étais certain qu'elle n'avait pas compris. Le revolver semblait énorme dans son gant tricoté.

De nouveau, je m'éloignai. Étais-je fou ? À trois pas derrière moi, Prussien transportant assez de secrets pour faire exploser le royaume, il y avait une jeune Polonaise armée d'un revolver russe. Ma blessure me lancinait, et j'avais l'esprit de plus en plus égaré. Si je ne me présentais pas sans tarder à un poste de contrôle, ce serait la fin.

JOANA

Nous cheminions à grand-peine le long de la route sous un ciel bas et lourd. Je levai les yeux vers les nuages.

– Il va neiger, déclara Ingrid qui avait dû percevoir mon interrogation.

– Tu le sens ? demandai-je.

– Quelquefois, acquiesça-t-elle en étreignant plus fort la corde fixée à l'arrière de la charrette. Parlez-moi d'eux – du garçon et de la Polonaise, ajouta-t-elle. J'ai une intuition. Je veux savoir si je ne me suis pas trompée.

Ainsi, chose fascinante, Ingrid était capable de deviner l'apparence de gens qu'elle ne pouvait voir. Elle pouvait, m'expliqua-t-elle, se faire une idée claire de la silhouette d'une personne, de son maintien, quelquefois même de sa couleur de cheveux. Mais c'étaient les traits de caractère qui lui apparaissaient en premier.

– La jeune fille avait peur, tout le temps peur, dit Ingrid. Sa respiration était courte, comme bloquée, presque haletante, et ses mouvements trahissaient une grande tension nerveuse et même une sorte de panique. Ceux du garçon étaient tout différents : agiles et souples, comme s'il était habitué à se mouvoir en silence.

Des jours durant, il s'était déplacé avec un éclat d'obus de la taille d'une capsule de bouteille dans le corps. Je pensai à sa blessure et me demandai s'il avait toujours de la fièvre.

– Comment s'appelait-elle ? La fille effrayée ? questionna encore Ingrid.

– Emilia.

– Oui, ça lui va bien.

Elle trébucha sur un gros caillou au milieu du sentier et faillit tomber. Mais en s'agrippant à la corde, elle réussit tant bien que mal à retrouver son équilibre.

Je posai la main sur son épaule. Ce voyage à pied était déjà très difficile pour une personne avec une vue normale. Deux semaines plus tôt, dans une gare livrée à un épouvantable chaos, Ingrid s'était trouvée séparée de sa tante. Le train était parti. Sans Ingrid. Deux jours d'affilée, elle était restée seule sur le quai à attendre en tremblant le retour de sa tante. En vain. Le troisième jour, désespérant de la voir revenir, elle avait demandé de l'aide. Tout le monde l'avait ignorée. Quelqu'un lui avait même volé ses bagages. Une jeune fille avait fini par la remarquer et avait attiré mon attention sur elle.

– Ne me plaignez pas, chuchota Ingrid. Je vois des choses, beaucoup de choses. Même si ce ne sont pas les mêmes choses que vous. Dites-moi, la fille… elle est blonde ?

– Oui, Emilia a des nattes blondes, des yeux bleus et un visage rond. Le jeune homme, lui, est plutôt grand, avec des épaules carrées et des cheveux bruns ondulés, assez longs. J'ignore son nom ; je ne sais pas non plus de quelle ville il vient.

– Et ses yeux ? interrogea Ingrid. De quelle couleur sont-ils ?

– Je ne me souviens pas. Peut-être bruns ?

– Je ne crois pas. Il me semble qu'ils sont gris.

– Gris ? Non, personne n'a réellement les yeux gris.

– Le voleur, si, protesta Ingrid.

– Tu penses que c'est un voleur ? dis-je en me tournant vers elle.

Ingrid ne répondit pas.

La température avait chuté, et je commençai à sentir la morsure du froid sur les parties exposées de mon visage. Voilà déjà six heures qu'on marchait. Eva ne cessait de se plaindre. Elle haïssait cet interminable voyage à pied, elle haïssait le froid, elle haïssait les Russes, elle haïssait la guerre. Le Poète de la Chaussure avait promis-juré que nous trouverions avant la nuit tombée le manoir qu'il connaissait. Sceptique, je le mis en garde : il avait tort de donner de faux espoirs aux gens, en particulier à notre benjamin dont le moral était déjà très bas.

– Ah, très bien, dit le Poète, mais si je ne me trompe pas, vous me masserez les pieds près du feu.

Je n'étais pas certaine d'avoir envie d'accepter ce pari.

EMILIA

Je tâche de m'occuper en chemin. Je contemple les arbres ; je pense à l'énorme nid de cigogne que j'ai aperçu sur le toit de la grange, et qui me rappelle Mama ; je pense aux journées tièdes et ensoleillées où elle m'emmenait cueillir des champignons dans la forêt, près de Lwów. Il y avait là un vieux chêne creux, magnifique, à la base duquel s'était formée une cavité assez grande pour qu'on puisse s'y installer. Nous venions là avec nos paniers, et je grimpais tant bien que mal dans le trou, tandis que Mama s'asseyait par terre, dos contre le tronc, jambes allongées et chevilles croisées sous sa jupe.

– Toi qui aimes tant les histoires, Emilia, me disait-elle en touchant l'écorce, sache que les arbres sont de véritables puits d'histoires. Songe un peu à tout ce que ces arbres ont vu, à tout ce qu'ils ont senti, à tous les secrets qu'ils détiennent depuis des centaines d'années.

– Crois-tu qu'ils se souviennent de toutes les cigognes ? demandai-je, de ma grotte fraîche.

– Bien sûr que les arbres s'en souviennent ! Comme je te l'ai dit, ils se souviennent de tout.

Si Mama avait une prédilection pour les arbres, j'en avais une pour les cigognes. À la fin de chaque été, elles quittaient la Pologne pour l'Afrique où elles passaient l'hiver bien au chaud, au bord du Nil. En mars, elles revenaient en Pologne et réintégraient leurs nids abandonnés. La plupart des familles polonaises, dont la nôtre, plantaient dans leur jardin un grand poteau au sommet duquel on clouait une roue de chariot dans l'espoir qu'une cigogne y ferait son nid. Chaque année, en mars, nous fêtions le retour de notre cigogne. Et quand le soleil d'août commençait à décliner, c'était pour les cigognes l'heure du départ, symbole de la fin de l'été.

Voilà six ans, le jour où notre cigogne s'est envolée pour les pays chauds, Mama s'est envolée, elle aussi. Elle est morte en donnant naissance à un bébé qui aurait été mon petit frère s'il avait vécu.

Ma gorge se serre. « Non, non, me récrié-je en mon for intérieur, elle n'est pas vraiment partie. Je peux sentir sa présence au milieu des arbres. Je peux sentir la caresse de sa main, entendre son rire dans les feuilles. » Alors, tout en marchant, je parle aux arbres, espérant que leurs branches porteront des messages à ma mère, lui apprendront ce que j'ai fait et surtout lui diront que j'essayerai d'être courageuse.

JOANA

– Pourquoi devrions-nous croire un cordonnier ? se lamentait Eva. C'est un simple artisan, pas un prophète.

Je me gardai de l'avouer, mais j'avais commencé à perdre espoir, moi aussi.

– Il nous a dit qu'il connaissait la région, répliquai-je, et que dans sa jeunesse, il avait visité le domaine avec sa famille.

– On marche depuis trop longtemps. Si on va plus loin, le cheval sera trop fourbu pour tirer la charrette demain.

Eva avait raison. Une petite grange avait été repérée quelques kilomètres plus tôt. Certains d'entre nous avaient quitté le groupe pour y passer la nuit. J'avais décidé avec les autres de persévérer et de suivre le Poète de la Chaussure et son ambitieux bâton de marche. Il ne restait qu'un cheval. Trois ou quatre jours plus tôt, nous disposions encore de deux charrettes et de trois chevaux, mais une poignée de soldats allemands croisés sur la route avaient réquisitionné l'un des chariots ainsi que deux chevaux, prétendant que c'était une juste contribution à l'effort de guerre. Étant donné qu'ils ne nous avaient pas demandé nos ordres d'évacuation, nous n'avions pas osé protester.

L'armée allemande avait tout réquisitionné : véhicules, essence, radios, bêtes, nourriture. De toute évidence, ils étaient en train de sombrer sous le poids des forces alliées. Toutefois, le *Gauleiter* Erich Koch, responsable politique et administratif du NSDAP, le parti nazi, pour la Prusse-Orientale, refusait de donner l'autorisation aux civils d'évacuer. Aussi, plutôt que de tomber entre les mains brutales de maraudeurs russes, un certain nombre de personnes, comme nous, étaient parties sans ordres d'évacuation, défiant ainsi le Reich.

Même si le domaine du Poète de la Chaussure existait vraiment, il y avait de fortes chances que l'armée allemande fût passée par là, pillant et dévalisant sans vergogne, et le manoir n'était sans doute plus qu'une coquille vide. Ou, pire, des soldats allemands séjournaient peut-être eux-mêmes dans la maison. Ils pourraient nous causer des ennuis en voyant que nous n'avions pas d'ordres officiels d'évacuation.

– La neige ne va pas tarder à tomber, déclara Ingrid d'une voix douce.

Le Poète stoppa net.

– Ah, ah ! s'exclama-t-il en frappant son bâton contre la route glacée, le voilà ! Nous y sommes !

Ce « le voilà ! » ne semblait rien signifier. Nous avions fait halte près de cette même forêt de pins à la lisière de laquelle nous marchions depuis des heures et des heures.

Le Poète appela le Petit Garçon Perdu et lui murmura quelque chose à l'oreille tout en lui désignant les bois. L'enfant se mit à courir. Tout le groupe attendit en tremblant.

– Ma chère Eva, si j'ai effectivement raison et s'il y a bien un domaine là-bas, me ferez-vous vos excuses ? demanda le cordonnier.

– Si ce domaine existe, je danserai avec vous, vieil homme, déclara brusquement Eva.

Le Poète hocha la tête.

– Une danse intime. Une valse, s'il vous plaît.

Le Petit Garçon Perdu au corps minuscule apparut soudain sur la route. Il bondissait d'excitation. Il nous fit signe d'avancer. Il y avait derrière lui une trouée dans les arbres qui laissait voir une étroite allée envahie par la végétation.

– Voilà qui est intelligent ! dit le Poète. Les *Junkers* ont dissimulé leur allée. Écarte-moi ces branches, mon garçon. Il faut que le cheval et la charrette puissent passer de l'autre côté.

L'enfant obéit. Chacun se fraya un chemin à travers l'étroite ouverture au-delà de laquelle le sentier s'élargissait. Une fois que nous fûmes tous entrés dans le sous-bois, le vieil homme et le jeune garçon remirent les branches à leur place.

– Ne devrions-nous pas effacer les traces de nos pas ? suggérai-je.

– Laissez tomber ! lança Eva. La neige les recouvrira. Dépêchez-vous.

Notre petit groupe parcourut à pas pesants l'étroite allée bordée de grands arbres sombres qui semblaient se tenir au garde-à-vous. Il parvint bientôt à une clairière. On entrevoyait dans le lointain, perchée sur une modeste éminence, une élégante, une majestueuse demeure aux fenêtres rectangulaires et aux multiples cheminées.

– Eh bien, que je sois maudite ! chuchota Eva.

FLORIAN

Je fis halte pour me désaltérer en mangeant de la neige. Je tirai mon calepin de mon paquetage et jetai un coup d'œil à la carte que j'y avais dessinée un peu plus tôt pour tenter de me repérer. Normalement, j'aurais dû me trouver plus près de la côte. Une fois au bord du lagon, je devais traverser à pied la glace pour rejoindre les bateaux sur l'autre rive. Aurais-je dû rester avec le groupe de la grange ? En marchant à travers bois, peut-être m'étais-je écarté de ma destination sans m'en rendre compte ? Si c'était le cas, j'étais peut-être en train de me diriger droit sur les Russes.

Ma nuque me faisait mal. La fièvre était revenue. J'avais sorti de ma poche le reste de la saucisse et m'apprêtais à l'engloutir. La jeune Polonaise avançait d'un pas pesant tout en mangeant de pleines poignées de neige. « Si seulement elle pouvait me laisser seul ! », me disais-je. C'est alors que la pensée de ma petite sœur me traversa.

Prenant mon couteau, je coupai le reste de la saucisse en deux et sifflai pour l'appeler avant de lui en lancer un morceau. Elle l'attrapa et sourit. Après quoi, mettant ses deux petits gants en coupe autour de la saucisse, elle la porta à ses narines, puis la fourra dans sa bouche.

– C'est ici, votre pays ? En Prusse-Orientale ? demanda-t-elle. Vous parlez comme un Prussien de l'Est.

Le rose de ses joues était assorti à celui de son bonnet. Je savais de quelle région elle était originaire ; je savais aussi ce qui avait eu lieu là-bas. Et elle ? Était-elle au courant ?

– Oui, je viens de Prusse-Orientale, répondis-je. De Königsberg.

J'aurais sans doute pu dire l'exacte vérité. Pourquoi ne l'avais-je pas fait ? En réalité, j'étais originaire de Tilsit, une ville au nord-est de Königsberg. Je me demandai si les Russes s'étaient déjà emparés de Tilsit. Et ce qui allait advenir de la Prusse-Orientale. C'était un ancien royaume allemand situé sur la mer Baltique, au sud de la Lituanie et au nord de la Pologne. Staline avait déjà pris la Lituanie ; il prendrait aussi la Prusse-Orientale.

La jeune fille mâchonnait sa saucisse en me regardant bien en face.

– *Heil*, Hitler ? demanda-t-elle à voix basse.

Je ne répondis pas.

La petite Polonaise leva les yeux vers le ciel. Le montrant du doigt, elle se mit à parler des arbres et des étoiles.

J'étais décidé à l'abandonner ce soir-là.

ALFRED

Avec chaque minute qui s'écoule, l'angoisse croît dans le port.

Le bruit court que la ligne de front allemande est tombée deux semaines plus tôt. « Temporairement », assuré-je à mes camarades matelots. En fait, si l'on en croit les rumeurs, l'Armée rouge a remis en vigueur une consigne militaire remontant au Moyen Âge : « viol et pillage ». Et cette odieuse armée russe se rapproche – inexorablement. Dans leur désir désespéré de fuir les communistes, les réfugiés, créatures à bout de forces, dépossédés de leurs maisons, vont affluer en direction du port. Ils seront des centaines de milliers, peut-être même des millions.

Le haut commandement allemand a donc organisé en toute hâte une opération massive d'évacuation par voie navigable. Ils l'ont appelée Opération Hannibal, du nom d'un des plus grands stratèges de l'histoire. Un gigantesque convoi de navires doit être dépêché à l'ouest. Des trains sanitaires bourrés à craquer de soldats allemands blessés foncent vers les différents ports. *Goya, Ubena, Robert Ley, Urundi, General von Steuben, Hansa, Pretoria, Cap Arcona,*

Deutschland, Wilhelm Gustloff – tels sont les noms des bateaux désignés pour participer à cette opération d'envergure.

Ce sera mon premier voyage en mer. Un premier voyage qui m'a déjà lancé un défi. Une éruption cutanée intempestive est apparue sur mes mains et mes aisselles. Les communistes en sont, à mon avis, les responsables.

Les marins continuent à parler des plans d'évacuation. Je sens que je dois intervenir.

– Nous manquons de temps, fais-je remarquer à l'un de mes supérieurs. Enregistrer et embarquer des centaines de milliers de passagers en quelques jours… je ne crois pas que ce soit possible, monsieur.

– Vous ferez en sorte que ce soit possible, rétorque-t-il.

C'est un ordre sans réplique.

Je porte mon regard de l'autre côté du quai, imaginant la scène. La population tout entière va se rabattre sur la côte. Les ports seront livrés au chaos. Les soldats allemands auront, bien entendu, la priorité. Avant de monter à bord des navires, les réfugiés en proie au désespoir devront se soumettre à une sélection. Des milliers d'entre eux sont déjà arrivés dans des chars à bœufs où s'entassent leurs affaires. Ils sont défaits, hagards. Certains s'endorment même dans la neige. J'ai vu un homme si affamé qu'il mangeait une bougie.

– S'il vous plaît, matelot, aidez-moi, implorent-ils quand je passe près d'eux.

Cette fois, je compte faire quelque chose.

Peut-être.

Pour quelques-uns.

Je chantonne la fameuse liste des ennemis du Reich que j'ai mise en musique. *You-go-slaves !*

Après quoi, je m'imagine de retour à Heidelberg, une fois la guerre terminée. Des foules entières de femmes et d'enfants s'attroupent autour de moi, tandis que je distribue au compte-gouttes des oranges tirées de sacs de toile.

Oui, Hannelore, tout cela est dangereux. J'ai été choisi pour accomplir une mission très importante : désinfecter le pays. Tu sais bien que le petit déjeuner des héros comme moi n'est certes pas saupoudré de sucre. Bah, ce n'est rien, ma chère amie.

Rien. Si l'évacuation échoue et que les ports sont bombardés, plus d'un million de personnes mourront.

Un terrible grondement retentit au bord de l'eau. Quelqu'un pousse un cri. Désespéré. Paniqué. Comme étranglé par la peur.

Mes doigts se crispent. Des frissons courent le long de ma colonne vertébrale.

EMILIA

Le chevalier prussien marche en tête. Il a des secrets.

J'ai des secrets, moi aussi.

Mes jambes, fatiguées de marcher, sont douloureuses. Le collège me manque. J'adorais mon pupitre, mes professeurs, l'odeur des crayons tout frais taillés attendant patiemment dans le plumier.

Ce jour-là, j'étais allée en classe, préoccupée par l'examen de mathématiques. Mama me taquinait souvent à ce sujet, disant que j'étais tout entière nature et chiffres, comme mon père. Je n'étais pas encore dans la cour de l'école que j'avais déjà « compris » : nos chaises et nos pupitres étaient empilés à l'arrière d'un camion ouvert ; nos manuels scolaires, grossièrement entassés, fumaient encore. Un de mes professeurs courait à ma rencontre en criant :

– Dépêche-toi, Emilia, rentre vite à la maison. Ils ont fermé le collège.

– Mais pourquoi ? lui avais-je demandé en me dirigeant vers le camion. Attendez, j'ai des affaires à prendre dans mon pupitre.

– Non, non, file chez toi, Emilia ! avait répondu mon professeur avec des sanglots dans la voix, tandis que des larmes coulaient le long de ses joues.

Les nazis prétendaient que je n'avais pas besoin de recevoir d'instruction. Les écoles polonaises étaient fermées. Nos pupitres, comme tout le reste du matériel scolaire, partaient pour l'Allemagne. Une fille allemande soulèverait-elle le couvercle de mon pupitre au fond duquel étaient cachés mes trésors ?

Les nazis disaient que les Polonais étaient destinés à devenir les serfs des Allemands. Selon eux, il nous était donc inutile d'apprendre quoi que ce soit, à part compter et écrire notre nom. Mon père était membre de l'École de mathématiques de Lwów. Il était impensable à ses yeux que l'on n'enseignât pas aux enfants la lecture, l'écriture et l'arithmétique. Les nazis avaient brûlé nos livres en langue polonaise. Mais j'avais appris à lire très tôt. Jamais, ils ne pourraient me prendre ça.

Je continue à marcher, rêvant de nourriture et de repos – dans un lit moelleux, avec une couverture bien chaude. Mais, à dire vrai, je me contenterais d'une pomme de terre et d'une botte de foin. La neige tombe, prêtant à toutes choses une pureté trompeuse. La neige blanche recouvre la sombre vérité. Ainsi, une nappe de lin blanc fraîchement repassée sur une table portant des traces de balles, un drap immaculé jeté sur un matelas taché.

La nature.

Voilà une chose que la guerre ne pourra pas me prendre non plus. Les nazis ne peuvent pas arrêter le vent et la neige ; les Russes ne peuvent pas s'emparer du soleil, ni des étoiles.

Ne me sentant pas très bien, je reste un peu en arrière et pénètre sous le couvert des arbres pour faire mes besoins. Le chevalier poursuit sa route. Je suis encore accroupie quand je vois un soldat en uniforme sortir furtivement des bois pour se glisser derrière le chevalier.

Il a un pistolet.

Il le braque sur le chevalier.

Je me lève d'un bond et pousse un cri.

Pan !

FLORIAN

Pan.

Je vis d'abord la fille, campée sur ses jambes, revolver au poing. Puis le soldat qui gisait entre nous et se tordait sur le sol. Une balle avait traversé son épaule de part en part. Il brandissait déjà son pistolet, mais je fus plus rapide que lui.

Les coups de feu retentirent dans ma tête avec un son creux. Je parcourus des yeux les bois alentour. Y avait-il d'autres soldats ? D'un coup de pied, j'expédiai le pistolet au loin et je me hâtai de dépouiller le mort : cartouches, provisions, papiers, gamelle – tout y passa. C'était mal, très mal.

– Qu'est-ce qui t'a pris ? chuchotai-je à la Polonaise. Il n'était pas russe, mais allemand.

Je promenai rapidement mon regard à la ronde.

– Dépêchons-nous. Quelqu'un a pu entendre ces coups de feu. Il faut courir, expliquai-je à la jeune fille, tout en rassemblant les produits de mon larcin. Fourre ça dans tes poches, ajoutai-je en les lui tendant.

Elle ne répondit pas. Elle restait plantée là,

comme figée par le choc, mais tremblant de tout son corps. Elle tenait toujours le revolver russe entre ses mains gantées de rose.

Il lui échappa et tomba dans la neige.

JOANA

Le petit groupe grimpait la colline en direction du manoir. Ce soir-là, nous aurions des murs épais, un bon feu et un toit solide pour nous protéger du froid et de la neige.

– C'est exactement comme dans mon souvenir, déclara le Poète de la Chaussure. Extraordinaire ! Nous allons contourner la maison. Je crois que c'est là que se trouve l'entrée de la cuisine.

Je brossai un tableau des lieux à Ingrid.

– Murs de grès beige. Hautes fenêtres rectangulaires au rez-de-chaussée comme à l'étage. La porte d'entrée s'ouvre sur un vestibule en forme de losange.

Ingrid m'étreignit le bras.

– Je n'aime pas cet endroit, murmura-t-elle.

– Qu'est-ce que tu n'aimes pas ? C'est juste un abri.

En guise de réponse, Ingrid se contenta de humer l'air ambiant.

Après avoir contourné l'arrière du manoir, le Poète, suivi du groupe, franchit une haie couverte de neige. Il s'arrêta net. Les battants des portes-fenêtres dont les vitres avaient volé en éclats étaient grands ouverts sur le jardin, et les tentures de damas déchirées claquaient au vent.

La cour était jonchée de vaisselle cassée et de vêtements, de livres, de chaussures et de divers effets personnels. Une voiture d'enfant abîmée gisait sur le côté sous un linceul de neige.

Le Petit Garçon Perdu fit quelques pas en avant. Je passai le bras autour de ses épaules.

Eva rit.

– Désolée, mais à quoi vous attendiez-vous ? À une rangée de domestiques devant la maison pour vous accueillir ?

Et, haussant les épaules, elle pénétra à l'intérieur.

Eva avait raison. Il n'y avait plus rien d'intact. La région tout entière avait été brisée, bombardée, pillée. Il fallait être bien naïf pour s'attendre à autre chose. À notre entrée, le vent glacial se mit à souffler avec violence, faisant claquer les portes fracassées.

Le rez-de-chaussée de la maison comptait cinq vastes pièces très hautes de plafond et reliées les unes aux autres par des portes à deux battants. Quand on se tenait dans ce qui avait dû être jadis la bibliothèque côté jardin, on pouvait, à travers le jeu des portes ouvertes, voir jusqu'à l'autre bout de la demeure. Des rayonnages tapissaient jusqu'au plafond les murs de la bibliothèque. Les livres, maltraités, violentés, dépossédés de leur dignité, gisaient en tas sur le sol. Il fallut les enjamber pour gagner la salle voisine.

– Choisissons une pièce pour y dormir cette nuit, fermons les portes, et faisons un feu pour nous réchauffer, ordonna Eva.

Elle s'arrêta au beau milieu du rez-de-chaussée.

– Celle-ci conviendra.

– Où est la cuisine ? m'enquis-je. Peut-être y trouverons-nous de quoi manger et de quoi boire.

– Oui, soupira Eva. À boire !

Sur ce, elle chargea le Poète de la Chaussure de ramasser tout le bois et le papier qu'il pourrait trouver pour bâtir le feu.

– Pas les livres, murmurai-je. S'il vous plaît, Poète.

– On ne dérangera pas leurs affaires, c'est promis, acquiesça-t-il en me tapotant le bras.

Une fois ma valise posée dans un coin, j'explorai la maison, admirant la splendeur déchue, quasi spectrale de toutes ces pièces en proie au chaos de la panique. En arrivant dans la salle à manger qui se trouvait à l'autre bout de la demeure, j'aperçus une silhouette menue. Le Petit Garçon Perdu se tenait devant la longue table, près d'une chaise renversée. Il avait la tête baissée. M'approchant à pas de loup, je jetai un coup d'œil par-dessus son épaule.

Au milieu de la table, il y avait un panier de pain moisi grouillant de souris brunes. Des bols de porcelaine à fleurs à demi remplis de soupe étaient alignés sur une nappe couverte de poussière ; les cuillères étaient encore dedans.

Ils n'avaient même pas eu le temps de finir leur dîner.

FLORIAN

Je traînai le cadavre de l'Allemand jusqu'à un épais fourré et le recouvris de neige. Que se passerait-il si quelqu'un le trouvait ? Empoignant mon revolver, je marchai rapidement à travers les arbres à la recherche d'une lumière. Une odeur de feu guidait mes pas. J'aurais dû m'en douter. La journée avait été trop tranquille. Voyant que le soldat tenait un revolver à la main, la jeune Polonaise s'était imaginé qu'il allait tirer. Elle avait cru prendre ma défense.

Elle me suivait. En tournant la tête vers la droite, je l'entendis marmonner « Arrêtez » tout en essayant de refouler ses larmes. Ma petite sœur, Anni, s'était comportée de la même façon le jour où Père l'avait envoyée au nord du pays. Elle ne voulait pas pleurer. D'une main, elle s'en empêchait, de l'autre, elle tenait fermement sa valise.

Alors que je ne songeais déjà plus à ma plaie recousue, je fus tout à coup étreint par la douleur. L'odeur de fumée persistant, j'espérais qu'elle signalait un endroit où se reposer, grange ou cabane. Sans une nuit de repos, je ne pourrais pas aller bien loin le lendemain.

À peine sortie de la forêt, la jeune Polonaise désigna quelque chose du doigt. On voyait effectivement apparaître au loin, perché sur une petite éminence de terre gelée, un vaste manoir. Il était plongé dans l'ombre, mais une fumée plus grise que le gris du ciel s'échappait par saccades de l'une des cheminées du milieu.

Était-ce un piège ? La prairie gelée menant à la demeure accueillante était peut-être un champ de mines.

La petite Polonaise s'approcha. Je partageais son inquiétude. La maison abritait peut-être des Allemands. Ou bien des Russes. Dans les deux cas, ce serait un problème. Les Russes me tueraient ou me prendraient en otage. Quant aux Allemands, ils chercheraient à savoir pourquoi je n'étais pas en uniforme.

Je ne voulais même pas tenter d'imaginer ce qu'ils feraient à la jeune fille.

– Suivons l'allée jusqu'au bout, proposai-je à voix basse. On verra alors qui est là.

Ce dont j'étais certain, c'est que nous ne trouverions pas dans le salon un vieux couple aimable goûtant les plaisirs de la pipe et de la tapisserie.

EMILIA

Nous avons pris la direction de la vaste demeure. Je marche au côté du chevalier. Mais à chacun de mes pas, je me sens plus mal. De plus en plus mal.

J'ai tiré.

J'ai tiré sur un homme – tué un homme.

Le chevalier m'a sauvée, et je l'ai sauvé à mon tour. Je devrais me sentir mieux, mais ce n'est pas du tout le cas. Pourquoi ?

C'est comme si, avec ce coup de feu, un frêle barrage s'était rompu dans mon esprit. Des souvenirs jusque-là refoulés commencent à filtrer, à couler goutte à goutte dans la fissure.

Bottes. Cris. Bris de verre. Coups de feu. Crâne heurtant une matière dure.

Je tente de les repousser.

S'il vous plaît, allez-vous-en.

Je suis incapable de les arrêter. Ils roulent à présent vers moi comme des vagues. Plus vite, toujours plus vite.

Tous les canetons avec leurs têtes dans l'eau
Têtes dans l'eau
Tous les canetons avec leurs têtes dans l'eau

Ah, comme ils sont mignons, ces petits canetons !

Une douleur fulgurante me déchire le corps, et je tombe évanouie dans la neige.

JOANA

Le Poète, installé au coin de la cheminée devant le feu rougeoyant, cirait ses bottes avec la suie qu'il avait grattée dans l'âtre. Assis près de lui, le Petit Garçon Perdu observait attentivement le vieil homme avant de brosser ses propres bottines, minuscules, avec les mêmes gestes.

Le feu craquait et craquetait, répandant par vagues une douce chaleur que je sentais jusque sur mon visage. Magnifique.

– Si je trouve un chêne, je pourrai faire bouillir l'écorce pour soigner quelques-unes des ampoules, dis-je au Poète tout en boutonnant mon manteau et en enveloppant ma tête d'une écharpe.

– Je viens avec vous, dit-il.

– Non, non, restez là. Vous aurez besoin de toutes vos forces pour les jours à venir.

– Je me porte comme un charme, ma chère enfant.

Sur ce, il retroussa une de ses jambes de pantalon pour montrer son genou anguleux. Il était couvert d'un enduit blanc.

– Secret de cordonnier, chuchota-t-il au Petit Garçon Perdu. Il y a du mercure dans le cirage blanc. Un excellent remède contre l'arthrite. Voilà pourquoi je me porte comme un charme.

Le Petit Garçon Perdu retroussa à son tour sa jambe de pantalon pour examiner son propre genou, minuscule.

Le Poète tapota la tête de son protégé en souriant. Le vieil homme était effectivement toujours plein d'énergie. Il refusait de ployer sous le fardeau du chagrin, du deuil et de la perte.

– Faites attention là-bas, me dit-il.

Je traversai la demeure enténébrée et regagnai la bibliothèque aux portes-fenêtres brisées. Un livre dont les pages voletaient dans le vent glacial était ouvert à mes pieds. Je me penchai pour le ramasser et, à la vue du nom inscrit sur la couverture, je me sentis terrassée par le remords.

Charles Dickens.

Les Aventures de M. Pickwick. Un cadeau de Noël que Grand-Mère nous avait offert à toutes les deux, Lina et moi.

Lina.

Qu'avais-je fait ?

Je posai le livre sur une table avant de sortir dans le froid, cap sur les arbres. Il me sembla distinguer deux silhouettes sombres à mi-chemin, entre le manoir et la forêt. Je regardai plus attentivement et vis deux nattes blondes se balancer sous un bonnet rose. C'était la petite Polonaise et le jeune homme blessé par les éclats d'obus. Je me dirigeai vers eux.

– Vous nous suiviez ? lançai-je.

– Dépêchez-vous, cria-t-il. Il lui est arrivé quelque chose.

Je courus. Emilia était assise dans la neige, le menton sur la poitrine.

– Qu'est-ce qui ne va pas ? m'enquis-je.

Elle ne répondit pas.

– Je crois qu'elle est toujours sous le choc, expliqua le garçon. Elle a tiré sur un soldat dans les bois. Elle refuse de bouger.

Je m'agenouillai auprès d'elle. Aussitôt, elle enveloppa son corps de ses bras tout en essayant de s'écarter légèrement de moi.

– C'est OK, Emilia, dis-moi ce qui ne va pas. J'aimerais t'aider. Rentrons à l'intérieur, veux-tu ?

Elle refusa de bouger. Au lieu de quoi, elle s'étendit dans la neige et commença à déboutonner son manteau.

Je l'aidai à défaire les derniers boutons avant d'examiner soigneusement ses multiples couches de vêtements.

Voyant de quoi il s'agissait, je poussai un cri étouffé.

– Oh, mon Dieu !

FLORIAN

Elle se laissa transporter dans le manoir. La bile me montait à la gorge. La petite Polonaise avait l'âge de ma sœur. Qu'étaient donc devenus les êtres humains ? La guerre nous rendait-elle mauvais ou bien se contentait-elle d'activer un mal tapi au fond de nous depuis la nuit des temps ?

Cette journée était une véritable catastrophe. J'avais quitté la grange bien avant le groupe, et pourtant, ils étaient arrivés avant moi. Pitoyable. Mes sens étaient si troublés que j'avais failli me faire tuer dans les bois.

Et la gosse de quinze ans qui m'avait sauvé la vie allait sans doute mourir.

La jolie infirmière s'occupait de la Polonaise tout en lui parlant à mi-voix. Je l'observai. Au bout de quelques minutes, je la vis apparaître à côté de moi. Ses doigts effleurèrent mon épaule.

– Éloignez-vous du feu, m'ordonna-t-elle.

– J'ai froid.

– Vous avez froid parce que vous êtes fiévreux. Éloignez-vous du feu, répéta-t-elle en m'entraînant plus loin.

J'aperçus en passant le vieil homme qu'ils appelaient tous le Poète de la Chaussure. Comme le petit garçon assis près de lui, il n'avait pas de chaussures aux pieds. Ses bottes, ainsi que les minuscules bottines de l'enfant, étaient rangées contre le mur ; les deux paires étaient astiquées à la perfection : on pouvait presque s'y mirer.

Le petit garçon m'adressa un signe de la main.

– Bonjour, je m'appelle Klaus ! annonça-t-il.

Je lui répondis par un clin d'œil. Il sourit.

– Asseyez-vous ici, dit l'infirmière.

Je me sentais mal à l'aise avec elle et en même temps, pour une mystérieuse raison, soulagé de la savoir là.

– Quel est votre nom déjà ? questionnai-je.

– Joana. Quel est le vôtre déjà ?

J'allais ouvrir la bouche mais je me retins à temps. Je crus voir ses lèvres esquisser une ombre de sourire. Était-elle en train de se moquer de moi ? Et rirait-elle encore lorsqu'elle se serait rendu compte que j'avais subtilisé quelque chose dans sa valise ?

– Je voudrais voir les points de suture. Enlevez votre chemise, commanda-t-elle.

Des plaisanteries inappropriées me traversèrent l'esprit. Mais elle ne me regardait pas. Elle avait les yeux fixés sur la petite Polonaise, et la ride entre ses sourcils semblait se creuser au fur et à mesure qu'elle l'observait.

– Va-t-elle passer le cap ? demandai-je en déboutonnant ma chemise.

Je regrettai sur-le-champ d'avoir posé cette question. Je ne pouvais pas m'offrir le luxe de me faire du souci pour la gamine au bonnet rose. C'était juste une tragédie de la guerre – une de plus.

L'infirmière se tourna vers moi.

– Étant donné que sa survie dépend de vous, voyons comment ça va. Hmm, ajouta-t-elle après avoir décollé avec précaution mon pansement, plutôt mieux que je ne m'y attendais.

– Je ne peux pas m'occuper d'elle. Je suis déjà en retard dans mon programme.

Elle s'agenouilla devant moi. C'est à peine si j'entendis ses paroles.

– Les Russes cernent toute la région, dit-elle. Il ne reste plus que deux moyens de fuir : embarquer à Pillau, le port de la Vistule, ou embarquer au port de Gotenhafen. Puisque nous allons tous dans la même direction, il serait plus sûr de voyager ensemble.

Tandis qu'elle reboutonnait ma chemise, je sentis ses doigts glacés effleurer ma poitrine.

Elle ne savait pas de quoi elle parlait. Ce n'était pas « plus sûr » pour quiconque de voyager avec moi.

JOANA

– Il est mignon, déclara Eva en allongeant ses pieds de géante près du feu.

– Il est très jeune.

– Trop jeune pour moi, oui, mais pas pour vous. Quel âge peut-il avoir ? Dix-neuf ans, vingt peut-être ? Regardez, il est en train de vous dévisager.

Je lui jetai un coup d'œil. Il détourna la tête. Eva avait, semblait-il, évalué correctement son âge. Et Ingrid ne s'était pas trompée. Il avait bien les yeux gris. Mon bilan avec les garçons n'était pas exactement positif. Selon toute apparence, j'avais le don de choisir ceux qu'il ne fallait pas.

– Il y a quand même quelque chose qui ne tourne pas rond chez lui. Peut-être est-ce un espion.

Les paroles d'Ingrid retentirent dans mon esprit. *C'est un voleur.*

– Toutefois, continua Eva en se laissant aller en arrière dans sa chaise branlante, espion ou pas, il peut parfaitement tenir une fille au chaud, vous savez.

Elle embrassa la pièce du regard et ajouta :

– Les nazis ont détruit cet endroit. Il devait être magnifique.

J'acquiesçai d'un signe de tête.

Elle laissa échapper un petit rire moqueur.

– Ils n'ont certainement pas confiance dans la vieille aristocratie prussienne, n'est-ce pas ?

Eva avait raison. Les *Junkers* ne se mêlaient guère aux autres Allemands. *Junker* signifie « jeune gentleman ». L'aristocratie prussienne servait dans l'armée allemande, combattant pour ses terres et ses titres. Mais sur bien des points, leur idéologie ne correspondait pas à celle d'Hitler. Quelques mois plus tôt, en juillet plus exactement, des Prussiens avaient été impliqués dans une tentative d'assassinat contre Hitler. Le complot avait échoué, et les *Junkers* avaient été exécutés.

– Alors, qu'est-ce qui cloche chez la fille ? questionna Eva. Elle est épuisée ? Ou bien elle a compris que son père ne ferait plus de mathématiques désormais ? Désolée…

– Je voudrais que vous lui parliez en privé. J'aurais besoin d'avoir un minimum d'informations sur sa vie pour l'aider – essayer en tout cas. Pouvez-vous faire ça pour moi, Eva ?

– Pourquoi moi ?

– Parce que vous comprenez mieux le polonais qu'aucun d'entre nous.

– Elle semble terrifiée, commenta Eva.

– Elle l'est probablement. Elle est enceinte de huit mois.

EMILIA

J'aime bien la Lituanienne, mais je ne peux pas en dire autant d'Eva la Géante : elle parle un très mauvais polonais et ne cesse de s'énerver. Je n'ai jamais vu une femme d'une taille aussi imposante.

– Et ça ? demande-t-elle en désignant mon ventre. De Nemmersdorf ?

– Non. De la ferme au printemps dernier.

– La ferme ?

Je hoche la tête. Dois-je lui en parler ? Dois-je lui expliquer que mon père m'avait envoyée en Prusse-Orientale pour travailler dans une ferme ? Dois-je lui préciser que les propriétaires de cette ferme, les Kleist, étaient des amis de mon père ? Les Kleist avaient un fils nommé August. Le rouge me monte aux joues chaque fois que je pense à lui.

« Emilia, avait dit M. Kleist en m'indiquant du doigt un garçon hâlé occupé à tirer un traîneau de bois, c'est notre aîné, August. »

Je ne peux m'empêcher de sourire en me rappelant son beau visage. Je pose les mains sur mon ventre.

– Je suis partie retrouver August, finis-je par dire, préférant mentir.

Eva s'éloigne en hochant la tête.

Je me recouche et songe à August, à notre mariage, au grand nid que nous bâtirons pour les cigognes au-dessus de notre chaumière, et qui sera exactement comme celui que j'ai aperçu au sommet de la grange. Les images sont si paisibles, si parfaites que je ne tarde pas à m'endormir.

ALFRED

Salutations, douce Hannelore !

Le froid continue à sévir, et je brave des températures de quinze degrés au-dessous de zéro. Mes cils gèlent et collent dès que je fais un pas au-dehors. Bien entendu, ce climat ne convient pas aux femmes à la peau délicate, c'est pourquoi je préfère t'imaginer à la maison en train de faire tremper tes bas ou de te faire couler un bain.

Aujourd'hui, j'ai une nouvelle à partager avec toi. J'ai reçu confirmation de mon embarquement sur le MV Wilhelm Gustloff, *le navire le plus impressionnant du port. Il est gigantesque, deux cent huit mètres de long et cinquante-six mètres de haut, et il n'a que huit ans. Une véritable splendeur. Conçu à l'origine comme bateau de croisière, il dispose d'équipements collectifs que tu apprécierais, je crois : piscine, salle à manger officielle, salle de bal et bibliothèque. Mais aussi – oh, oh, laisse-moi chatouiller un peu ta curiosité – une salle de cinéma, un institut de beauté et un pont-promenade entièrement encastré dans le verre. Tu imagines ? Toutes les cabines sont identiques, à part la luxueuse suite privée réservée au Führer sur le pont B. Peut-être serai-je invité à un moment donné à loger dans la suite privée, mais je déclinerai cette invitation. Je le dois. Sacrifices, Lore, sacrifices. Je fais chaque jour ce genre de sacrifice, permettant aux autres de manger à même ma cuillère.*

Je suppose que le Gustloff *était pimpant du temps des croisières de vacances, mais maintenant qu'il contribue à l'effort de guerre, il a été repeint en gris – un gris blafard. Entre-temps, il a servi de navire-hôpital, puis, dernièrement, de caserne flottante destinée aux sous-mariniers en formation. Peu importe, c'est mon bateau désormais.*

Oui, quelle chance j'ai d'être un marin de première importance et de voyager sur un grand navire au lieu de creuser des tranchées antichars comme la plupart des gars de mon âge. Mes services me réclament instamment, je dois donc refermer cette lettre. Toutefois, je vais te quitter en te laissant méditer un « détail » des plus saisissants : le navire peut accueillir 1 463 personnes, mais on me dit que nous aurons peut-être jusqu'à 2 000 passagers à bord.

Songes-y, ma chérie, ton Alfred est sur le point de sauver deux mille vies.

– Vous avez nettoyé les toilettes, Frick ?

– Non, pas encore, répliqué-je.

FLORIAN

J'étais assis dans le coin à observer le groupe. Ils n'avaient pas grand-chose à manger, mais le peu qu'ils avaient, ils le partageaient. Le petit garçon avait déniché un vieux gramophone qu'il avait traîné à l'autre bout de la pièce. Il avait aussi trouvé un disque, un seul et unique disque : on y entendait une starlette suédoise du nom de Zarah Leander chanter : *Davon geht die Welt nicht unter.* Ils passèrent et repassèrent sans fin le disque. Le cordonnier râblé invita la Géante à danser. Pour son âge, c'était un bon danseur, bien plus agile qu'elle.

Un souvenir me revint en mémoire.

Le Dr Lange m'avait demandé d'escorter sa fille à deux bals. Malheureusement, je dansais beaucoup mieux qu'elle, ce qui l'avait irritée. C'était une fille égoïste avec un nez de pivert.

L'infirmière s'approcha de moi.

– C'est juste de la soupe de haricots, mais elle est chaude, dit-elle en me tendant un bol.

– Donnez-la plutôt à la petite Polonaise.

– Elle en a déjà eu. Prenez-la. Si vous ne mangez rien, vous vous sentirez faible demain matin.

J'obéis.

Elle s'assit près de moi sans y avoir été conviée.

– J'ai déjà entendu cette chanson, commença-t-elle. Je sais qu'elle chante en allemand, mais je ne comprends pas toutes les paroles.

Je portai une cuillère de soupe chaude à ma bouche avant de répondre :

– Elle dit que ce n'est pas la fin du monde.

L'infirmière replia les jambes sous sa jupe et posa le menton sur ses genoux.

– Eh bien, voilà qui est bon à savoir ! Comme c'est agréable d'entendre un peu de musique ! À l'hôpital, nous en faisions quelquefois écouter aux patients. Les soldats adoraient la chanson *Lili Marleen*. Vous la connaissez ? ajouta-t-elle en me regardant.

– Non, répondis-je.

C'était un mensonge.

– Elle parle d'un garçon qui se languit de sa bien-aimée ; elle est très belle.

Je n'avais pas l'intention de la corriger, mais elle se trompait : la chanson s'inspirait d'un poème écrit par un soldat allemand durant la Première Guerre mondiale ; le soldat rencontre son amoureuse sous un réverbère avant de partir à la guerre. Un jour qu'il est sous une barricade, près d'une lanterne, il pense à sa *Lili du réverbère*.

– Vous aimez danser ? demanda-t-elle.

C'était plus un commentaire qu'une question.

– Moi ? Non.

Le cordonnier s'approcha de nous d'un pas glissant.

– Venez, ma chère Lituanienne, dansons ! – et il tendit sa main noueuse à l'infirmière, ajoutant : Comprenez-vous ce qu'elle chante ?

– Oui, bien sûr, répliqua-t-elle avec un petit sourire, elle dit que ce n'est pas la fin du monde.

– Très bien ! Dansons et réjouissons-nous. Ce soir, nous dormirons comme des aristocrates, déclara le Poète.

– Je doute fort que les aristocrates dorment à même le sol froid, murmura-t-elle à mon oreille avant d'accepter la main du Poète.

J'avais envie de rire, de continuer à parler avec elle, au lieu de quoi je me tus.

Les yeux fermés, le cordonnier faisait virevolter sa cavalière, qu'il tenait comme il faut, tout autour de la pièce. Il avait sans doute dansé avec quantité de jolies filles en son jeune temps. Il semblait être un homme sage et bon. Je l'imaginais au travail près d'une lampe à huile, taillant et cousant jusqu'à une heure avancée de la nuit. Il avait probablement un jeune apprenti à qui il enseignait un métier honnête, à la différence du Dr Lange qui m'avait leurré par ses mensonges.

Lange avait dû me considérer comme une cible facile. J'étais si enthousiaste, si fasciné par les vieux tableaux ! Je les contemplais des heures durant jusqu'à en pénétrer tous les secrets. Le Dr Lange m'apprit à dissoudre soigneusement le vernis décoloré avant de l'enlever. J'étudiai les pigments et les colorants susceptibles de ne pas déparer les antiques patines. Je passai de longs mois à tester les méthodes que les anciens maîtres utilisaient pour créer du gesso, si bien que je fus rapidement au fait de mon métier. Je parvins sans tarder à reconnaître les différents types de craquelures, ainsi que les toiles et les châssis employés par chaque école d'art. Le Dr Lange était impressionné par la rapidité avec laquelle j'étais capable de déceler une nouvelle couche de peinture, une retouche ou un faux. Mon travail de restauration était absolument indétectable.

« Stupéfiant, Florian, chuchotait-il par-dessus mon épaule. Toi, mon garçon, tu es le secret le mieux gardé du Reich. »

Mon garçon. Mon estomac se révulsait à ce souvenir. Quel idiot j'avais été ! Puisque j'étais capable de discerner la moindre irrégularité d'une peinture, comment se faisait-il qu'il m'eût fallu si longtemps pour voir clair en ce qui concernait le Dr Lange ?

La chanson terminée, l'infirmière revint s'asseoir auprès de moi. Je me levai.

– Je suppose qu'il n'y a pas de toilettes en état de marche, dis-je tout en sanglant avec soin mon paquetage sur mon épaule.

– Vous pouvez laisser là votre paquetage, dit-elle. Personne n'y touchera.

Elle avait beau fixer sur moi de grands yeux sérieux, je refusai de le laisser là. Jamais je ne m'en déferais. Il renfermait mes provisions, mon carnet de notes, mon avenir, ma vengeance. M'éloignant d'elle, je traversai la pièce dallée de pierre. Lorsque j'atteignis la haute porte à double battant, le Poète leva la main pour m'arrêter.

– Que voulez-vous ? demandai-je.

Il me dévisagea avant de jeter un coup d'œil à mes bottes.

– Les chaussures racontent l'histoire, chuchota-t-il.

Mon talon. Il l'avait entendu sonner avec un bruit creux quand j'avais traversé la salle.

Il savait.

JOANA

Ingrid, assise en silence, se tressait les cheveux.

– Quand atteindrons-nous la glace ? demanda-t-elle.

La glace. Le but de notre pénible marche. Si on parvenait à traverser la lagune gelée de la Vistule, on pourrait alors longer l'étroite bande de terre soit dans la direction de Gotenhafen, soit dans celle de Pillau. Des bateaux partiraient de l'un comme de l'autre port.

– Selon le Poète, dis-je, nous ne sommes qu'à une journée à pied de Frauenburg.

– C'est là qu'on traversera la glace ?

– Oui.

Les doigts d'Ingrid s'immobilisèrent.

– Vous appréhendez l'arrivée à Frauenburg ?

Je l'appréhendais effectivement. Plus on se rapprochait d'un véritable village, plus on avait de chances de croiser des militaires et des blessés.

– S'il y a des soldats, murmura Ingrid, croyez-vous que vous pourrez les convaincre ?

– Les pansements les duperont.

Ingrid n'avait pas tort de s'inquiéter. Hitler considérait les aveugles et les handicapés de naissance comme des êtres inférieurs. On les traitait d'enfants au rebut, de vies indignes d'être vécues.

Leurs noms étaient inscrits sur un registre officiel. Un médecin d'Insterburg m'avait confié que les personnes mentionnées sur ces registres étaient destinées à être tuées. Voilà pourquoi nous tâchions de faire passer les handicaps pour des blessures en les dissimulant sous des pansements.

– Peut-être devriez-vous bander mes yeux dès ce soir, suggéra Ingrid à voix basse. Des soldats pourraient trouver par hasard la maison.

– Oui, c'est une sage idée, répondis-je en tendant le bras pour lui caresser l'épaule. Je vais voir si je peux trouver dans la maison de quoi renouveler ma pharmacie portative.

– Soyez prudente.

Je me frayai un chemin entre les corps endormis et poussai la lourde porte à deux battants. En tournant sur ses antiques gonds, elle laissa échapper un gémissement sinistre. Dans la demeure abandonnée l'air était tranquille et froid, et il y flottait comme un parfum de mort. En la parcourant, j'avais l'impression non seulement de fouler un sol interdit mais encore de violer une intimité.

Un tableau représentant un vieil homme en uniforme était accroché de travers sur le mur. À quelle famille le domaine appartenait-il ? Les *Junkers* de Prusse-Orientale avaient la réputation d'être aussi guindés qu'arrogants, mais c'était là, semblait-il, généraliser de manière hâtive et injuste. J'avais rencontré à Insterburg des familles prussiennes absolument merveilleuses. La plupart des noms prussiens étaient précédés de la particule *von*, qui signifie « de » ou « originaire de». Je regardai le portrait. Si j'avais appartenu à l'aristocratie prussienne, je me serais appelée Joana von Vilkas : Joana du Loup.

Une aristocratique meurtrière.

Je contemplai le large escalier circulaire dans le hall à peine éclairé et notai que chacune des marches de pierre était polie en son milieu : combien de générations ne les avaient-elles pas piétinées ! J'hésitai à monter à l'étage. Je ne pouvais m'empêcher de songer à notre maison de Lituanie. Les Soviétiques devaient l'occuper à présent. Étaient-ils nombreux ? L'un d'entre eux dormait-il dans mon lit ? Avaient-ils jeté par terre tous nos livres, comme de la camelote sans intérêt ? Je commençai à gravir l'escalier glacial. Le clair de lune brillait, argenté, à travers la fenêtre, laissant voir un peu plus haut un lapin en peluche gris. Il lui manquait une oreille. Pauvre Jeannot Lapin ! Les jouets eux-mêmes sont des victimes de guerre.

Je grimpai deux marches de plus.

Le matériel dont j'avais besoin se trouvait vraisemblablement dans la cuisine ou la lingerie. Je n'avais nul besoin de monter à l'étage, seule la curiosité m'y poussait.

Une autre marche.

Un fracas métallique retentit tout à coup au rez-de-chaussée, me faisant sursauter. Je dévalai le majestueux escalier et traversai le sombre corridor pour gagner la cuisine.

L'Allemand, son sac à ses pieds, fouillait les cabinets. Un drap au centre duquel gisait un amas d'objets était étendu par terre.

– Vous me suivez ? demanda-t-il.

– Ne vous flattez pas. J'ai besoin de matériel médical.

Il désigna d'un geste le ballot sur le sol.

– Vous pouvez déchirer le drap si c'est de pansements dont vous avez besoin. Il y a un couteau bien aiguisé au milieu du tas.

J'aperçus quelques bocaux de mûres et de carottes sur le comptoir.

– Où avez-vous déniché ça ? le questionnai-je. Eva m'a dit qu'elle avait exploré la cuisine à la recherche de deux ou trois choses à manger et qu'elle n'avait rien trouvé.

– Je m'y connais en cachettes.

– Et tout ça, c'est pour vous ? demandai-je en fixant les bocaux des yeux.

– Non, gardez-en quelques-uns pour la petite Polonaise.

– Elle s'appelle Emilia, je vous l'ai déjà dit.

Il feignit de ne pas m'avoir entendue.

– On va tous à Frauenburg. Venez avec nous, et elle pourra voyager dans la charrette. Les contractions et autres symptômes qu'elle a décrits laissent présager un accouchement prématuré. Il ne faut pas qu'elle marche pendant des périodes trop longues.

Il sembla examiner ma proposition.

Après avoir fourragé un moment dans la cuisine obscure, je mis de côté des herbes sèches, une paire de ciseaux et une pelote de ficelle. Ce n'était pas suffisant.

– Je monte là-haut pour prendre des couvertures.

– Non, intervint-il en se hâtant d'aller bloquer le seuil de la pièce. Ne montez pas là-haut. Et veillez à ce que le petit garçon n'y monte pas non plus.

– Mais pourquoi ?

Il ne répondit pas.

– Pourquoi ne dois-je pas monter là-haut ? répétai-je en faisant quelques pas dans sa direction.

Il détourna la tête, puis transféra son poids d'une jambe sur l'autre, comme s'il hésitait. Je me rapprochai encore de lui. Il inspira profondément avant de chuchoter, les yeux rivés aux miens :

– Personne ne devrait voir de pareilles choses.

EMILIA

Je dormais d'un sommeil léger. Un besoin urgent m'a réveillée. Il faut que j'aille aux toilettes. Encore.

J'ajuste mon bonnet. Il fait bon à l'intérieur de la belle demeure. Le feu continue à craquer et à rougeoyer, projetant des ombres sur les paquets informes qui encombrent le sol. Comme les gens peuvent avoir l'air comique quand ils dorment et quels drôles de bruits ils font parfois !

Pas le chevalier en tout cas.

Il reste beau et fort, avec les mêmes traits fins, jusque dans son sommeil. Je l'observe depuis le coin où je me suis blottie. Il a le visage détendu. Est-ce qu'il lui arrive parfois de rire ou de sourire ? La fille aveugle, elle, a des pansements sur les yeux. Qu'est-ce que les aveugles voient dans leurs rêves ? Est-il possible de rêver d'une fleur quand on n'en a jamais vu dans la réalité ? Ingrid rêve-t-elle quelquefois de fleurs ?

L'infirmière, Joana, est vraiment gentille. J'étais persuadée qu'elle serait en colère contre moi ou dégoûtée par moi, mais je me suis trompée. Il émane de ses mains comme de sa voix un calme, une douceur qui me rappellent Mama. Lorsqu'elle m'a touché le ventre, elle a souri en hochant la tête. À plusieurs reprises, elle m'a regardée bien en face, aussi me suis-je demandé si elle avait tout compris. Mais quand elle s'est assise, seule, j'ai été frappée par l'expression de son visage, si triste, si malheureuse : on dirait qu'elle est pleine de larmes qui attendent, patientes, le moment de tomber.

Tout à coup, des bruits éclatent.

Des cris.

En provenance de l'étage supérieur, et comme assourdis par l'épaisseur des murs ; puis, à mesure que le son descend, plus clairs, plus aigus, plus perçants pour ne cesser de se rapprocher, faisant sauter le verrou de ma mémoire. Mes épaules commencent à trembler.

Le vent parcourt le hall en mugissant. Une porte claque. Le chevalier, réveillé, est déjà debout, arme au poing. Il regarde d'abord Joana, ensuite, il me regarde, moi, avant de gagner la porte en toute hâte, mais avant même qu'il l'ait atteinte, Eva fait irruption dans la pièce, folle de peur.

– Morts dans leurs lits ! Ils sont tous morts dans leurs lits ! hurle-t-elle.

Son visage est si blanc qu'il paraît bleu. Un lapin en peluche se balance au bout de ses énormes doigts. Il lui manque une oreille.

FLORIAN

Il y avait de multiples scénarios possibles. J'en élaborai un.

La famille était en train de dîner quand quelque chose – peut-être une personne à la porte ou un bruit à l'extérieur – les avait alertés : les Russes approchaient. Le vieux gentleman, sans doute le grand-père, avait enjoint à chacun de monter se coucher. Après quoi, il s'était rendu dans sa chambre pour revêtir son uniforme de la Grande Guerre. Perdre son honneur, c'était tout perdre. Il ne permettrait pas que ses héritiers fussent dépossédés de leur terre ancestrale. Ils mourraient dans la dignité. Bien droit, les épaules carrées, plusieurs rangées de médailles sur le côté gauche de la poitrine, le vieil homme avait fait le tour des chambres, prenant la vie des siens mais préservant leur honneur. Puis il s'était dirigé d'un pas énergique vers sa propre chambre. Ensuite, après être resté un moment près de la fenêtre à observer les collines à l'horizon, il avait appuyé sur la détente.

Désormais, ils étaient tous allongés sans vie là-haut, leur héritage figé par le froid.

Personne ne put retourner dormir après cela. Et dès les premières lueurs de l'aube, notre groupe quitta le domaine.

Le vieux cordonnier tenait le petit garçon par la main.

Le petit garçon tenait le lapin auquel il manquait une oreille.

Quelle triste équipe nous formions ! Bien que traumatisés, brutalisés et couverts de pansements (du moins, pour certains), nous étions pourtant plus chanceux que la plupart ; assurément plus heureux que les morts découverts à l'étage. Tandis que le groupe parcourait en sens inverse la longue allée menant au manoir, la Géante ne pouvait s'empêcher d'en parler, décrivant sans relâche l'horrible spectacle avec un luxe de détails morbides. J'aurais voulu la frapper avec un morceau de brique.

– Désolée, mais vous n'avez pas vu ça, le sang, les enfants, poursuivait-elle. Dieu merci, il régnait un froid terrible là-haut. Et même comme ça, l'odeur…

Nous étions sur le point d'atteindre la route quand elle commença à s'en prendre à la petite Polonaise.

– Faites-la descendre de la charrette ! Elle ne peut pas venir avec nous. Si on est pris en compagnie d'une fugitive polonaise et d'un déserteur, on finira tous massacrés comme la famille là-haut.

– Fermez-la ! m'écriai-je. Je ne suis pas un déserteur.

– Eva, intervint Joana, tout indique qu'elle va accoucher prématurément. Il faut qu'elle se repose.

– Bah, elle a bien réussi à marcher jusqu'ici, je suis sûre qu'elle peut faire le reste du chemin à pied. Personne ne veut qu'elle fasse partie de notre groupe, Joana. C'est juste que les autres n'ont pas le courage de vous le dire.

La jeune Polonaise, assise à l'arrière de la charrette, m'implorait du regard. J'étais bien décidé à dire ses quatre vérités à cette femme exaspérante quand l'infirmière s'avança vers moi.

– Bon, très bien, Eva, trancha-t-elle. Peut-être avez-vous oublié que le cheval m'appartient ? Je vais prendre Emilia en croupe sur mon cheval et partir en avant. Vous n'aurez qu'à tirer la charrette vous-mêmes.

L'infirmière était encore plus jolie quand elle faisait preuve d'entêtement.

– Joana, s'il vous plaît, ne nous quittez pas, supplia la fille aveugle. S'il vous plaît.

Le petit garçon étreignit le lapin mutilé et se mit à pleurer.

– En vérité, Eva, au point où nous en sommes, ça n'a aucune importance, déclara le Poète de la Chaussure. On atteindra bientôt la glace et…

La jeune aveugle leva la main en l'air. La querelle s'interrompit net.

Un brouhaha confus, des bruits de voix, d'autres sons encore commençaient à filtrer à travers les arbres.

Il y avait des gens sur la route.

M'élançant à travers la neige, je me cachai derrière un arbre pour tenter de voir de quoi il s'agissait. C'était un interminable cortège de réfugiés et de charrettes dont on ne pouvait même pas distinguer l'extrémité.

Les ordres d'évacuation avaient donc fini par être donnés. L'Allemagne avait fini par dire à ses citoyens ce qu'elle aurait dû leur dire depuis des mois.

Sauve qui peut !

ALFRED

Bonjour, ma Lore !

C'est un souvenir de printemps qui m'a réveillé en ce matin d'hiver. Peut-être as-tu remarqué qu'à l'époque où j'étais chargé de balayer les trottoirs, je déployais un zèle tout particulier quand il s'agissait du tien. Je souris et me mords la lèvre quand je songe au nombre de fois où je me suis surmené pour toi.

Je suis vraiment trop occupé pour t'écrire une vraie lettre aujourd'hui, mais je sais que tu es sans doute en train de penser à moi. Vois-tu, Hannelore, ce ne sont pas seulement mes coups de balai que je dispense généreusement, ce sont aussi les lumières de mon esprit. Ton père aurait pu embaucher un brave garçon comme moi dans sa fabrique de meubles. Je crois que je le lui ai suggéré une fois, mais il m'a ignoré. Peu importe, je n'ai pas le temps de m'attarder sur pareille inconséquence.

Sache que le port risque d'être attaqué d'un moment à l'autre par les avions des forces alliées. Les ordres d'évacuation ont été placardés la nuit dernière, aussi les habitants de cette région de Prusse-Orientale vont-ils désormais affluer par millions pour me demander de l'aide. Ils feront la queue au port, et je les affecterai à un navire qui les conduira en lieu sûr. Oui, c'est une tâche très importante que la mienne, mais je suis parfaitement à la hauteur de cette tâche. Tu te souviens peut-être de mon sens aigu de l'observation. Je suis le chat qui contemple à la fois la souris et le fromage. Je sais instantanément lequel des deux satisfera la faim.

Jamais nous n'avons été séparés aussi longtemps. Peut-être marques-tu chaque jour ton calendrier d'une grande croix rouge. Je t'imagine sur le seuil de la porte en train d'attendre mes lettres. Je me confie à toi comme à personne d'autre. Peut-être pourrions-nous partager nos secrets par le biais de ces lettres. Après tout, la guerre donne naissance à des montagnes de secrets. Mais si je te dis que la constante pensée d'Hannelore adoucit la dureté du combat, je suppose que ce n'est pas un secret pour toi.

Heidelberg me semble très loin désormais, et cela me rend triste. Alors je me représente en esprit les sombres soirées d'hiver. J'imagine la chaude lueur ambrée derrière le rideau de ta chambre à coucher et ton ombre qui danse sur le mur, tandis que tu plies avec soin ton pull rouge avant de te pencher pour mettre du vernis à ongles sur tes pieds.

Oui, les nuits là-bas, à la maison, étaient sombres et silencieuses. C'est au sein de cette obscurité que le devoir m'a appelé et que j'ai pris ma décision. Mais avais-je vraiment le choix, ma douce ?

JOANA

D'où venaient donc tous ces gens, ce flot humain qui semblait n'avoir pas de fin et ne cessait de s'agglutiner sur l'étroite route de campagne ? Avaient-ils soudain émergé d'un trou ? Avaient-ils attendu dans les bois comme nous ? Il y avait là des jeunes femmes et des jeunes filles, des gens âgés, et tant d'enfants qu'il était impossible de les compter. Ils tiraient des luges ou des traîneaux, conduisaient des charrettes auxquelles étaient attelées des mules, ou marchaient, leur baluchon (juste quelques affaires nouées à la hâte dans un drap) sur le dos.

Un petit garçon et sa sœur assis à califourchon sur un bœuf agrippaient un morceau de corde tout effiloché passé autour du cou de l'animal.

– S'il te plaît, Magnus, dépêche-toi ! disait l'enfant pour tenter de l'amadouer tout en frappant ses flancs à coups de talon.

Les frêles chevilles de sa sœur, exposées au froid, étaient noircies par les engelures.

– Je peux vous aider ? leur lançai-je.

Ils ne m'entendirent pas. Le petit garçon donna une grande tape au bœuf, et celui-ci s'éloigna au trot. Quelques carrioles tirées par des chevaux bien reposés passèrent à vive allure près de notre groupe, nous laissant à peine le temps d'entrevoir le nom de famille prestigieux peint à l'arrière du véhicule. Mais la majorité des émigrants étaient épuisés et découragés, quand ils n'étaient pas terrorisés et en proie à la panique. Un vieil homme dont la jambe de bois frappait le sol avec un bruit sourd allait et venait sur la route, serrant étroitement ses tempes et déclarant à tous les passants : « Ils ont tué ma vache. »

Eva parcourait de son pas lourd la foule compacte, harcelant les gens pour avoir des informations toutes fraîches.

– D'où venez-vous ? Qu'avez-vous entendu ?

Le bruit courait que l'Allemagne commençait à plier. Bien qu'ils aient fini par autoriser l'évacuation, pour beaucoup c'était déjà trop tard.

– Joana ! appela à grands cris Eva. Il y a ici une Lituanienne.

Je me frayai un chemin à travers la cohue pour rejoindre la vieille femme.

– *Labas*, dis-je. D'où êtes-vous ?

– De Kaunas. Et vous ?

– De Biržai, à l'origine. En réalité, ça fait déjà quatre ans que je suis partie. Mes cousins, eux, sont de Kaunas. Comment vont les choses là-bas ?

Elle secoua la tête, à peine capable de parler.

– Notre pauvre *Lietuva*, chuchota-t-elle. Jamais nous ne la reverrons. Dépêchez-vous, mon enfant, continuez à marcher, ajouta-t-elle en me tapotant le bras avant de s'éloigner.

Que racontait-elle ? La guerre allait finir, et nous rentrerions tous dans notre pays.

Ou peut-être pas.

La température chuta bien au-dessous de zéro. Je pensai au bon feu du manoir et aux corps froids couchés dans les lits, à l'étage. En quittant le domaine, j'y avais jeté un dernier coup d'œil. Je ne pouvais pas me débarrasser de l'image de la fenêtre d'angle, traversée par une balle et éclaboussée de sang. Et dans ma tête retentissait la voix de Zarah Leander chantant « ce n'est pas la fin du monde ».

J'espérais qu'elle avait raison.

Le vieux cordonnier et le Petit Garçon Perdu marchaient devant notre charrette.

– Celui-ci a des pieds étroits, disait notre Poète qui avait entrepris de distraire le petit en attribuant des types de souliers aux uns et aux autres. Nous verrions bien pour lui des chaussures Oxford. Mais cet homme-là, celui qui porte des bottes courtes, eh bien, je te parie que dans quelques kilomètres, il aura une belle ampoule au talon ! Nous lui conseillerions certainement des mocassins. Vois-tu, Klaus, quand on ne peut pas obtenir l'empreinte digitale d'un homme, on ferait aussi bien de demander à son cordonnier le croquis de son pied. Il nous en dirait plus que sa carte d'identité.

Je me trouvais à côté d'Ingrid dont les yeux étaient bandés. Elle n'en avait pas moins insisté pour marcher. Elle avançait donc en tenant bien serré la corde fixée à l'arrière du chariot, tandis qu'Emilia était blottie au milieu des ballots dans le fond de la charrette. Le rose de son bonnet mettait une petite tache de couleur dans l'océan des noirs et des gris. Elle gardait les yeux fixés sur l'Allemand qui me suivait, sa casquette enfoncée au ras des yeux. Je ralentis pour lui laisser le temps de me rattraper.

– Ingrid pense que nous atteindrons la glace d'ici demain, lui dis-je. Elle sent déjà l'odeur de la lagune.

– On devrait essayer de l'atteindre ce soir, répliqua-t-il.

– Tout le monde sera épuisé, et il fera trop noir. On n'y verra rien.

– Justement. S'il fait noir, les Russes ne pourront pas nous voir. Alors que, durant le jour, nous serons des cibles faciles. Comme c'est le cas à présent.

Je n'avais pas songé à ça.

– En plus, poursuivit-il à voix basse, comme il fait plus froid la nuit, la glace sera plus solide. Regardez tous ces gens avec leurs luges, leurs traîneaux et leurs charrettes. Il n'est pas certain que la glace de la lagune tienne sous un poids pareil. Ils ne devraient pas emporter autant de bagages.

– C'est tout ce qui leur reste, dis-je. Leurs biens les plus précieux. Comme votre paquetage. Il semble compter beaucoup pour vous.

Il ne répondit pas.

– Comment vous sentez-vous à présent ?

– Bien.

Je continuai à avancer en silence à son côté. Je fixais des yeux la route verglacée quand je sentis soudain son souffle près de moi.

– La Polonaise. Elle n'a pas de papiers.

Les papiers.

Il ne se trompait pas. Emilia n'avait pas de carte d'identité. J'avais oublié cela. L'Allemagne exigeait de tous les civils qu'ils aillent se faire inscrire légalement et qu'ils aient toujours ensuite sur eux un document portant leur nom, leur date de naissance, leur photographie et la mention de leur nationalité comme de leur race, ainsi que des informations sur leur famille. Le régime nazi apposait alors un identificateur sur les cartes. Ma propre carte d'identité, par exemple, portait la mention *Rapatriée*, indiquant que j'avais obtenu l'autorisation de quitter la Lituanie pour me réinstaller en Allemagne. Nous étions tenus de montrer nos papiers d'identité à tout fonctionnaire ou tout soldat qui les demandait. Ces papiers déterminaient notre destin en quelque sorte.

Je levai les yeux vers Emilia, ballottée parmi les paquets et les baluchons. Elle m'adressa un sourire et un petit signe de la main.

Emilia n'avait pas de papiers.

Pas de papiers, pas d'avenir.

EMILIA

C'est agréable d'être assise dans le chariot, mais il me semble injuste de voyager ainsi quand les autres doivent aller à pied. De ma place à l'arrière de la charrette, je peux voir serpenter une longue, longue file de silhouettes sombres et d'animaux, de carrioles et de tombereaux, de luges et de traîneaux. À l'extrémité de cet interminable cortège, les gens ont l'air réduits à de minuscules taches.

Joana, dont le bonnet laisse échapper les jolies boucles brunes, marche à côté du chevalier. Il ne la regarde pas quand elle parle. Mais dès qu'elle détourne la tête, il lève les yeux pour l'observer en secret.

Il aimerait sans doute lui dire des choses.

Elle espère qu'il lui dira des choses.

Mais il se l'interdit.

Il m'a donné quelques pots de confiture de mûres, et je sens encore entre mes dents les grains des baies. Mûres et cassis me rappellent Père. Dans ma petite enfance, il m'envoyait cueillir des baies sur les buissons qui se trouvaient à l'extrémité du domaine. Et chaque fois que je rentrais à la maison avec mon minuscule seau en métal rempli à ras bord, il m'accueillait avec de grands sourires et me serrait tendrement dans ses bras. Je n'avais pas eu droit au même traitement dans la ferme de Prusse-Orientale où il m'avait expédiée plus tard. Il y avait là des écuries, des étables, une porcherie, un poulailler, ainsi que deux vastes granges remplies de meules de foin. Il y avait aussi, isolé derrière une des granges et parfaitement silencieux, un cellier qui servait de chambre froide. Quelques marches menaient à la pièce obscure. C'est là, sous la terre, que j'allais chercher les betteraves, les navets, les champignons séchés et enfin, les tonnelets de choucroute.

Je cligne des paupières et me frotte les yeux.

Mon ventre se contracte. Jusque-là, c'était comme si, à l'intérieur, un papillon battait des ailes ou bien de grosses bulles éclataient. Mais depuis quelque temps, lorsque je pose la main sur mon ventre, j'éprouve une sensation toute différente : on dirait que quelque chose cogne contre ma paume. Aujourd'hui encore, il y a cette espèce de cognement. Mais en plus fort.

FLORIAN

L'aube fit place au jour et bientôt à l'après-midi. Sachant que l'évacuation était désormais autorisée, nous avancions plus vite.

Aux abords de Frauenburg, toutefois, la circulation se ralentit tant la route était encombrée. Au sommet d'une colline se dressait une cathédrale de brique rouge. Plus on se rapprochait du centre, plus le nombre de soldats augmentait et plus l'activité devenait folle.

Je changeai mon sac d'épaule. Une autre épreuve. J'allais devoir me faire enregistrer au poste de contrôle sans éveiller les soupçons. Les paroles de mon père pesaient lourdement sur ma conscience.

– Tu ne vois donc pas que Lange se soucie de ta formation comme d'une guigne ? La seule chose qui l'intéresse, c'est de t'utiliser, Florian.

– Vous ne comprenez pas, avais-je rétorqué. Lange est en train de sauver les trésors artistiques du monde.

– Les sauver ? C'est comme ça que tu vois les choses ? C'est comme ça qu'il t'a dupé aussi facilement ? Cet imposteur avide ne cesse de te bourrer le crâne de sottises, et tu finis par devenir un traître ?

– Je ne déshonore pas l'Allemagne, bien au contraire.

– Je n'ai pas dit que tu trahissais ton pays, fils. Mais c'est bien pire. Tu trahis ton âme.

Tu trahis ton âme. Telles avaient été les dernières paroles de mon père. Non pas parce qu'il en avait fini avec son discours, mais parce que j'étais sorti en trombe de la maison, refusant de l'écouter. Quand j'étais revenu des mois plus tard, en proie à la panique et en grand besoin de conseils, il était trop tard.

Voilà pourquoi je prenais désormais tous les risques, conscient qu'en cas d'échec, mais seulement en cas d'échec, j'aurai été le responsable de ma propre mort en affrontant mon destin les yeux grands ouverts.

Un jeune soldat allemand arrêta notre groupe. Je feignis de voyager seul et continuai à marcher. La petite Polonaise essaya de descendre tant bien que mal de la charrette pour me rejoindre.

– Halte !

J'obéis.

Le militaire marcha à ma rencontre.

– Toi. Tes papiers !

À ces mots, je me sentis frémir. Lentement, je déboutonnai mon manteau et sortis ma carte d'identité de ma poche intérieure. Il s'en empara. M'approchant de lui, je déployai discrètement le papier plié en quatre. Il me l'arracha des mains avec impatience. Tandis que je me détournais légèrement, je sentis que tout le groupe avait les yeux fixés sur moi, observant la scène.

Le soldat passa en revue les papiers. Après quoi, il me les rendit et, se hâtant de faire claquer ses talons, salua :

– *Heil*, Hitler !

Le soulagement m'envahit. Je lui rendis son salut.

– *Heil*, Hitler !

– Êtes-vous blessé, *Herr* Beck ? questionna le soldat en apercevant ma chemise tachée de sang dans l'ouverture de mon manteau.

– Je vais bien, maintenant. Mais il faut que j'avance.

– Voyagez-vous avec ce groupe ? demanda-t-il en parcourant du regard la misérable assemblée en haillons.

J'entrevis alors une tache rose en train de se faufiler derrière les roues avant de la charrette.

Le Poète de la Chaussure fixait une de mes bottes, celle au talon creux. Quant au Petit Garçon Perdu, il sourit et m'adressa un petit salut.

– Sont-ils avec vous ? interrogea de nouveau le soldat.

Son regard parcourut le groupe avant de se poser sur l'infirmière.

Il écarquilla les yeux.

– Elle…

Des cris jaillis de la foule interrompirent brutalement mes paroles. Le bourdonnement de l'aviation alliée retentissait au-dessus de nous.

– Écartez-vous de la route ! hurla le soldat.

Derrière nous un groupe d'êtres humains explosa. Ils avaient lâché une bombe.

JOANA

Bois qui se brise en éclats, cris des enfants, râles des agonisants : derrière nous s'élevait la clameur confuse de la vie qui s'en va. Je voulus me précipiter au secours des blessés, mais le soldat m'empoigna par le bras et me jeta sur le bas-côté de la route. Alors, apercevant la tache rose du bonnet d'Emilia, je rampai dans la neige et m'allongeai sur elle.

Les explosions finirent par s'arrêter.

– Filez au village, hurla le soldat.

– Mais je peux les aider sur la route, rétorquai-je. J'ai une formation médicale.

– C'est inutile. Et maintenant, circulez, *Fräulein* ! ordonna le soldat en nous faisant signe d'avancer.

Une fois rassemblé, notre petit groupe prit le chemin de Frauenburg. Mais une personne manquait.

Le jeune Allemand avait disparu.

Qui était-il ? Je n'avais aucune idée de ce qui était écrit dans la lettre, mais une chose était sûre : elle avait inspiré un grand respect au soldat.

Emilia, inconsolable, se tournait dans toutes les directions. Elle était en larmes. N'apercevant nulle part son sauveur, elle essaya même de partir à sa recherche. Nous dûmes nous mettre à quatre pour la faire remonter dans la charrette. Le bombardement qui venait d'avoir lieu propulsait en quelque sorte les uns et les autres en avant, les incitait à accélérer le pas ; chacun avait hâte d'atteindre Frauenburg et d'y trouver un éventuel abri. Pour ma part, je ne voulais pas avancer ; je voulais retourner en arrière, aider les blessés. C'était peine perdue : on ne me le permettrait pas.

– Vous ne serez plus utile à personne, une fois blessée, déclara le Poète de la Chaussure. Vous avez le devoir de vous préserver pour pouvoir aider les autres.

Le Poète ne connaissait pas la vérité. Je m'étais déjà préservée. J'avais quitté la Lituanie, laissant derrière moi tous ceux que j'aimais. Les abandonnant à la mort.

ALFRED

Quel gigantesque navire, le *Wilhelm Gustloff* ! Le parcourir dans toute sa longueur excède largement mon besoin d'exercice. Je juge préférable de préserver mon énergie. Dans ce but, je recours parfois à un moyen très efficace : je m'esquive aux toilettes et reste assis là pendant une heure, peut-être même deux. Il m'arrive alors de me rappeler qu'il est important de faire un peu d'exercice pour rester en bonne santé. J'aimerais, bien sûr, que mon éruption cutanée, qui ne cesse de s'étendre, se calme enfin. J'ai entendu dire qu'un escadron d'auxiliaires féminines de la marine s'apprête à rejoindre le vaisseau. Plus de trois cents jeunes filles en uniforme. Elles auront certainement besoin de mon assistance.

Je permettrai aux plus jolies de m'appeler Alfred. Aux plus jolies seulement.

Je me tiens dans la majestueuse salle de bal du navire, imaginant les silhouettes des danseurs et des danseuses qu'on a l'habitude d'y voir.

Oh, salut, toi là-bas, Lore ! Content de te voir. Aimerais-tu danser ?

– Qu'est-ce que vous attendez, Frick ? Dépêchez-vous de faire disparaître tous ces meubles, ordonne mon supérieur. Rien ne doit rester ici.

Il faut débarrasser le plancher pour libérer de l'espace. Transportez-moi tout ça sur le quai et emportez les nappes dans la « Tonnelle », sur le pont-solarium. Ils sont en train d'aménager là-haut une infirmerie de fortune.

– À quoi va servir la salle de bal ? demandé-je.

– Aux réfugiés. Une fois qu'on aura enlevé tous les meubles, on garnira le sol de matelas.

Je fixe des yeux la piste de danse, essayant de l'imaginer couverte de paillasses spongieuses.

Hannelore est une très bonne danseuse. Quel plaisir n'ai-je pas pris à regarder ses spectacles privés à travers la fenêtre !

Mon éruption commence à me démanger, chassant de mon esprit ma seule petite faiblesse, Hannelore Jäger. Quelque part, au fond de mon cœur, je me rappelle la nécessaire vérité.

Hannelore danse peut-être pour quelqu'un d'autre désormais.

EMILIA

Il a disparu.

J'ai tenté de partir à sa recherche, mais Joana a exigé que je reste dans la charrette.

– Laissez-la partir, avait dit Eva.

Eva la Géante, qui se soucie avant tout de sa propre survie, a peur de moi ou plutôt peur que je ne lui attire des ennuis. C'est Joana qui a gagné en définitive. Elle joue de toute évidence un rôle important dans le groupe. On lui fait confiance. On a besoin d'elle.

– Commençons par aller nous faire enregistrer au poste de contrôle, explique-t-elle. Impossible de traverser maintenant, car les avions ont tiré dans la glace. Elle durcira de nouveau pendant la nuit. On attendra ici dans le village et on traversera demain matin.

L'Empire allemand a modifié les noms des villes. Le village dont le nom originel était Frombork s'appelle désormais Frauenburg. Père m'a raconté que c'était jadis la ville de Copernic, le célèbre astronome qui a prouvé que la Terre tournait autour du Soleil.

« *Per aspera ad astra*, papa », murmuré-je. « Par les difficultés jusqu'aux astres. » C'était une expression latine dont il se servait chaque fois que je me plaignais de rencontrer une difficulté. Où pouvait bien être mon père à présent ? Aurait-il jamais pu imaginer que la situation s'envenimerait à ce point ? Je lève les yeux vers le ciel, me demandant si les étoiles sont belles, ici aussi.

Joana discute à voix basse avec Eva. Je l'entends dire quelque chose à propos des réfugiés sur la glace. Elle s'efforce de rester stoïque, en bonne infirmière, mais je vois bien qu'elle est bouleversée parce que le soldat ne lui a pas permis de soigner les blessés sur la route.

Joana grimpe dans la charrette.

– Tiens, murmure-t-elle en me tendant une carte d'identité, prends-la. Elle appartenait à une jeune femme lettone morte dans le bombardement. J'étais sur le point de la donner à la Croix-Rouge. Cette personne était un peu plus âgée que toi, mais elle avait les cheveux blonds. Défais tes nattes et garde ton bonnet bien enfoncé sur les yeux.

Je commence à dénouer mes tresses en toute hâte.

– Ouvre ton manteau pour bien montrer que tu es enceinte, ajoute-t-elle. Ils penseront que tu es plus âgée. Je leur expliquerai que tu es lettone et que tu ne parles pas allemand.

Tel est donc le plan. A-t-il des chances de marcher ? Qu'arrivera-t-il s'ils se rendent compte que je ne suis pas la Lettone en question, mais une jeune fille polonaise sans papiers ?

Des corbeaux survolent nos têtes en croassant, comme s'ils nous lançaient un avertissement.

Je connais les légendes des oiseaux. Les mouettes, ce sont les âmes des soldats décédés ;

les chouettes, les âmes des femmes ; les colombes enfin, les âmes des jeunes filles vierges que la mort vient d'emporter.

Existe-t-il un oiseau symbolisant l'âme des filles comme moi ?

FLORIAN

Le papier à la main, j'attendais de me présenter au poste de contrôle. Ce n'était pas encore mon tour. Je regardai les caractères :

SONDERAUSWEIS.

Laissez-passer spécial. Il avait l'air authentique. Peut-être le meilleur travail que j'eusse jamais réalisé. Le soldat sur la route n'avait posé aucune question. Au contraire, il m'avait salué en raison de la mission spéciale dont faisait mention le laissez-passer. Mon attitude devait être à la hauteur de la contrefaçon. Si j'avais l'air sûr de moi, ils ne vérifieraient pas. Mais dans l'hypothèse où le Dr Lange aurait découvert la disparition de l'œuvre d'art en question, j'avais tout lieu de craindre qu'il n'eût pris les devants et télégraphié. En ce cas, ils m'attendraient au tournant. Et ma belle assurance ne me servirait à rien.

Je jetai un coup d'œil au grand livre ouvert devant le soldat. Le registre comprenait-il un ordre d'arrestation pour trahison ? J'avais utilisé mon vrai nom sur le laissez-passer, faute de temps pour fabriquer de nouveaux papiers d'identité.

Tout avait commencé par un défi. Mon ami

Kurt désirait assister à un match de foot avec le reste de notre groupe, mais tous les billets avaient été vendus. Il m'avait gentiment houspillé.

«Allons, Beck, utilise ton talent pour créer quelques billets supplémentaires.»

J'avais accepté de relever le défi. Me servant du billet d'un ami et de mon matériel de restauration, j'en avais confectionné deux.

«Je suppose que nous aurons besoin de nos billets spéciaux pour la finale», avait plaisanté Kurt sur le chemin du retour.

En définitive, nous n'avions pas eu l'occasion d'assister à la finale, Kurt, mon aîné de trois ou quatre ans, ayant été appelé sous les drapeaux. Vers la Noël, j'étais allé rendre visite à sa mère. Elle avait ouvert la porte, toute vêtue de noir, les yeux gonflés par les larmes. Kurt était mort au combat – une mort honorable.

Si je mourais, qui dirait la même chose de moi?

La femme qui me précédait quitta le poste de contrôle. Je me retrouvais seul, enfin débarrassé de la petite Polonaise et de la jolie infirmière. Je pris mon air le plus arrogant pour m'approcher du soldat et jetai littéralement mes papiers sur la table.

– Je dois traverser la lagune maintenant.

– Personne ne traverse la lagune maintenant. À moins que vous n'ayez envie de prendre un bain glacé, rétorqua le soldat en dépliant mes papiers.

Après avoir parcouru des yeux le laissez-passer spécial, il les leva vers moi.

– Mes excuses, *Herr* Beck, dit-il en baissant la voix. Je vous ferai traverser demain matin, à la première heure.

Il consigna les renseignements me concernant dans le registre avant d'ajouter :

– Nous pourrons trouver à vous loger ce soir à Frauenburg, ajouta-t-il.

– Non, j'ai pris des arrangements, répondis-je.

Je ne tenais certes pas à ce que des regards se posent sur moi.

– Vous pouvez donc traverser demain au petit matin. À condition qu'il n'y ait pas de nouvelles attaques aériennes. *Heil*, Hitler ! dit-il.

– *Heil*, Hitler ! répondis-je, avalant la bile qui me montait à la gorge chaque fois que j'avais à prononcer cette phrase.

JOANA

Notre groupe approchait du poste de contrôle du bourg et des soldats. Emilia enfonça son bonnet rose au ras des yeux ; Eva serra les mâchoires et le Petit Garçon Perdu blottit sa main dans celle du Poète.

Jusqu'où pousseraient-ils la minutie pour inspecter nos papiers ? Pouvaient-ils évaluer l'état des réfugiés comme je diagnostiquais les patients ? En ce cas, ils noteraient les détails suivants à mon sujet :

Atteinte du mal du pays.

Épuisée.

Pleine de remords.

Ce n'était pas juste de penser à moi. Les enjeux étaient beaucoup plus élevés pour les autres.

Que feraient-ils à Emilia s'ils découvraient la vérité ? Et à Ingrid ? Sans doute l'enverraient-ils dans un des centres de mise à mort clos de hauts murs en Allemagne ou en Autriche ?

– Dites-moi deux ou trois choses sur le soldat qui examine les papiers, chuchota Ingrid.

– À peu près notre âge. Blond. Son pied gauche repose sur une caisse de bois. Il porte une écharpe bleue.

Le soldat frottait ses mains gantées l'une contre

l'autre pour se réchauffer. Tandis que nous avancions vers sa table, il promena son regard sur le groupe et la charrette avant de l'arrêter sur Ingrid.

– Qu'est-ce que vous avez aux yeux, *Fräulein* ?

– Tessons de verre, suite à une explosion, récita mécaniquement Ingrid.

– Approchez, ordonna-t-il, tandis que son regard parcourait la jeune fille de la tête aux pieds. Venez près de la table.

J'avais la gorge nouée, le cœur qui battait.

– Joana, me demanda Ingrid avec un sourire, aidez-moi à avancer. Comme ça, je ne risquerai pas de tomber et de me trouver dans une situation embarrassante devant le soldat.

Je guidai Ingrid jusqu'à la table.

– Ma vue s'améliore petit à petit, expliqua-t-elle. Aujourd'hui, j'arrive à discerner deux ou trois choses à travers la gaze. Je… j'aime votre écharpe, ajouta-t-elle doucement. Le bleu est ma couleur préférée.

Le soldat dévisagea Ingrid en silence. Ce silence avait quelque chose d'élastique. On eût dit que lentement, très lentement, il passait une corde autour du cou de l'aveugle. Après quoi, il regarda notre groupe en portant un index à ses lèvres. « Chh… », semblait-il dire. Alors il leva le bras et retira son écharpe.

Puis il la tendit à Ingrid.

Attendit.

J'avais cessé de respirer.

Lentement, une main gantée d'Ingrid se leva, tremblante, hésitante.

– Oui.

Il hocha la tête en souriant.

– Prenez-la, *Fräulein*, dit-il en fourrant l'écharpe au creux de sa main. Vous avez de la chance, ajouta-t-il à voix plus basse, mon frère cadet est aveugle de naissance.

– Je vois que votre pied gauche vous fait souffrir, intervint le Poète de la Chaussure.

– Diablement, répliqua le soldat. Voilà pourquoi je suis assis à cette stupide table.

– Je suis cordonnier. Permettez-moi d'y jeter un coup d'œil.

Notre Poète était une star au talent incomparable ; il valait n'importe quel acteur.

– Vous avez besoin d'un bon renfort postérieur du talon, déclara-t-il après avoir examiné le pied et la cheville du soldat. Finissez-en avec notre groupe et donnez-moi votre botte. Vous allez vous sentir mieux en un clin d'œil.

– Vraiment ?

– Eh bien, oui, c'est le moins que je puisse faire pour le Reich, n'est-ce pas ? Toutefois, je ne veux pas retenir mes compagnons. Ce ne serait pas juste.

Et notre Poète continua de discourir sans fin au sujet du soulagement que le soldat n'allait pas tarder à éprouver. Celui-ci passa en revue nos papiers et se hâta de consigner dans le registre les renseignements nous concernant. C'est à peine s'il regarda Emilia. Le vieux cordonnier et le Petit Garçon Perdu restèrent en arrière pour ajuster la botte.

– Nous vous rattraperons, dit le Poète avec un petit clin d'œil.

Ingrid se tenait face au soldat, l'écharpe bleue serrée contre sa poitrine. Elle sourit. Il lui sourit en retour. Je la pris doucement par le coude pour l'emmener. Elle tremblait.

La cathédrale de brique rouge perchée sur la colline était bondée d'exilés. C'est là que notre groupe avait, lui aussi, trouvé refuge. J'allais et venais entre les groupes de réfugiés, m'efforçant d'aider chaque fois que l'occasion s'en présentait, tout en essayant de glaner deux ou trois choses pour ma pharmacie portative. Une vieille femme me proposa d'échanger une poignée d'herbes médicinales contre une paire de chaussettes. Après ce troc, éprouvant le besoin de réorganiser ma valise, je fouillai dans mes affaires personnelles à la recherche de papier pour écrire une lettre à ma mère. Ici, à Frauenburg, j'étais un peu plus proche d'elle géographiquement, un peu plus près de savoir où étaient mon père et mon frère. À remuer toutes ces affaires, je mesurai soudain tout ce que j'avais laissé derrière moi. Jadis, je trouvais que les dîners de famille s'éternisaient et me plaignais d'être obligée de rester à table alors que j'avais besoin de préparer mes examens.

« Assez étudié, Joana, me taquinait mon père. Sache que, parfois, vivre est plus formateur qu'étudier. »

La guerre avait bousculé l'ordre de mes priorités. Je m'accrochais désormais davantage aux souvenirs qu'aux projets ambitieux et aux choses matérielles. Il y avait quelques « trésors » irremplaçables qui confortaient mon courage et m'aidaient à tenir bon. C'est à ce moment précis que j'en pris conscience.

Un de ces trésors avait disparu de ma valise.

ALFRED

Ma chérie,

Tu as sans doute entendu parler des pillages auxquels les Russes se livrent dans toute la région, et ces terribles nouvelles doivent faire frémir tes oreilles délicates. Comme ils sont vulgaires, ces bolcheviks, pour ne s'intéresser qu'au schnaps et aux montres ! « Urri, urri », *disent-ils quand ils exigent des hommes leur montre-bracelet ou leur montre de gousset. Raconte-t-on ces choses à Heidelberg, Lore ? Il y a des chances que non. Monsieur Tout le monde néglige des points de détail très révélateurs. C'est à des gens comme moi – à des documentalistes de l'armée – qu'il appartient d'en rendre compte. Je crains toutefois de brutaliser tes nerfs fragiles en te parlant de toutes ces atrocités, bien réelles hélas ! Imagine-toi que le mois dernier, six cents bébés russes sont nés dans la seule ville de Stolp que les barbares russes avaient envahie l'an dernier. Quelle insulte à notre Führer ! Oui, mieux vaut éviter de mentionner pareils faits.*

Je vais plutôt attirer ton attention sur cette merveille de navire, le Wilhelm Gustloff. *Je sais que tu as plaisir à partager avec moi des informations inconnues de tous, je prends donc le risque de les glisser dans ma lettre. Bien entendu, tu n'es pas de celles qui trahissent les secrets, chère Hannelore ; je sais à quel point tu aimes les garder au contraire. Toutefois, il serait peut-être plus prudent de jeter ma lettre au feu, une fois que tu l'auras lue.*

La cheminée du navire, ou l'entonnoir, comme l'appellent les marins, mesure treize mètres de haut. Mais, comme tu le sais aussi bien que moi, les apparences peuvent être trompeuses. L'impressionnante cheminée est fausse. Elle ne fonctionne pas. Comment puis-je le savoir ? te demandes-tu. Eh bien, Hannelore, un homme de mon rang a accès à ces sortes de renseignements. J'ai découvert l'entonnoir il y a quelques jours, pendant que je faisais ma ronde. À l'intérieur, il y a une bonne échelle de fer menant à un rebord où je peux m'asseoir et inspecter les ponts. Au cours d'une de ces séances d'observation, j'ai pu constater que quelques-uns des soldats se livraient à des actes illicites. J'ai noté la chose et je la garde sous la main au cas où, par la suite, je pourrais éventuellement en avoir besoin, voire la tourner à mon avantage. Quel plaisir de sentir que l'on est en définitive celui qui a les cartes en main !

Nous avons débarrassé les espaces communs du navire de tous les meubles, jusqu'à la dernière chaise, afin de pouvoir loger tout le monde. On m'a appris que toutes les surfaces libres, pièces, corridors, etc., seraient occupées par des paillasses, mais que les réfugiés seraient toutefois obligés de s'y tenir côte à côte, épaule contre épaule. Les officiers des sous-marins et les Allemands prioritaires seront installés, quant à eux, dans les cabines du navire.

Quand j'étais à Heidelberg, Mutter *a toujours regretté que je n'aie pas d'amis. Mais ici, on me présente chaque jour à quelqu'un de nouveau. Aujourd'hui, j'ai fait la connaissance d'Eugen Jeissle, l'imprimeur en chef du navire, celui qui est chargé de créer les cartes d'embarquement, autrement dit les morceaux de papier très convoités sans lesquels on ne peut accéder à la liberté.*

– Celles-ci deviendront bientôt plus précieuses que des lingots d'or, m'a confié Jeissle.

Quand il est parti aux toilettes, je me suis dit que je ferais mieux de prendre une pile de laissez-passer pour la postérité. Je suis sûr qu'il n'y verra pas d'inconvénient.

Voilà donc les nouvelles du jour, ma chérie. J'espère que ces informations de la première importance mettront un peu de baume dans ton cœur et t'aideront à supporter mon absence.

J'ai terminé la lettre que j'avais écrite dans ma tête. J'ai omis une seule information.

Le *Gustloff* n'a que douze canots de sauvetage. Les dix autres ont disparu.

FLORIAN

Accroupi près de l'autel, j'observais attentivement la petite Polonaise. Elle me cherchait. Quand elle tourna la tête, je me décidai à filer et me précipitai vers la petite entrée. Je rampai à l'intérieur et m'adossai à la minuscule porte pour empêcher quiconque d'entrer. Quand j'étais enfant à Tilsit, je m'étais retrouvé un jour à l'intérieur des grandes orgues d'une petite église de la ville. On ne pouvait trouver cachette plus idéale. Voilà pourquoi, dès que j'avais aperçu la cathédrale de Frauenburg, j'avais songé à l'orgue, visé l'orgue. Les adultes ne viendraient pas me déranger ; seuls étaient susceptibles de le faire des enfants tentés, par pur ennui, d'explorer les lieux.

L'espace exigu ne me permettait guère de bouger, mais je m'en moquais. J'étais seul, à l'abri du froid, et j'avais fait un pas de plus dans l'accomplissement de ma mission. Dissimulé derrière les tuyaux d'orgue, je regardai le groupe. Le bonnet de la jeune Polonaise, aussi rose qu'un œuf de confiserie, semblait danser au milieu de centaines et de centaines de figures si fatiguées, si tirées qu'elles faisaient penser à de la viande bouillie. L'infirmière promenait sans relâche son regard à la ronde. Était-elle à la recherche de personnes qui pourraient avoir besoin de son aide ? Cherchait-elle de la nourriture ? Ou était-ce moi qu'elle cherchait ? Je tâchai de ne pas m'en soucier.

Me sentant protégé dans cet endroit intime, je pus enfin ouvrir mon sac. J'en sortis mon carnet de notes et mon matériel. Le coffret était intact. Le Dr Lange avait-il déjà jeté un coup d'œil dans la caisse ? De temps à autre, il en ouvrait une pour admirer un des précieux panneaux du Cabinet d'Ambre, savourant son plaisir comme d'autres auraient savouré une bouteille de brandy de grand cru. C'était une manière pour lui d'alimenter son euphorie artistique. Les premiers temps, j'étais on ne peut plus impressionné par l'intensité de son émotion. J'y voyais une véritable passion pour l'art. À tort. Il s'agissait chez lui d'une cupidité effrénée et d'un goût du pouvoir qui le jetaient dans une excitation perverse.

Créé en Prusse et offert à Pierre le Grand, le Cabinet d'Ambre étincelait d'ambre, d'or, de pierres précieuses et de miroirs. En 1941, lors de la prise du palais de Catherine à Pouchkine, près de Leningrad, les nazis l'avaient volé, panneau après panneau. Empaqueté et réparti dans vingt-sept caisses, le Cabinet d'Ambre était l'apogée des rêves d'Hitler. Le Führer avait élaboré avec le plus grand soin toute une stratégie pour le mettre en lieu sûr. Après force délibérations, les vingt-sept caisses avaient été embarquées sur un navire à destination du musée du château de Königsberg.

Le Dr Lange était chargé de les protéger.

Je travaillais pour le Dr Lange.

Un certain nombre de personnalités du monde

de l'art prétendaient que le Cabinet d'Ambre était maudit. Le Dr Lange ne voulait pas entendre parler de ça. À ses yeux, le Cabinet d'Ambre était le plus grand trésor du monde. J'étais la seule personne à qui il permettait, en toute confiance, de toucher le trésor. Il me donna des gants spéciaux taillés sur mesure.

– As-tu la moindre idée de la valeur de ce que nous avons là, Florian ? disait le Dr Lange d'une voix altérée qui trahissait son émotion, tout en admirant les pierres d'or constellées de joyaux.

Quand l'Armée rouge approcha, il m'assura que le seul moyen de préserver la richesse du Reich était de transférer ailleurs les vingt-sept caisses contenant le Cabinet d'Ambre. En réalité, Koch et lui avaient leurs propres plans. Ils avaient projeté de cacher les fameuses caisses dans un lieu connu d'eux seuls et, ce faisant, m'impliquaient dans le plus grand hold-up de tous les temps. C'était habile et réfléchi de leur part de compromettre un jeune apprenti sur lequel ils s'arrangeraient par la suite pour rejeter le blâme, si nécessaire.

Quand on commença de sceller les caisses en vue du déménagement, je remarquai que l'une d'entre elles était différente des autres.

– Pourquoi cette caisse ne porte-t-elle pas la même inscription ? avais-je demandé au Dr Lange.

Il était trop excité pour parler.

– À l'intérieur de celle-ci, finit-il par dire en haletant, il y a une autre caisse. Un tout petit coffret qui renferme le joyau du Cabinet d'Ambre.

– Qu'est-ce que c'est ?

– Un minuscule cygne d'ambre, répondit Lange

en posant la main sur sa poitrine, pratiquement sur son cœur. C'est la pièce préférée du Führer.

On enferma les caisses dans un bunker creusé profond sous le château. Je peignis ensuite le dallage de pierre sous lequel se trouvait la cave pour lui donner un aspect ancien. L'entrée du bunker était indétectable.

Mais je savais, moi, où elle était.

J'avais aussi la clef.

Caché derrière l'orgue, je fis glisser avec le plus grand soin le couvercle du coffret de bois et j'ôtai la couche de paille protectrice. Même dans cette lumière blafarde, le cygne d'ambre chatoyait et scintillait de tous ses feux. Des gens s'étaient battus pour ce cygne, avaient tué pour lui, étaient morts pour lui.

Et c'est moi qui le possédais.

Le Dr Lange était-il venu chercher la clef? Avait-il découvert ma trahison?

Je disposai avec soin la paille au-dessus du cygne et remis en place le couvercle de la minuscule caisse. La clef était ma revanche contre Lange. Mais la petite boîte renfermant le cygne était plus importante.

Elle contenait ma vengeance contre Hitler.

EMILIA

Le Poète s'est réveillé de bonne heure.

– Il est temps de traverser la lagune gelée, annonce-t-il en frappant la semelle de nos souliers avec son bâton de marche. Si c'était l'été, je ferais la traversée à la nage, ajoute-t-il à l'adresse du Petit Garçon Perdu.

Selon le cordonnier, une fois que nous aurons traversé la glace, nous devrons longer l'étroite bande de terre jusqu'à l'un des ports. Il n'y a pas d'autre possibilité. Les Russes nous cernent de toutes parts. Mais où le chevalier peut-il bien être ? Aurait-il traversé seul la glace ?

Joana est en train de parler à Eva, et je surprends par hasard leur conversation.

– Auriez-vous des produits de maquillage ? demande Joana. Emilia, maquillée, aurait peut-être l'air un peu plus âgée et ressemblerait davantage à la Lettone de la carte d'identité. Je peux expliquer aux autorités qu'elle est partie retrouver son *boy-friend*.

Boy-friend.

Je pense à August. Ah, comme il travaillait dur à la ferme ! Il était vraiment gentil de venir à la cuisine et de me demander de l'excuser pour la conduite cruelle de sa mère.

– Ne fais pas attention à elle, Emilia, disait-il. Un jour, quelqu'un lui rendra la monnaie de sa pièce.

Rien qu'en le regardant, j'avais appris beaucoup de choses sur lui. Je savais, par exemple, quel était son morceau de lapin favori ; qu'il préférait l'automne au printemps et qu'il aurait mieux aimé prendre son petit déjeuner à l'écurie qu'avec ses parents dans la salle à manger.

Je l'observais attentivement, me rappelant les paroles de Mama. *Observe attentivement chacun, et tu n'auras pas besoin de poser de questions.* C'est ce qu'elle faisait. Les visiteurs n'avaient jamais besoin de demander de la crème avec leur café ou de la confiture pour leur thé. Elle avait noté depuis longtemps leurs goûts.

Joana, elle, sait qui souffre et, pour ma part, je connais quelques-uns des secrets du chevalier. Mais je suis sûre et certaine que personne ne connaît les miens, sauf peut-être les corbeaux qui nichaient au-dessus de la chambre froide.

JOANA

J'avais mal aux hanches et au dos à force d'être restée couchée sur le dallage de pierre glacé. Je m'étais réveillée au milieu de la nuit, croyant distinguer le jeune Allemand debout au-dessus de moi dans le noir. Le temps de plisser les yeux pour mieux voir, il avait disparu. C'était donc un rêve.

Je me faisais du souci pour sa blessure. Du moins était-ce l'explication qui m'arrangeait. Mais la vérité, que j'étais embarrassée d'admettre, frappait à la porte de mon esprit. J'avais envie de le revoir. Non pour examiner sa blessure, mais pour connaître son nom, la nature de sa mission et la raison pour laquelle il avait dérobé le dessin dans ma valise. Ingrid l'avait certes traité de voleur, mais elle pensait que c'était le désir de me connaître qui l'avait poussé à commettre un larcin et non celui de me blesser. Je voulais la croire. La guerre était pleine de brutalité. Existait-il encore quelque part des jeunes gens sympathiques ?

– Il est sans doute ici quelque part, avait dit Ingrid avec un sourire. À observer.

La nuit précédente, je n'avais cessé de promener mon regard autour de la cathédrale bondée en me demandant si elle avait raison.

– Joana, murmura Ingrid en tendant le bras

pour me prendre la main, les Russes se rapprochent un peu plus chaque jour. Sans vous… je ne peux même pas penser à ce qui me serait arrivé, c'est trop insupportable.

– On a juste à traverser la glace. La lagune est toute proche. Le point de passage n'est qu'à une courte distance du pied de la colline.

Bientôt chacun rassembla ses affaires. Ingrid enroula autour de son cou la moelleuse écharpe que lui avait donnée le soldat. Et, au moment de quitter la cathédrale, Emilia me sourit de ses lèvres fardées de rouge.

Quel groupe hétéroclite nous formions ! Une fille amoureuse enceinte de huit mois, un cordonnier plein de bonté, un petit orphelin, une jeune aveugle, une espèce de géante qui ne cessait de se plaindre, disant que tout le monde se mettait en travers de son chemin, alors que c'était elle qui prenait le plus de place… Et moi, une fille solitaire qui se languissait de sa famille et aspirait à une seconde chance.

Nous étions les premiers à traverser. L'étendue de glace semblait immense.

– Cinquante mètres entre chaque groupe, recommandèrent les soldats. Il faut ménager la glace. Dépêchez-vous.

Se dépêcher ? Comment était-ce possible ? Il y avait des kilomètres et des kilomètres à parcourir, et ça glissait terriblement.

– Laissez-moi partir en avant, déclara Ingrid qui avait toujours les yeux bandés. Toute seule.

– Certainement pas, rétorquai-je. Nous irons ensemble.

– J'irai avec Ingrid, décréta le Poète de la Chaussure. Mon bâton de marche est plus à même de tester la glace que les semelles.

– Non, insista Ingrid. Seule, je sentirai vraiment la glace. Si elle est sûre, je vous ferai signe. Vous pourrez alors amener la charrette.

Ingrid parcourut quelques mètres, les yeux bandés, les bras tendus. Elle fit un pas avant de s'arrêter, l'oreille aux aguets.

Puis un deuxième.

Le soleil apparut, illuminant la lagune. Devant Ingrid, la glace était rouge sang. La jeune fille s'avança, mais ramena brusquement le pied en arrière, comme si elle avait perçu la présence du sang. Seule sur l'eau gelée, elle se tenait parfaitement immobile, retenant son souffle. Elle esquissa un pas sur la glace rougie, puis plusieurs autres, laissant au moins vingt mètres entre nous. Je ne pouvais supporter de la voir marcher ainsi toute seule avec ses pauvres yeux bandés. Je me détachai du groupe pour la rejoindre.

– J'arrive, Ingrid.

– Oui, la glace est solide ici, lança-t-elle. Venez.

J'allai à sa rencontre. Le reste du groupe suivit – lentement, précautionneusement, mais prêt à tout pour franchir l'obstacle.

Je vis soudain le corps d'Ingrid se raidir et son dos se cambrer.

– *Non!* hurla-t-elle. Faites marche arrière!

Le groupe battit en retraite. Pour ma part, j'étais déjà trop loin pour pouvoir être rapidement de retour sur la rive. C'est alors que j'entendis, au-dessus de nos têtes, des avions russes. Ils nous mitraillaient. Les réfugiés massés sur la berge devinrent soudain la proie d'une folle terreur ; les soldats plongèrent dans les amas de neige ; je me laissai tomber, et mon visage heurta la surface glacée de la lagune à travers laquelle le soleil étincelait, révélant des horreurs. Un cheval mort et une moufle d'enfant semblaient me lancer des regards sombres à travers le miroir poli. Je fermai les yeux, incapable de supporter ces images atroces.

Ça sifflait, craquait, explosait tout autour de ma tête. Les balles trouaient la glace. Mon manteau était criblé d'aiguilles et d'échardes gelées, et mes oreilles retentissaient de cris.

Les tirs s'arrêtèrent. J'ouvris les yeux. Des traînées de sang entouraient un trou isolé au milieu de la glace.

– Ingrid ! hurlai-je.

La jeune aveugle avait disparu.

Soudain sa main gantée apparut, émergeant de l'eau noire.

Je rampai à sa rencontre.

Sa main, qui semblait danser sur l'eau, finit par s'agripper frénétiquement au rebord du trou.

– Ingrid !

La glace se brisa.

La brèche s'élargit, provoquant une profonde lézarde qui s'étendit aussitôt dans ma direction. La main d'Ingrid battait désespérément.

Je sentis deux mains se resserrer autour de mes chevilles et commençai à glisser sur le ventre en direction de la berge.

– Lâchez-moi !

L'ouverture était devenue béante. L'eau se précipitait vers moi, tandis que, derrière, des cris d'effroi jaillissaient.

– Ça craque de partout !

Quelqu'un me tirait par les chevilles, m'éloignait de la zone dangereuse. Je me débattis sauvagement pour me libérer de cette étreinte et me frayer un chemin en sens inverse au secours d'Ingrid.

– *Non !* implorai-je. Ingrid !

Je levai les yeux vers le grand trou rempli d'eau sombre. La main crispée d'Ingrid s'amollit soudain. Ses doigts lâchèrent prise et se replièrent doucement avant de disparaître sous la glace.

FLORIAN

Je les suivais en secret.

Dès que les avions apparurent, la petite Polonaise s'échappa de la charrette pour tenter de rejoindre tant bien que mal les femmes sur la lagune gelée. Je la repoussai, après quoi je me précipitai vers l'infirmière pour la ramener en arrière, tandis que le petit garçon m'empoignait par la jambe, s'efforçant de m'entraîner en lieu sûr. Il avait beau être aussi léger qu'une brindille sèche, il avait la force furieuse d'un taureau. Je dus me battre avec l'infirmière pour l'empêcher d'aller plus loin et la remorquer jusqu'à la rive.

– Lâchez-moi !

Elle donnait des coups de poing et des coups de pied, criait, hurlait, décidée à sauver son amie à tout prix. Nous tombâmes tous deux comme une masse. Je l'attirai sur mes genoux, mais elle étendit le bras vers la glace.

– Ingrid, chuchota-t-elle en tremblant de tout son corps. S'il te plaît, non.

On aurait dit une poupée à la nuque brisée. Son menton vint heurter ma poitrine. Elle se mit à pleurer.

Les morceaux de glace finirent par dériver.

L'écharpe bleue de la jeune aveugle apparut soudain à la surface de l'eau.

Le petit garçon nicha sa tête contre la jambe du Poète.

– Faites que ça s'arrête. S'il vous plaît.

– Chh… Là, là, calme-toi, Klaus, répondit le cordonnier.

L'infirmière sanglotait, agrippée à moi.

Je restai assis, paralysé. J'avais envie de l'entourer de mes bras, mais je savais que je ne pouvais pas le faire.

La petite Polonaise s'agenouilla à nos côtés. Elle se mit à parler à voix basse tout en caressant les cheveux de l'infirmière et en essuyant ses larmes. Puis, sans un mot, elle leva mes bras et les plaça autour de l'infirmière.

ALFRED

Hannelore chérie,

Un grand bonjour du port ! Il y a maintenant à Gotenhafen une cohue indescriptible. Les réfugiés de Prusse-Orientale font la queue au bureau d'enregistrement dans l'espoir de se voir affectés à un navire ou à un autre. Nous devons nous montrer prudents, car il peut y avoir des déserteurs allemands cachés parmi eux.

Je plains l'homme incapable de surmonter sa lâcheté et de terrasser l'hydre de ses propres faiblesses. Je sais, Lore, que tu as vu le groupe des Jeunesses hitlériennes frapper à ma porte. Ils se sont moqués de moi, m'ont traité de couard, ajoutant que je n'étais pas assez courageux pour servir ma patrie, mais comme ils se trompaient ! Je suis très heureux que tu le saches. C'est vrai, au départ, je n'appartenais pas aux Jeunesses hitlériennes, ce qui faisait honte à mon père, toujours prompt à critiquer. Mais à présent je suis ici, et si j'ai été appelé un peu plus tard que les autres, c'est uniquement parce qu'ils se sont rendu compte qu'il faut un homme pour réussir là où les garçons ont échoué. N'est-ce pas flatteur ? Et où sont donc passées les petites brutes des Jeunesses hitlériennes ?

Peut-être sont-ils morts, écrasés par un tank. La mort, semble-t-il, a ses idées à elle.

Oui, je sais bien que tout cela doit sonner bien hostile à tes oreilles, mais que veux-tu, Hannelore, c'est la guerre. Les braves sont réduits à des numéros. Des numéros gravés deux fois sur une plaque de métal ovale que nous portons autour du cou. En cas de décès, la plaque sera cassée en deux. La première moitié sera enterrée avec mon corps et la seconde restituée au Haut Commandement avec mes papiers et mes effets personnels.

Je suis le numéro 42089.

Je ne peux m'empêcher de me demander si Hannelore a un numéro.

EMILIA

On nous a obligés à attendre plusieurs heures sur la berge, mais les avions ne sont pas revenus. L'eau a de nouveau gelé. Nos mains et nos pieds aussi.

Les soldats ont réintégré leurs postes. Ils tiennent absolument à ce qu'on traverse la lagune à un autre endroit. Ils houspillent les groupes de réfugiés qui ne peuvent s'empêcher de garder les yeux fixés sur le ciel. Je reprends ma place dans la charrette. Le chevalier tient Joana par le coude, de crainte qu'elle ne saute dans le trou qui a englouti la jeune aveugle. Il a peur de la toucher, mais il en brûle d'envie.

Durant toute la traversée, je retiens mon souffle, frissonnant à la pensée de fouler aux pieds le cadavre gelé de notre Ingrid. La glace souffre et gémit, tels de vieux os fragilisés par les ans et menaçant de se briser d'un coup sec à tout moment. Au moindre son, mes nerfs bondissent. J'ai les mains posées sur mon ventre. Le Poète conduit la marche, frappant la glace à intervalles réguliers avec son bâton et hochant la tête.

– La glace est arthritique, déclara-t-il, mais pas encore de fractures à signaler. Dépêchez-vous tout de même, car le dessus commence à fondre, et on a encore des kilomètres devant nous.

Des kilomètres devant nous.

Et dans mon ventre, à nouveau, ces pressions, ces crampes, ces contractions qui ont repris de plus belle, m'empêchant d'observer quoi que ce soit. Je me rallonge au fond de la charrette glaciale, ferme les yeux et pense à August. Dans mon imagination, le chaud soleil brille de tout son éclat. Les prés, aussi doux que du velours usé et que ne borne aucune barrière, se déroulent à l'infini. Les jardinières débordent de fleurs et les branches du prunier ploient sous le poids des fruits mûrs. August rentre au domaine, luisant de sueur après une longue course sur son cheval, Tabrez.

J'entends les roues de la charrette gratter, griffer, égratigner la glace au-dessous de moi. Comme personne ne m'a posé la question, je n'en ai pas parlé.

Je ne sais pas nager.

JOANA

Au bout de plusieurs heures de marche, le groupe atteignit enfin l'autre rive de la lagune. Personne ne se réjouit, personne n'avait le cœur à fêter ça. Chacun continua à cheminer d'un pas lent, sans souffler mot. Eva finit par rompre le silence :

– J'étais sûre et certaine qu'on allait tous se noyer comme des chats dans un sac.

Le Petit Garçon Perdu leva les yeux vers la Géante. Il y avait des larmes gelées sur ses joues.

– Désolée, dit-elle.

La colère me submergea soudain. Je tirai brutalement le jeune Allemand par le bras pour lui parler en aparté.

– J'aurais pu la sauver.

– Non, vous n'auriez pas pu. Ils n'ont pas seulement bombardé la glace, ils ont essayé d'abattre Ingrid d'un coup de feu.

– On peut ranimer quelqu'un qui se noie ! C'est possible en tout cas. Vous m'avez empêchée de le faire.

– Oui, c'est vrai. La seule température de l'eau suffisait à la tuer. Elle vous aurait tuée, vous aussi.

– Qu'est-ce que vous en savez ? hurlai-je.

– Allons, allons, interrompit le Poète. Ne

souillons pas la mémoire d'Ingrid en nous querellant. Il vous a sans doute sauvées toutes les deux, Emilia et vous, ajouta-t-il à mon adresse en désignant l'Allemand d'un geste. Emilia, elle aussi, a essayé de rejoindre Ingrid tant bien que mal. Je l'ai vue. Il l'en a empêchée également.

Emilia avait donc, elle aussi, essayé de sauver Ingrid ?

– Emilia ? Ça va ? lançai-je.

– Oui, ça va, acquiesça-t-elle.

– Un peu plus, et on aurait perdu toutes les filles du groupe, poursuivit le Poète.

– Sauf elle, répondit l'Allemand en désignant Eva. Des racines ont dû pousser sous ses grands pieds. Elle n'a pas fait un geste pour sauver quiconque.

– Des pieds avec des racines, confia le Poète au Petit Garçon Perdu, ça s'appelle une infection fongique.

Un soldat s'approcha de notre groupe.

– Vos papiers ! ordonna-t-il.

– Vous avez une dette envers nous, soufflai-je à l'oreille de l'Allemand que j'avais tiré par la manche.

FLORIAN

Une dette envers elle ? En quoi lui étais-je redevable ? Je lui avais sauvé la vie.

J'essayai de distraire le soldat pendant qu'il examinait mes papiers.

– Quelle hystérie tout à l'heure ! dis-je. Leur amie est passée à travers la glace.

– Une chance qu'il n'y en ait eu qu'une, répliqua-t-il. Hier, on en a perdu des dizaines comme ça. Maudits Russes !

Il passa en revue mes papiers avant de lever vers moi des yeux perçants.

– Vous avez toujours le paquet ?

– Oui.

– Ce laissez-passer est signé par le *Gauleiter* Koch, dit le soldat.

Je ne pus déchiffrer son expression. Se posait-il des questions au sujet de la signature ou bien en prenait-il acte ?

– Oui, je suis très pressé, fis-je.

– Attendez ici, ordonna-t-il en tournant les talons pour se diriger vers un autre soldat.

Mon pouls s'accéléra.

Toutes les personnes du groupe avaient surpris la conversation.

– Venez, dit le cordonnier en rassemblant son

petit monde autour de lui. Laissons ce garçon à ses affaires.

La petite Polonaise ne semblait pas l'avoir entendu. S'écartant des autres, elle vint se poster à mon côté.

Les choses auraient pu être tellement faciles. J'aurais pu traverser la glace seul, débarrassé du fardeau du groupe. Ils auraient pu essayer de sauver la jeune aveugle. Peut-être se seraient-ils tous noyés dans l'opération. Oui, tout aurait été beaucoup plus facile.

Beaucoup plus dur aussi.

– *Bitte.*

Le mot avait été prononcé à voix très basse, je n'étais même pas sûr de l'avoir entendu. Je regardai la petite Polonaise. Elle s'était mis du rouge à lèvres. Ses cheveux blonds, jusque-là captifs de tresses, flottaient librement sur ses épaules. Elle rabattit son bonnet rose sur les yeux.

– *Bitte*, chuchota-t-elle une seconde fois. S'il vous plaît.

Le soldat était en train de parler de mes papiers avec un officier supérieur. Le Dr Lange et le *Gauleiter* Koch avaient-ils déjà découvert le pot aux roses ? Mon nom était-il déjà inscrit sur une liste de traîtres ? Si c'était le cas, je ne tarderais pas à sentir l'ombre d'un revolver à l'arrière de mon crâne.

Le soldat revint.

– Je suppose que vous allez à Pillau ? demanda-t-il en me dévisageant.

– Vous supposez ? dis-je d'un ton autoritaire, l'obligeant ainsi à m'en révéler davantage.

– Je viens d'apprendre que le *Gauleiter* Koch serait en route pour Pillau.

– Non, je ne vais pas à Pillau, déclarai-je.

– Alors à Gotenhafen ?

Gotenhafen se trouvait dans l'autre direction.

– Exact. À Gotenhafen.

– Oui, *Herr* Beck. Mais d'ici à Gotenhafen, ça fait une fameuse trotte. Il y a peut-être une petite embarcation qui pourrait vous emmener là-bas.

Apercevant soudain la fille polonaise à mon côté, il leva un sourcil.

– Votre petite amie ? dit-il avec un petit sourire tordu.

– Attention à ce que vous dites ! Elle fait partie de ce groupe. Ils me sont venus en aide lorsque j'ai été blessé. Ils ont donc aidé à leur tour le *Gauleiter* Koch et le Führer. Avez-vous déjà croisé le *Gauleiter* Koch ? demandai-je en lui arrachant presque mes papiers des mains.

– Non, répondit le soldat en secouant la tête, mais j'en ai entendu parler.

Bien sûr qu'il en avait entendu parler ! La réputation de meurtrier de Koch n'était plus à faire. Tous le connaissaient, ne serait-ce que de nom. Et le craignaient.

– Pourquoi Koch ne vous laisse-t-il pas porter l'uniforme ? Ce serait plus sûr pour vous.

– Peut-être, mais je risquerais de me voir traîné de force par une section dans les opérations de guerre. Comme vous le savez, Koch n'aime pas que ses affaires soient étalées au grand jour. Et ceci est une affaire strictement privée, ajoutai-je en le regardant de haut.

Il acquiesça d'un signe de tête.

– Écoutez-moi. Ce bateau pour Gotenhafen… j'en ai besoin. Tout de suite.

ALFRED

– *Beeil dich !*

Se dépêcher, se dépêcher. Toujours se dépêcher. Ça me donne des démangeaisons aux mains.

J'ai été affecté pour la journée au pont-solarium du *Gustloff*. On est en train de l'aménager en salle de maternité. Ce doit être bien malcommode pour les femmes de tomber enceintes pendant une guerre. Quel manque de réflexion de leur part ! *Mutter* s'en serait bien gardée, j'en suis certain. Je pense à sa chambre, séparée de celle de mon père, mais rejette presque aussitôt cette pensée. Je préfère ne pas penser du tout à mon père.

– Dans quelles cabines les médecins logeront-ils ? demandé-je tout en alignant les berceaux de bois.

– Tu dis médecins au pluriel, comme s'il allait y en avoir beaucoup, réplique le soldat. À mon avis, il y aura un médecin qui devra s'occuper à la fois des parturientes et des soldats blessés.

Un docteur pour tous les patients ? Je me rends alors compte de mon erreur.

– Ce seront donc les infirmières qui feront la majeure partie du travail. Oh, oui, c'est beaucoup mieux ainsi !

– Des infirmières ? Il ne va pas être facile d'en trouver. On est en guerre, mon vieux. Si un bébé naît sur le bateau, tu seras la sage-femme.

Révoltant. Puisque les femmes sont assez inconséquentes pour se laisser engrosser à une époque pareille, eh bien, qu'elles se débrouillent ! Jouer les sages-femmes n'est pas un boulot pour l'une des meilleures recrues d'Hitler.

– Eh bien, ils devront engager un peu plus de personnel médical. Nous sommes déjà usés jusqu'à la corde, me lamenté-je.

– Pour sûr, répond le soldat avec un petit sourire narquois. Plier des nappes et étendre des matelas par terre, ça vous use vraiment son homme. J'aimerais mieux être au front en train de tuer des Russes, mais je me suis méchamment esquinté le genou, alors je me retrouve là. Avec des gars comme toi, ajoute-t-il en me regardant.

– C'est une mission très importante au contraire, rectifié-je. Nous allons avoir deux mille personnes sous nos ordres.

Il rit.

– Deux mille personnes ? Tu t'imagines que ce rafiot va transporter seulement deux mille personnes ? Qui t'a raconté ce bobard ?

EMILIA

Assise sur la berge avec les autres, je grelotte, le ventre noué par des crampes douloureuses. Je regarde les réfugiés traverser la glace avant de poursuivre leur pénible marche le long de l'étroite bande de terre qui sépare la lagune de la mer Baltique. À notre gauche, Gotenhafen. À notre droite, Pillau. Quelle que soit la direction choisie, nous avons encore un long voyage devant nous.

Au terme d'une discussion un peu houleuse, le groupe finit par se décider pour Gotenhafen. Ils semblent penser que le trajet en bateau sera plus court au départ de Gotenhafen. Une autre question se pose alors : par quel moyen gagner le port ?

– On peut y aller à pied, suggère Eva.

– C'est beaucoup trop loin, rétorque Joana. Avec une embarcation, on franchirait bien plus vite le bras de mer. Les Russes sont sur nous. Il n'y a pas de temps à perdre.

– Voilà ce qu'il faut faire, recommande le Poète. Prêter notre charrette et notre cheval à une famille à pied qui nous en sera sûrement reconnaissante ; ensuite, essayer de louer un petit bateau, retrouver ces gens à Gotenhafen et récupérer nos effets personnels. Un tel arrangement conviendra à tous les intéressés.

Je n'ai pas d'effets personnels. Tout ce que je possède au monde, c'est une pomme de terre pourrie que je grignote quand personne ne regarde.

Ça me rappelle mon père. *Je n'ai que toi au monde*, disait-il. Après la mort de Mama, il a beaucoup changé. Un jour, une touffe de cheveux d'un blanc neigeux est apparue à l'arrière de sa tête. Quand je lui en ai parlé, il a prétendu que c'étaient des cheveux d'ange – bref, quelque chose de spécial. Mais ce n'était pas le seul changement qui s'était produit en lui. La peau lui collait aux os comme un vêtement trempé. Il enfouissait souvent le visage dans ses mains.

Je n'ai pas tardé à me rendre compte que mon bonheur importait à mon père plus que tout au monde. Je me suis donc efforcée de paraître heureuse, même si je ne l'étais pas.

Père ne cessait de se faire du mauvais sang à mon sujet. C'est en larmes qu'il m'a annoncé que pour des raisons de sécurité, il allait m'envoyer dans la ferme des Kleist en Prusse-Orientale. J'aurais voulu pleurer, moi aussi. J'aurais voulu crier *non*, refuser. Mais c'était insupportable de le voir aussi triste, de le savoir dépossédé de tout ce qu'il aimait. Je lui ai donc assuré qu'il avait raison, que c'était pour le mieux, et que je n'étais pas fâchée. J'ai ajouté que nous nous reverrions d'ici un ou deux ans, lorsque l'interminable hiver de la guerre aurait fait place au printemps.

Je suis devenue très habile à faire semblant. Si habile que la frontière entre vérité et fiction s'est brouillée, effacée. Et quelquefois, quand je me montre particulièrement habile à ce jeu, je me leurre moi-même.

FLORIAN

La gosse polonaise ne voulait pas me lâcher. Elle avait quinze ans, elle était enceinte du bébé de son *boy-friend*, habitée par sa vision de la liberté et d'un monde meilleur. Et elle était courageuse. Je ne pouvais le nier.

Il y avait une autre chose que je ne pouvais nier. Le temps filait. J'avais jusque-là réussi à passer entre les mailles du filet en intimidant de jeunes gardes dans des avant-postes de campagne, mais à Gotenhafen, ce serait radicalement différent. Gotenhafen était une des bases les plus importantes de la *Kriegsmarine*, la marine de guerre du Troisième Reich. La présence militaire serait constante et les effectifs nombreux. Port et base navale constituaient des cibles de premier plan pour l'Armée rouge. Le bruit courait que Koch lui-même avait quitté Königsberg. Mais à quelle date ? Et où se trouvait-il exactement à l'heure qu'il était ?

La neige tombait à gros flocons. Le froid glacial ne me dérangeait pas, bien au contraire. Il diminuait le risque d'infection de ma blessure. Il me gardait en état d'alerte.

– Beck, lança le soldat, voilà votre bateau qui arrive.

De fait, une petite embarcation fonçait vers un appontement de bois pourri. Sans prendre la peine de répondre, je tournai les talons et me dirigeai vers l'embarcadère, suivi de près par le bonnet rose.

Si je devais emmener la petite Polonaise dans le bateau, eh bien, je le ferais. Une fois à Gotenhafen, elle serait perdue dans le chaos de la ville ; elle devrait se débrouiller toute seule avec ses papiers lettons et sa grossesse avancée. Je ressentis soudain un profond soulagement. Je me retrouverais bientôt à nouveau seul. M'avançant sur le ponton d'embarquement, j'adressai un signe de tête au conducteur du bateau.

– Et tous ceux-là, ils attendent aussi ? questionna-t-il.

Je me retournai : le groupe tout entier était debout derrière moi sur la jetée. Le petit garçon s'approcha et brandit le lapin à qui il manquait une oreille en demandant s'il pouvait, lui aussi, aller à Gotenhafen.

Les yeux de l'infirmière croisèrent les miens. *Oui, vous avez une dette envers nous,* semblaient-ils dire.

ALFRED

Bonsoir, douce Hannelore.

Je suis sorti prendre l'air sur le pont du Gustloff. *Bien qu'il fasse moins dix et qu'il souffle un vent à décorner les bœufs, cela fait du bien de respirer librement. Tout le monde ici semble fumer. Tu sais à quel point la fumée de cigarette me dérange. Cela me chiffonnerait beaucoup de te voir souiller ta bouche si fraîche avec de pareilles saletés, comme tant d'autres filles. As-tu déjà fumé, Hannelore ? Bien sûr que non.*

De mon poste là-haut sur le pont, je peux inspecter le port et ses environs. Il doit bien y avoir trente mille individus massés en bas, sur le quai – un véritable océan humain. Et l'on dit que l'Opération Hannibal n'a pas encore vraiment commencé.

D'autres navires nous tiennent compagnie dans le port. Il y a là le Hansa, *des navires marchands, de vieux bateaux de pêche, des chalutiers, et même des canots qui ont dû amener des réfugiés de la lagune toute proche. Je me suis laissé dire que le* Gustloff *était à destination du port allemand de Kiel, un voyage censé durer quarante-huit heures. Je me demande comment il va se comporter en haute mer par gros temps, étant donné qu'il a été construit pour naviguer calmement sous des cieux ensoleillés et qu'il n'a pas été en service depuis quatre ans.*

Un des capitaines responsables du navire (il y en a quatre) est le capitaine Petersen. C'est un type sympathique aux cheveux blancs qui doit avoir la soixantaine. Beaucoup de membres du personnel navigant sont descendus à terre pour défendre le port. C'est un équipage croate qui les remplace à bord. J'avoue que cela m'ennuie de devoir tout partager avec le personnel, mais ne crains rien. J'ai imaginé des solutions intelligentes pour pallier cet inconvénient. Aujourd'hui, j'ai écrit sur la porte d'un des cabinets : « Hors Service ». Aussi, à partir de maintenant, j'aurai ces toilettes pour moi tout seul. Très malin de la part de ton Alfie, n'est-ce pas ?

Quelques-uns à Heidelberg n'appréciaient guère mon intelligence ni mes capacités. Ils me voyaient comme un gentil petit oiseau qui, avec son aile endommagée, ferait mieux de ne pas s'éloigner du nid. Ils ne connaissaient pas la vérité.

Je suis quasi sûr que personne ne mesure mon ingéniosité et n'a la moindre idée de mes objectifs. Il se pourrait que je les surprenne tous, Hannelore. La guerre demande sens du devoir et aptitude à la décision. Tu sais que je me suis engagé à cela.

Oui, ma chérie, l'existence peut être solitaire pour les êtres vraiment exceptionnels. Voilà pourquoi je bâtis et garnis mon nid avec des pensées de toi.

JOANA

La nuit tombait à notre arrivée au port de Gotenhafen. Nous avions la figure rougie et gercée par la traversée en plein vent. Emilia avait été malade pendant presque tout le voyage, mais elle s'obstinait à dire qu'elle allait bien. Son visage était d'une pâleur cireuse. Elle s'accrochait à la manche du jeune Allemand pour garder l'équilibre. Il fallait lui trouver d'urgence un endroit où se reposer, quelque chose à manger.

Depuis des semaines et des semaines, nous marchions pour arriver au port. Rien ne nous avait préparés à ce que nous allions y trouver. Des chevaux et d'autres animaux, perdus ou abandonnés par leurs propriétaires, erraient dans les rues comme des âmes en peine. Les camions ravitailleurs de la marine, reconnaissables à leur couleur grise, circulaient à toute allure à travers la ville. Caisses et cartons, bagages et provisions s'entassaient le long des quais.

– Meta ! hurla une femme en se précipitant sur nous. S'il vous plaît, ajouta-t-elle en m'empoignant par le bras, vous n'auriez pas vu ma petite Meta ? Elle n'a que cinq ans.

Une dame à la dérive, un ballot bleu dans les bras, passa près de nous en pleurant.

– Les langes mouillés de mon bébé ont gelé. Faut-il que je les enlève ? Cela va-t-il lui arracher la peau ?

Les gens réclamaient à grands cris de la nourriture, cherchaient désespérément des membres de leur famille dont ils s'étaient trouvés soudain séparés.

– Mon Dieu, dit Eva, regardez ce que cette guerre a fait.

Le Petit Garçon Perdu se cramponnait à la jambe du Poète de la Chaussure. Le jeune Allemand lui-même semblait interloqué.

Le Poète promenait son regard à la ronde.

– Il y a tant de réfugiés, il faudra peut-être attendre des jours et des jours avant d'obtenir un passage. Il faut rester ensemble. Convenons de nous retrouver, en cas de séparation, sous la grande horloge de ce bâtiment.

Et il désigna la lointaine horloge du bout de son bâton de marche.

Eva arrêta une femme enveloppée d'un châle qui poussait une voiture d'enfant dans la neige.

– Quelles sont les nouvelles ? Qu'avez-vous appris ? demanda-t-elle. Que savez-vous ?

– Ce que je sais ? Il paraît qu'Hitler est dans un bunker à Berlin, répondit la femme d'une voix grave et rauque, étrangement masculine. Et pendant ce temps, nous sommes ici. Où sont nos bunkers ? Bigre, ajouta-t-elle en levant les yeux vers Eva, vous êtes un sacré morceau, pas vrai ?

La figure d'Eva s'assombrit.

– Excusez-moi, m'enquis-je, y a-t-il un centre d'hébergement, quelque chose d'organisé ?

– D'organisé ? Vous voulez rire ? Regardez donc

autour de vous. Rien n'est organisé. C'est une vraie maison de fous, espèce d'idiote. Essayez de vous trouver un coin quelque part et battez-vous pour obtenir une carte d'embarquement, comme tout le monde ici.

Le groupe forma un cercle autour de moi. Le Petit Garçon Perdu s'approcha de la voiture d'enfant. Il écarquilla les yeux.

– Et comment se porte votre enfant ? questionnai-je en jetant un coup d'œil furtif à l'intérieur de la poussette.

Il y avait là non pas un bébé, mais une chèvre.

– Ne me jugez pas, dit l'étrangère en venant se poster devant la voiture. Si ce n'est pas moi qui la prends, ce sera quelqu'un d'autre. Et j'ai des gosses qui crèvent de faim.

– Je ne vous juge pas. Nous sommes tous affamés.

– Euh… oui, mais cette chèvre est à moi. Débrouillez-vous pour en trouver une.

Elle inspecta alors notre petit groupe avant de me faire signe d'approcher.

– J'ai entendu dire que le toit du vieux cinéma n'a pas de trous, souffla-t-elle. Vous y aurez peut-être plus chaud.

– Merci.

Elle resta là, attendant Dieu sait quoi.

– J'aurais pu vendre cette information, déclara-t-elle encore.

Sur ce, elle décampa avec un drôle de petit reniflement, poussant tant bien que mal la voiture d'enfant à travers glace et blocs de pierre brisés. Un bêlement de chèvre retentit derrière elle. Nous nous regardions les uns les autres sans mot dire.

Eva finit par rompre le silence :

– Désolée, mais c'était le bébé le plus hideux que j'aie jamais vu.

– Aussi, pour l'amour du ciel, renchérit le Poète, débrouillez-vous, Joana, pour vous trouver une chèvre.

– Le cinéma n'a pas de trous, ajouta le petit garçon, imitant la voix grave de la femme.

Alors, à l'arrière du groupe, j'entendis une voix s'élever :

– Attention, Klaus, tu pourrais vendre cette information, disait le jeune Allemand.

Je m'efforçai de ne pas le faire, mais ne pus m'en empêcher : je me mis à rire. Le Petit Garçon Perdu commença à rire sous cape. Eva éclata de rire. Après quoi, il se produisit quelque chose de tout à fait surprenant. L'Allemand sourit et même rit. Aux éclats.

– Cherchons le cinéma, suggéra Eva, une fois retrouvé notre sang-froid.

Et, suivie de tout le groupe, elle s'éloigna du port et des gigantesques navires qu'il abritait. Pourrions-nous dès le lendemain obtenir un passage sur l'un de ces navires ? Si c'était le cas, lequel d'entre eux nous conduirait-il vers la liberté ?

Tandis que nous avancions, la neige tombait à gros flocons, recouvrant nos têtes et nos épaules. Le jeune Allemand me prit par la main et m'attira à lui.

– Je suis désolé, murmura-t-il. Pour Ingrid.

Je baissai les yeux. Avant même que j'aie pu lui répondre, il me lâcha la main et s'en fut.

EMILIA

Il est beau.

Oui, le chevalier est très beau quand il sourit.

Il ne veut pas que l'on s'en rende compte.

Il ne veut pas l'admettre lui-même.

Pourtant, l'espace d'un instant, je l'ai vu. J'ai vu non plus le jeune homme torturé par ses secrets et miné par le chagrin, mais celui qu'il est réellement.

Et il est beau.

J'aurais aimé qu'August le rencontre. Ils se ressemblent tant. Tous deux forts et courageux – à leur manière discrète.

Je regrette que Mama n'ait pas pu faire la connaissance d'August. Elle l'aurait fait asseoir à la table de la salle à manger et lui aurait servi d'épaisses tartines de pain recouvertes de confiture d'oranges collante à souhait. Le ventre de la théière, remplie à ras bord de thé à la framboise, aurait été bien chaud. Un bouquet de pavots rouges dans un vase transparent au milieu de la table aurait adressé un signe amical à August. Mama aurait ôté son tablier avant de prendre place près de lui. Après quoi, elle aurait posé la main sur la sienne en lui disant : « *Tak się cieszę że tu jesteś.* » « Je suis très heureuse que vous soyez ici. »

Joana, elle, a toujours sa mère. Retrouver sa mère est son principal objectif. Elle serait prête à tuer des dragons pour la rejoindre. Une mère, c'est une ancre dans la vie. Une mère, c'est un réconfort. Une mère, c'est un chez-soi. Une fille qui a perdu sa mère n'est plus qu'une minuscule embarcation sur une mer déchaînée. Il y a des bateaux qui finissent par atteindre le rivage. Et d'autres, comme moi, qui semblent s'éloigner toujours davantage de la terre ferme.

Je m'efforce de me concentrer sur des souvenirs heureux : August, la chaleur de l'été, les cigognes, Mama, la maison… afin de tenter d'oublier cette pression croissante dans mon ventre. Tandis que je chemine avec les autres à la recherche du vieux cinéma, à chacun de mes pas, la vérité se fait de plus en plus insistante, elle aussi.

Je ne pourrai plus tenir très longtemps.

FLORIAN

La présence militaire dans le port était encore plus importante que je ne m'y attendais. Ce qui signifiait que l'Armée rouge était toute proche. Pour une fois, j'étais heureux de ne pas être seul. Je marchai tête baissée, protégé par le groupe qui formait comme un rempart autour de moi. Les scènes que j'entrevoyais étaient atroces.

Près de nous, une femme tomba à genoux. Elle sanglotait :

– Ils disent que je ne peux emmener qu'un enfant avec moi sur le bateau. Comment pourrais-je choisir ? S'il vous plaît, ne m'obligez pas à choisir.

Le sentiment de désespoir était si palpable que j'aurais pu l'enlever à la pelle et le jeter loin du quai. L'Allemagne avait besoin de tous les hommes valides, quel que fût leur âge, et les réquisitionnait systématiquement pour le service. Les escouades nazies devaient faire des rondes. J'avais beau avoir fabriqué des papiers qui avaient l'air tout à fait en règle, un officier pourrait facilement me demander d'abandonner ma mission pour conduire un tank.

La femme à la chèvre avait prétendu que tout était désorganisé. Elle se trompait. Les choses étaient chaotiques, certes, mais les Allemands étaient organisés. Méticuleux. Ils élaboraient des systèmes dans tous les domaines.

Les personnalités du parti nazi et les dirigeants locaux ainsi que leurs familles obtiendraient en priorité une place sur les navires en partance. On en accorderait également une aux officiers et aux soldats blessés. Une fois les voyageurs prioritaires et le personnel militaire à bord, les Allemands effectueraient un tri parmi les réfugiés. Les femmes avec des enfants bénéficieraient des premières des places encore disponibles. Les jeunes gens célibataires comme moi ne seraient pas admis à bord. En aucun cas.

Je finirais peut-être par être contraint de révéler que je dissimulais une blessure plus grave qu'un éclat d'obus dans la poitrine. En ce cas, j'aurais besoin de l'aide de l'infirmière. Voilà déjà un certain temps que j'avais échafaudé cette stratégie. Mais elle n'avait aucune chance de marcher si l'infirmière était furieuse contre moi. En l'empoignant par les chevilles, je lui avais sauvé la vie. Alors pourquoi était-elle en colère ? Cela me tracassait. Cela me tracassait même beaucoup plus que je ne l'aurais voulu.

Pourtant, j'avais besoin de son aide.

Je devais donc lui dire que j'étais vraiment navré.

Mais je n'avais pas à lui tenir la main.

ALFRED

Lore chérie,

La tension ne cesse de monter au fil des heures. Demain matin, les trains sanitaires arriveront de l'Est, bourrés à craquer de soldats. En principe, je suis affecté à l'infirmerie, mais je trouverai bien entendu un autre poste, car on découvrira sûrement que mes talents seront plus utiles dans d'autres domaines.

Dans ma petite enfance, Mutter *veillait à ce que je ne voie rien de malsain ni de difforme. Elle avait parfaitement raison d'agir ainsi. Il y a trop d'imperfections dans le monde, trop de laideur. Cette laideur existe, on le sait, mais à quoi bon susciter de graves traumatismes en vous forçant à la regarder ? Il est des choses qu'il vaut mieux ignorer.*

– Alors, Frick, vous allez vous secouer, oui ou non ?

Je me tourne vers la voix qui vient de s'adresser à moi.

– Ce secteur sera réservé aux grands mutilés de guerre et aux amputés. Mais on ne pourra pas les prendre tous. Demain, quand les trains sanitaires arriveront, on examinera les blessés. Seuls les soldats ayant de grandes chances de survie seront embarqués.

Examiner les blessures ? Non, il n'en est pas question.

– Excusez-moi, monsieur, demande un autre marin, vous avez dit que ceux qui ont un bon pronostic vital seront admis à bord. Mais qu'adviendra-t-il de nos hommes atteints de blessures plus graves ?

– On les laissera ici, réplique l'officier.

– Voilà qui est sage, acquiescé-je. Laisser le chou aux feuilles flétries au fond du panier. Cela n'a aucun sens de sauver une tête de chou qui n'a plus que quelques feuilles saines.

– La ferme, Frick, rétorquent-ils tous à l'unisson.

JOANA

La ville de Gotenhafen était bondée de militaires et de réfugiés. Tout en marchant, le Poète de la Chaussure fouillait dans les bagages abandonnés. Il dénicha deux paires de bottes. Le Petit Garçon Perdu se hâta de les faire reluire. Avant même que le groupe n'eût atteint la salle de cinéma, le Poète avait réussi à les troquer contre un grand seau de porridge tout chaud.

– Les compétences utiles peuvent toujours servir de monnaie d'échange, dit-il à l'enfant. Tu vois, ton talent est précieux.

Le garçon rayonnait.

– Nous allons bientôt pouvoir nous asseoir, rassurai-je Emilia à l'approche du petit cinéma.

Elle avait l'air au bord de l'évanouissement. Mais quand nous arrivâmes enfin, à l'arrière du bâtiment, ce fut pour nous heurter à une porte close.

Le cordonnier se tourna alors vers le jeune Allemand.

– Peut-être pouvez-vous trouver un moyen d'entrer, mon ami ?

– Peut-être. Rassemblez-vous autour de moi.

On fit comme il l'avait demandé. Il sortit un petit canif de sa poche et, quelques secondes plus tard, il avait ouvert la porte. Lorsque chacun se fut glissé à l'intérieur, il referma la porte derrière nous.

– On devrait la laisser ouverte, lui dis-je. D'autres auront besoin, eux aussi, d'un refuge.

Les autres étaient déjà dans la salle de cinéma. Assis sur les chaises ou allongés par terre.

– Je vois que la mère chèvre a gagné quelques sous en vendant son information, commenta Eva.

– Où allons-nous établir notre campement ? demanda le Poète de la Chaussure en promenant son regard à la ronde.

– On devrait s'installer dans la salle de projection, dit l'Allemand. Là-haut.

– Je n'ai pas envie de grimper l'escalier, répliqua Eva. Je suis fatiguée. Asseyons-nous et mangeons ce porridge avant qu'il refroidisse.

J'acquiesçai. La journée avait été bien longue. Le voyage en bateau, la traversée de la glace, Ingrid…

Ingrid.

Ma gorge se serra.

– Qui donc cache les mûres et les carottes de la maison des morts ? s'enquit Eva.

Après le repas, silencieux, j'aidai Emilia à se coucher, surélevant ses jambes avec une valise. Le Petit Garçon Perdu s'endormit en quelques secondes. Eva, elle aussi, trouva très vite le sommeil. Déployé dans sa longueur, son grand corps avait deux fois la taille de l'enfant. Elle ronflait, laissant échapper une kyrielle de grognements à chaque expiration.

Je tirai ma mallette d'infirmière de ma valise,

m'apprêtant à venir en aide à ceux qui pouvaient en avoir besoin.

– Hé ! appela le jeune Allemand à voix basse.

Je lui jetai un coup d'œil.

– Il y a plusieurs navires. Demain, il y a des chances que nous soyons tous séparés lors de l'enregistrement.

Emilia me regarda. Je n'avais pas pensé à ça.

– On devrait essayer de rester ensemble, murmurai-je.

– Bon, mais quelle histoire allez-vous raconter à son sujet ? s'enquit le jeune Allemand en désignant Emilia.

– La même, je pense, avec les papiers de la Lettone.

Il secoua la tête.

– Ce sera plus difficile à faire passer ici. Tout le monde veut monter à bord d'un navire.

– J'expliquerai qu'elle est enceinte. Elle déboutonnera son manteau, et ils le verront bien.

– Mais elle n'a pas l'air assez âgée pour être la Lettone, rétorqua-t-il. En plus, elle ne parle pas un mot de letton. Ils sont très stricts ici. Ce ne sont pas seulement de jeunes recrues qui sont chargées de l'enregistrement ; il y a aussi des officiers supérieurs.

Emilia tendit le bras pour toucher le genou de l'Allemand.

– *Bitte*, fit-elle.

– Désolé, je ne peux pas m'occuper de toi, mais elle, ajouta-t-il en m'indiquant du doigt, elle peut le faire.

– Je le peux ?

– Oui. Comme l'a dit justement le vieil homme,

les compétences sont monnayables. Les plus grands navires aménageront des salles d'hôpital. Ils auront besoin de vous. Présentez-vous pour demander un emploi, mais dites-leur que vous voulez emmener vos patients avec vous.

Emilia le regarda.

– Vous êtes un patient, vous aussi, déclara-t-elle.

– Peut-être, fit-il. J'ai effectivement (il hésita) un statut de blessé.

L'éclat d'obus. J'avais presque oublié.

– Je ne vous ai même pas demandé. Vous sembliez aller bien. Comment va votre blessure ?

– Ce n'est pas ça. C'est quelque chose d'autre, répondit-il.

– Quoi ? le questionnai-je.

Emilia tapota son oreille gauche avant de montrer l'Allemand du doigt.

Il la dévisagea, apparemment sidéré mais en même temps amusé.

– Qu'es-tu donc, une petite sorcière ou quoi ? dit-il en riant. Comment savais-tu ?

– Qu'est-ce que c'est ? répétai-je.

Il se pencha par-dessus Emilia.

– Mon oreille gauche a été abîmée, chuchota-t-il. J'ai des papiers, une mission importante à remplir. Je dois impérativement embarquer. Mais il y a des chances que l'on me demande de renoncer à cette mission et de rester ici pour combattre. Avec une attestation médicale, j'aurais des arguments plus convaincants. Vous pourriez dire que non seulement je me remets d'une blessure grave, mais aussi que je suis devenu sourd d'une oreille.

Que me demandait-il donc de faire ?

– Je ne suis pas médecin, répondis-je.

– Mais j'ai été votre patient, insista-t-il. S'il vous plaît, réfléchissez-y.

Sur ce, il s'empara de son paquetage.

– Je vais monter là-haut, ajouta-t-il, indiquant la salle de projection.

Il s'en fut. Il m'avait davantage parlé ces cinq dernières minutes qu'il ne l'avait fait depuis qu'il avait rejoint notre groupe.

Le Poète était toujours éveillé. Il avait dû entendre notre conversation. Il me regarda en haussant les sourcils, puis se retourna pour dormir.

ALFRED

Je fixe des yeux la lettre de *Mutter*. Elle était arrivée voilà deux mois. Je décide de l'ouvrir.

Mon cher Alfie,

Je me fais vraiment beaucoup de souci. En dépit de mes nombreuses lettres, je n'ai eu aucune nouvelle de toi. S'il te plaît, envoie quelques mots à ta Mutti *pour lui dire que tu es sain et sauf. Est-ce que tu manges bien ? Et comment va ton estomac ?*

Heidelberg est plutôt tranquille par rapport au reste du pays. Je suis contente que nous soyons isolés. Je nettoie ta chambre dans l'espoir que tu reviendras bientôt à la maison. La semaine dernière, en essuyant la poussière dans ton placard, j'ai découvert tous les papillons épinglés au mur du fond. Imagine ma surprise. Il y en a tellement, et pourtant tu n'en as jamais parlé. Depuis quand as-tu ces papillons, Alfred, et pourquoi ?

Rien n'a changé ici depuis ma dernière lettre. La maison des Jäger est toujours déserte. Frau Henkel *parle toujours de toi quand elle évoque les Jäger. Je crois me souvenir que tu admirais la petite Hannelore – est-ce que je me trompe ? Je me demande parfois si tu ne m'as pas caché quelque chose. N'aie pas peur de me confier tes secrets. Je ne répéterai rien à ton père. Quand la guerre sera finie, il faudra atterrir du « bon côté ». Atterrir du « mauvais côté » pourrait avoir de graves conséquences. Ton père en est conscient. J'espère que tu l'es aussi.*

N'oublie pas de mettre deux paires de chaussettes. Cela protégera tes oignons.

Avec de tendres pensées toujours,

Mutti

Je m'empare d'un stylo et d'une feuille de papier.

Chère Mutter,

Ta lettre vient d'arriver. Je suis à Gotenhafen et je travaille sur le Wilhelm Gustloff. *Je suis très occupé et trop pris par mes fonctions pour pouvoir écrire souvent. Je vais bien. Ne touche pas à mes papillons et abstiens-toi, s'il te plaît, d'entrer dans ma chambre. Je ne sais rien des Jäger.*

Ton fils,

Alfred

FLORIAN

Je le savais. Je savais que l'infirmière souhaiterait examiner mon oreille. Je la regardai s'avancer dans l'allée, à la recherche de l'escalier. Le trouverait-elle ? Je m'assis et commençai à me nettoyer les ongles avec mon canif.

Elle ouvrit la porte.

– Je suis surprise qu'elle ne soit pas fermée à clef.

– Je savais que vous viendriez.

– Comment pouviez-vous le savoir ?

Je haussai les épaules.

– Vous êtes une personne on ne peut plus responsable. Vous avez ce terrible besoin de guérir les gens. Pourquoi ? ajoutai-je en levant les yeux de mon couteau de poche.

– Ça vous va bien de poser des questions ! C'est à peine si vous parlez. Je vous ai demandé votre nom plusieurs fois et vous n'avez jamais répondu. Vous ne voulez pas répondre. Savez-vous comment je vous appelle ? L'Allemand.

– Je suis prussien, répliquai-je en fixant les yeux sur mon canif.

Avais-je bien fait de lui dire ça ?

– Bon, d'accord. À partir de maintenant, vous

êtes donc le Prussien. Laissez-moi regarder votre oreille, ajouta-t-elle en s'agenouillant près de moi.

Sur ce, elle mit la main dans son sac pour en sortir une minuscule lampe et examina mon oreille.

Je sentais la chaleur de son visage près du mien. Un pendentif d'ambre était niché au creux de sa gorge.

– Joli collier. Vous aimez l'ambre ? m'enquis-je, pensant au cygne d'une valeur inestimable.

– Je suis lituanienne. Comment pourrais-je ne pas aimer l'ambre ? Votre tympan s'est rompu. C'est récent. Que s'est-il passé ?

– L'explosion, répondis-je. Le même jour que l'éclat d'obus.

Elle exerça de légères pressions autour de mon oreille, en caressant le lobe du bout de ses doigts. Je tressaillis.

– Ça fait mal ? demanda-t-elle.

Je secouai la tête. Non, cela ne faisait pas mal. J'étais à demi sourd, mais bien vivant. Le visage de l'infirmière était à quelques pouces du mien. Bien qu'elle eût la bouche fermée, je sentais son souffle dans mon oreille. Je fermai les yeux, luttant comme un diable pour tenir à distance le frisson qui s'était emparé de moi. Elle me testait.

Elle s'accroupit sur ses talons avec un grand sourire.

– Vous êtes satisfaite ?

– Oh, oui ! Vous devez être sourd de cette oreille.

– Je sais que vous avez dit quelque chose. Je l'ai senti, mais je ne l'ai pas entendu.

– Eh bien, j'aimerais que vous entendiez ce que

je vais vous dire maintenant. Je suis Joana. Au lieu de m'appeler l'infirmière ou la fille, vous devriez m'appeler par mon nom. Joana.

– Ce serait peut-être impoli. Vous êtes plus âgée que moi. Il faudrait sans doute que je vous appelle ma'am ou peut-être madame ?

Elle roula des yeux ahuris.

– Allongez-vous. Je voudrais maintenant voir votre pansement.

Obéissant, je m'allongeai et repliai les bras derrière ma tête. Il fallait que je sache.

– Ou peut-être êtes-vous une madame ? fis-je.

– Non, je ne suis pas une madame, rétorqua-t-elle en inspectant ma blessure. Avez-vous une madame ?

Je tressaillis.

– Cette zone que vous êtes en train de toucher… elle fait toujours mal.

– C'est normal. Mais si elle était infectée, vous auriez de la fièvre et la peau serait décolorée.

Elle n'avait aucun problème pour passer sans transition d'une conversation privée à des propos d'ordre médical. Rejetant doucement en arrière mes cheveux trop longs, elle posa sa paume sur mon front. Sa main était tiède.

– Vous n'avez pas de fièvre.

Elle s'arrêta un instant.

– J'ai pensé à ce que vous m'avez dit tout à l'heure, poursuivit-elle après s'être éclairci la gorge. Nous pourrions en effet nous retrouver séparés demain. Il faut absolument que je reste avec Emilia.

– Il faut absolument ?

Elle décolla un peu plus mon pansement souillé.

– Oui. Elle va bientôt accoucher, et malgré l'air courageux qu'elle affiche, elle est sans doute assez effrayée.

Êtes-vous effrayée ? aurais-je voulu demander. Un soldat l'attendait-il quelque part ? Je me remémorai la chanson *Lili Marleen* qu'elle avait évoquée l'autre soir. Peut-être un beau gars l'attendait-il sous un réverbère là-bas, en Lituanie.

– Vous voulez donc aider la petite Polonaise ? Seriez-vous comme cette infirmière anglaise, vous savez bien, celle qui traversait la nuit avec une petite lampe pour secourir malades et blessés ?

– Non, répondit-elle d'un ton catégorique. Je n'ai rien d'une Florence Nightingale. C'est juste que... Emilia me rappelle quelqu'un.

Je me rendis soudain compte que dire la vérité me fournirait peut-être l'arme dont j'avais besoin.

– Elle me rappelle quelqu'un aussi, dis-je. Ma petite sœur.

Je ne m'étais pas trompé. Elle tourna brusquement la tête vers moi.

– Vous avez une petite sœur ?

J'acquiesçai d'un signe de tête.

– Elle a presque seize ans maintenant, comme la petite Polonaise. Mon père l'a envoyée au nord de l'Allemagne, près de la frontière danoise, pour des raisons de sécurité. Je n'ai aucune nouvelle depuis plus de trois ans. Je vais essayer de la retrouver.

L'expression de l'infirmière s'adoucit.

– Vos parents sont-ils toujours en vie ? m'enquis-je.

Ses mains s'immobilisèrent. Et tandis qu'elle détournait les yeux pour fixer un coin de la pièce, ses doigts restèrent posés légèrement sur ma poitrine.

– J'espère, soupira-t-elle.

La famille. J'avais touché juste. Je me trouvais à présent au point précis où il me fallait être pour la convaincre, mais j'eus soudain honte. C'était vraiment une fille bien. Et pourquoi fallait-il qu'elle soit aussi jolie ? Pourquoi ne pouvait-elle pas avoir de moustache comme Eva la Géante ?

– J'essaye de toutes mes forces de ne pas avoir des pensées négatives, dit-elle. Ma mère est dans un camp de réfugiés en Allemagne, mais mon père et mon frère sont toujours en Lituanie. Mère pense qu'ils combattent dans la forêt. J'ai entendu dire que Staline avait fait subir des traitements épouvantables aux Lituaniens. Et je ne peux pas m'empêcher de songer à la famille là-haut, dans le manoir où nous avons dormi. Êtes-vous absolument certain qu'ils étaient tous morts ? ajouta-t-elle après un instant de silence. Je continue à penser qu'un des enfants était peut-être encore en vie, que j'aurais pu l'aider.

Je me refusai à lui décrire ce que j'avais vu.

– Ils étaient morts, insistai-je.

Elle me regarda droit dans les yeux.

– J'ai fait quelque chose de stupide.

Je lui rendis son regard, attendant qu'elle poursuive. Elle baissait sa garde. Toutes ses vérités s'offraient sans détour. Une boucle ramenée derrière son oreille glissa sur sa joue. Oh, cette boucle ! Elle me tuait.

– J'ai écrit un mot à la famille pour les avertir que j'avais emprunté leur nécessaire à ouvrage. J'étais mal à l'aise à l'idée de leur avoir pris quelque chose. C'était bien entendu avant d'avoir appris qu'ils étaient tous là-haut. J'ai signé de mon nom le billet et je l'ai laissé dans la cuisine. Que se passera-t-il si des parents de la famille reviennent au domaine pour y trouver tous ces morts et mon nom ?

– Ils penseront sûrement que vous avez massacré toute la famille avant de laisser un mot d'excuse au sujet de la trousse de couture. C'est là un véritable meurtre calculé.

Je ris. Elle baissa sa garde. J'étais allé trop loin.

– Les meurtriers ne sont pas toujours des assassins. Parfois, ils n'ont même pas de sang sur les mains.

Elle rangea son matériel dans sa mallette sans avoir pris le temps de reboutonner ma chemise.

– Il faudrait enlever vos points de suture d'ici un jour ou deux. Je ne sais pas si on m'acceptera sur un navire. Si c'est le cas, je pourrai songer à me porter garante de votre oreille et de votre blessure. Mais je dois en savoir davantage. Je ne peux pas prendre le risque. Ou bien vous me donnez votre nom, ou bien vous me montrez vos papiers, ou encore vous me dites ce que vous cachez dans votre paquetage.

Elle se leva et me regarda.

Je me redressai sur les coudes mais restai coi. J'aurais vraiment voulu ne pas être attiré par cette jeune femme, mais c'était peine perdue ; j'étais même en train d'échouer lamentablement.

– Vous vous trouvez astucieux, ajouta-t-elle en secouant la tête. Je sais que vous avez pris quelque chose dans ma valise. Je veux que vous me rendiez ça d'ici demain.

– Je ne sais pas de quoi vous parlez. Peut-être feriez-vous mieux de jeter un autre coup d'œil à votre valise.

– Oh, vous êtes quelqu'un de bien, mais pas à ce point ! Et, croyez-moi, vous n'êtes pas le seul à porter des secrets. Bonne nuit, Prussien.

Et elle referma la porte.

Je me rallongeai sur le carrelage glacé. Puis je fouillai dans ma poche pour y prendre son petit mot à propos du nécessaire à ouvrage. Quelle sorte de fille faut-il être pour laisser un mot d'excuse au milieu d'un bain de sang ?

Une fille honnête.

Je regardai sa jolie écriture, m'efforçant de la mémoriser et suivant du doigt sa signature. J'avais remis le dessin à sa place dans la valise. J'étais quelqu'un de bien – oui, à ce point.

Bonne nuit, Joana.

ALFRED

Bonjour, Hannelore !

Aujourd'hui, la journée va être très chargée. D'ici quelques heures, commencera l'enregistrement des passagers qu'il faudra répartir entre toutes les belles dames du lac, je parle bien entendu de tous ces navires qui vont sauver des milliers de gens. C'est une véritable armada que l'on voit rassemblée ici, à la base navale. Toutefois, mon navire, le Willi G.*, comme on l'appelle quand on fait partie de la marine de guerre, est un véritable requin-taupe au milieu de tous les autres – rien que du menu fretin.*

Une lettre de Mutter *est arrivée, m'informant que cette fouine de* Frau Henkel *avait cancané sur le seuil de notre porte et répandu des contrevérités dans tout le quartier. J'avais effectivement vu la vieille* Frau *jeter un coup d'œil furtif de dessous ses rideaux lorsque ces types odieux des Jeunesses hitlériennes ont frappé à ma porte et insisté pour entrer. Ils étaient on ne peut plus arrogants et agressifs. Dieu merci,* Mutter *ne se trouvait pas à la maison au moment de leur visite ; elle était partie faire une course chez le boucher. Bien entendu, je ne lui ai pas parlé de ce qui s'était passé. La guerre lui avait déjà suffisamment ébranlé les nerfs comme ça, elle était au bord de l'épuisement. Mais il semble bien que la vieille truie l'ait mise au courant. Je me sens donc tenu à présent de faire quelques remarques.*

Après le départ de ces pestes de Jeunesses hitlériennes, il se trouve que j'étais aux toilettes. J'ai noté alors que tu avais quitté en toute hâte la cuisine pour gagner le vestibule en entendant les garçons frapper à ta porte. Je m'interroge encore sur la ou les raisons de cette hâte.

On ne peut pas être trop prudent, Hannelore. Ce n'est pas parce que quelqu'un cogne à la porte que tu dois ouvrir. Quelquefois, ma douce, il y a des loups sur le seuil. Et si on n'est pas assez vigilant, ils risquent de nous dévorer.

JOANA

À l'aube, on quitta la salle de cinéma pour prendre la direction des quais. L'activité débordante du port s'était intensifiée jusqu'à devenir une véritable frénésie.

Les réfugiés transportaient leurs biens de toutes les manières possibles et imaginables. Eva, esquivant un homme à bicyclette, désigna du doigt un étrange spectacle de l'autre côté de la route : un cheval éreinté tirait une table retournée où s'entassaient des effets personnels maintenus avec des sangles.

– C'est une table de salle à manger ? persifla-t-elle. On dirait la table du dernier repas. Désolée.

À quelques centaines de mètres de là se dressait la gare d'Oxhöft. Eva se faufila à travers la foule, glanant des informations.

– Ils disent que les soldats blessés seront amenés par le train, du moins si les chemins de fer marchent encore. Certains prétendent que les Russes ont déjà bombardé la ligne de chemin de fer tout entière.

Les rumeurs se propageaient comme la peste. Les uns disaient que Berlin se moquait des Allemands de Prusse-Orientale ; les autres racontaient qu'on appelait à présent sous les drapeaux des garçons d'à peine douze ans et que ces garçons portaient des fusils plus grands qu'eux.

– Pourquoi êtes-vous si nerveuse ? demanda Eva. Vous savez bien que vous allez embarquer sur un navire. Ne m'avez-vous pas dit que vous aviez une lettre ?

– Chh..., fis-je en regardant par-dessus mon épaule pour voir s'il y avait quelqu'un à proximité. Je ne veux pas que les autres le sachent.

– Pourquoi ce secret ? murmura Eva.

– Ils s'imagineraient que je jouis d'un traitement de faveur ou que je profite d'une occasion favorable, et je ne le veux pas.

– Mais enfin, Joana, il s'agit d'une lettre du médecin d'Insterburg attestant vos compétences en matière de sang et de boyaux. Je suis désolée, mais on ne peut pas appeler ça un traitement de faveur ou une opportunité.

– Le système entier est injuste, Eva, et vous le savez très bien. Hitler m'a permis de rentrer en Allemagne. Il pense qu'un certain nombre de Baltes sont susceptibles d'être germanisés. Mais s'il y a des personnes comme moi qui ont la « chance » d'être rapatriées, il y a au moins autant de pauvres créatures comme Emilia qui sont systématiquement rejetées.

Eva haussa les épaules.

– La vie est injuste. Vous avez de la chance.

Je n'avais pas le sentiment d'avoir de la chance. Je me sentais coupable.

Elle me rembarra :

– Croyez-vous que vous avez le temps d'être morale ? Les Russes ne sont plus très loin. Si vous attendez, ils iront voir sous votre jupe, et je ne donne pas cher de votre vie. Désolée, mais ne gaspillez pas votre temps en gestes de bonne volonté à l'égard d'une gosse polonaise égarée. Faites la queue et embarquez sur un navire. Quand on marchait, c'était bien d'être ensemble, mais maintenant que nous sommes ici, je n'ai plus besoin de faire partie d'un groupe. J'ai juste besoin de retrouver mes affaires et de monter sur un bateau.

J'aperçus un jeune marin en train de fouiller dans une pile de bagages.

– S'il vous plaît, fis-je.

Le matelot se hâta de se redresser. Il tentait de cacher un papillon de cristal derrière son dos.

– Bonjour, mesdames. Alfred Frick, à votre service.

FLORIAN

Debout derrière le Poète et la petite Polonaise, je tendais l'oreille pour essayer de capter l'échange entre Joana et le marin. Emilia faisait de son mieux pour me dissimuler.

Le matelot parlait pour ne rien dire :

– On m'a chargé d'attendre un train qui doit arriver incessamment. J'ai pensé qu'il serait bon d'utiliser le temps précieux dont je disposais pour récupérer quelques objets de valeur et les remettre à leurs propriétaires.

Au lieu de nous poser des questions, il se justifiait lui-même. Il avait le grade de *Matrose* ; c'était là l'échelon le plus bas dans la marine de guerre du Troisième Reich.

– Certainement, dit Joana. Je ne prendrai qu'une minute de votre temps – pas plus. Pourriez-vous simplement nous dire quand l'enregistrement va commencer et où ?

– Ah, oui, c'est le problème à l'ordre du jour, n'est-ce pas ? L'enregistrement commencera à sept heures sur le quai est. Bien entendu, comme vous pouvez le voir, il y a de nombreux vaisseaux. Mais celui-là…, mesdames, dit-il en désignant le plus gigantesque de tous à quelque distance de là, c'est le *Wilhelm Gustloff*. C'est mon bateau.

Joana regardait attentivement le jeune homme.

– Pardonnez-moi de vous poser cette question, mais qu'est-il arrivé à vos mains ?

Il fourra les mains dans ses poches.

– Oh, ce n'est rien ! Juste une petite irritation de la peau. Les risques du métier. Un modeste sacrifice pour l'Allemagne.

Eva roulait des yeux ahuris.

– J'ai un baume qui protégera vos mains et calmera l'irritation, déclara Joana.

Le marin baissa les yeux en marmonnant quelques mots inaudibles.

– J'ai une formation médicale, poursuivit Joana. J'ai travaillé plusieurs années dans un hôpital.

Les yeux du matelot brillèrent.

– Êtes-vous affectée à un navire ?

– Non, voilà pourquoi je vous ai interrogé à propos de l'enregistrement.

– Eh bien, dans ce cas, considérez qu'aujourd'hui, c'est votre jour de chance, *Fräulein*. J'attends un convoi de trains sanitaires et d'ambulances de campagne. Nous allons embarquer nos hommes blessés sur le *Gustloff*, voyez-vous, et nous n'avons qu'un médecin à bord. Il va arriver, je vous présenterai.

Ce n'était pas le jour de chance de Joana ; c'était le mien. Ce type était un nigaud de première classe. Décidé à agir, je fis un pas de côté, mais Joana parla la première :

– Oh, ça, par exemple ! Merci, matelot. Seulement, vous voyez, j'ai avec moi quelques patients importants que je dois surveiller. J'aimerais les emmener avec moi.

– Eh bien, s'ils ont tous leurs papiers en règle,

on pourra faire une demande. Les soldats blessés et les membres du Parti seront bien entendu les premiers à embarquer. Mais j'ai entendu dire qu'on allait aussi évacuer beaucoup de belles dames… comme vous.

Il adressa à Joana un étrange sourire ; sa lèvre supérieure se retroussa sur des dents presque transparentes.

Eva se tourna vers moi, contrariée.

– Ne reste-t-il donc plus que la perle des perles ? Désolée, mais je ne vais pas mettre mon avenir entre les mains de cette espèce de pervers.

ALFRED

La roue de la fortune a tourné en ma faveur. Je suis tombé sur une infirmière qualifiée à peine quelques minutes avant l'arrivée des trains transportant les soldats mutilés.

Empoignant la jeune femme par la manche, je l'entraîne à travers la foule grouillante.

– Dr Richter ! crié-je. Dr Richter ! J'ai votre infirmière.

Je pousse la fille devant le médecin. Elle manque de s'effondrer sur lui.

– Hé, arrêtez-vous ! Que faites-vous ? demande le docteur tout en offrant sa main à l'infirmière pour l'aider à retrouver son équilibre.

– Je suis navrée, répond celle-ci. Ce matelot pense que je pourrais vous être utile.

Sur ce, elle sort ses papiers et les tend au médecin.

– J'ai été l'assistante d'un chirurgien à Insterburg. Il y a une lettre de recommandation au milieu de mes papiers.

– Assistante d'un chirurgien ? commenté-je avec un grand sourire. De remarquables qualifications !

Le médecin parcourt rapidement des yeux ses papiers.

– Êtes-vous déjà enregistrée comme passagère ? s'enquiert-il.

– Pas encore, monsieur.

– J'ai un convoi de grands blessés qui arrive. Nous n'avons pas de places pour tous. Nous devons évaluer rapidement leur état. Ceux qui sont assez solides pour supporter le voyage pourront monter à bord des navires.

– Je voyage avec des patients prioritaires, dit l'infirmière, y compris une future mère qui…

– Avez-vous une expérience en matière d'obstétrique ? interrompt le médecin.

– Oui, répond-elle.

Il lui rend ses papiers.

– Aidez-moi avec les blessés. Nous vous inscrirons comme passagère sur le *Gustloff* après que nous aurons effectué le tri entre eux.

– Et mes patients, monsieur ? demande-t-elle.

– Je n'ai pas le temps, réplique le docteur, agacé. Toi, ajoute-t-il en me regardant, celui qui m'a trouvé l'infirmière, comment t'appelles-tu ?

– Frick, monsieur.

– Eh bien, Frick, emmène ses patients au bureau d'enregistrement. Peut-être un des navires aura-t-il de la place pour eux.

L'infirmière tire de sa mallette un stéthoscope qu'elle passe autour de son cou.

– Merci, Frick, dit le médecin en m'adressant un signe de tête.

– Heureux de pouvoir vous être utile.

Je m'en vais, la tête haute. Je suis content en effet. Quand on lui en donne l'occasion, Alfred Frick se montre à la hauteur des circonstances et emprunte le sentier de la gloire.

JOANA

Je me sentais attirée par le médecin et j'avais très envie de saisir l'opportunité qui m'était offerte d'aider les patients sur le point d'arriver. Mais en même temps, je me refusais à quitter notre petit groupe.

– Allez-y, ma chère enfant, dit le cordonnier. Oui, aidez les autres, si vous le pouvez. Ce jeune matelot va nous conduire au bureau d'inscription maritime. Une fois de retour, nous irons à votre recherche.

Je m'agenouillai auprès du Petit Garçon Perdu.

– Et maintenant, Klaus, tu restes près du Poète. Tiens-lui la main.

L'enfant acquiesça d'un signe de tête. Je déposai un baiser sur sa joue. Il me tendit son lapin, le lapin auquel il manquait une oreille, pour que je l'embrasse à son tour, et je me prêtai volontiers à son désir.

– Veillez sur lui, Poète, dis-je en serrant le vieil homme dans mes bras. N'embarquez pas sur un navire avant d'être sûr de m'avoir retrouvée.

– L'horloge, rappela-t-il. On peut se donner rendez-vous sous l'horloge.

Une locomotive haletante, couverte de suie, apparut dans le lointain.

Emilia s'avança vers moi, les yeux agrandis par la peur.

– Ne t'inquiète pas, tentai-je de la rassurer. Il faut que j'aide ces gens, mais je t'aiderai, toi aussi.

D'un petit coup sec, je tirai sur son bonnet rose pour l'enfoncer un peu plus et l'ajustai.

– Mets-toi un peu de rouge à lèvres, murmurai-je. Je vous verrai tous les deux ce soir, ajoutai-je en posant la main sur son ventre.

Même à cette distance, je pouvais voir que les wagons étaient pleins à craquer de blessés et de réfugiés. Des passagers se penchaient hors des compartiments en appelant à l'aide. Des marins se précipitaient à leur rencontre avec des lits à roulettes et des brancards. Le médecin commença à lancer des ordres.

Alors, au milieu du tohu-bohu, je l'entendis.

– Joana.

Je me tournai en direction de la voix.

Le Prussien me tira à l'écart.

– Vous vouliez savoir quelque chose, chuchota-t-il en s'approchant de moi et en plongeant son regard dans le mien. Je suis Florian, mon nom est Florian.

Sur ce, il tendit le bras et prit une de mes boucles entre ses doigts. Je sentis une vive rougeur envahir mon visage.

Je saisis par le bras le jeune marin qui m'avait présentée au médecin.

– Quel est votre nom ?

– Frick, mais vous pouvez m'appeler Alfred.

– Alfred, ces personnes sont très importantes. Elles ont des papiers. Je vais aider le docteur, mais il faut absolument qu'elles embarquent sur le même navire que moi. Vous comprenez ?

– Oui, bien sûr, *Fräulein*.

Le train, meurtri et couvert d'ecchymoses comme un combattant, siffla en arrivant sur les voies de garage.

Le médecin me tendit un bloc-notes. Pouvais-je faire confiance au marin ?

– Alfred, promettez-moi de prendre soin de mes protégés, en particulier de cette jeune femme enceinte.

– N'ayez crainte, je m'en charge !

Des cris désespérés provenaient du train.

– Allons-y ! déclara le médecin.

Empoignant le Prussien par le bras, je murmurai au creux de sa bonne oreille :

– Heureuse de faire votre connaissance, Florian.

EMILIA

Elle s'en va. Pourquoi est-ce que tout le monde m'abandonne ? Bien entendu, Joana est un cas spécial. Un médecin l'a choisie comme assistante. À l'arrivée du train, c'est un débordement d'agitation, un vacarme assourdissant. Le groupe s'est détourné de la voie ferrée pour suivre le marin en direction du port.

Ce dernier m'inquiète. Il y a quelque chose de trouble en lui. Ingrid l'aurait sûrement senti. Tout à l'heure, tandis que nous causions avec Joana, un chien affamé s'est approché de lui. La pauvre bête, trop faible pour pouvoir même aboyer, se contentait de renifler en gémissant à ses pieds. Agacé et dégoûté tout à la fois, le marin a chassé à coups de botte la malheureuse créature.

– Rappelle-toi, ne parle pas, me chuchote le chevalier. Tu es lettone.

Mon chevalier ne m'a pas encore abandonnée. Quelque chose semble le rendre heureux. Le matelot ou bien Joana. Peut-être les deux. Mais il sera sans doute obligé de m'abandonner un jour ou l'autre, lui aussi. Père l'avait fait contre son gré. J'avais perçu sa lutte intérieure lorsque, cachée derrière la porte, j'avais écouté sa conversation avec M. Kleist.

« Promets-moi, Martin, avait imploré Père, promets-moi que tu la protégeras, que tu prendras soin d'elle, que tu l'aimeras comme ta propre fille. Je n'ai plus qu'elle au monde. »

Jamais je ne pourrai effacer le souvenir de l'émotion qui perçait dans la voix étranglée de mon père.

M. Kleist avait promis.

« Oui, Michal, nous veillerons sur elle comme sur notre propre fille. Elle aimera la campagne et la ferme. Else et August seront heureux d'entendre une autre voix jeune dans la maison. »

« Et Erna ? s'était enquis Père. Tu es certain qu'elle lui fera bon accueil ? »

« Erna... oui », avait répondu M. Kleist.

Je repasse sans fin cette conversation dans mon esprit. M. Kleist a bien prononcé le mot *oui* mais quelque chose dans la manière dont il l'a prononcé criait *non*. Et la vérité m'est alors apparue sous son vrai jour :

Martin Kleist m'a fait bon accueil.

Else Kleist m'a fait bon accueil.

August Kleist m'a accueillie à bras ouverts.

Mais Erna Kleist, elle, ne m'a pas fait bon accueil.

Jamais.

FLORIAN

Des centaines de milliers de réfugiés venus des profondeurs de la Prusse-Orientale et des Pays baltes avaient envahi Gotenhafen. Ils avançaient à présent ou plutôt dérivaient, tel du bois flotté, en direction du port. Des véhicules cornaient et klaxonnaient à qui mieux mieux, se frayant un étroit chemin au milieu de cet océan de réfugiés. Une foule se rassembla autour d'une petite fille qui avait été bousculée par une voiture. Devant un chariot retourné, des corneilles mantelées se régalaient des entrailles d'un cheval mort. Nombre de gens erraient, les yeux constamment levés vers le ciel dans la crainte de la Mort noire. Sur le bas-côté de la route, là où la terre avait été retournée par les chenilles des tanks, une vache squelettique gémissait. Ses pis avaient gelé et éclaté pendant la nuit.

– Écartez-vous, s'il vous plaît. Je suis une escorte officielle ! proclamait le matelot qui nous accompagnait.

La petite Polonaise tira sur ma manche et me jeta un regard inquiet. Le marin attirait sans nécessité l'attention. Il était, certes, un nigaud sans expérience mais, en même temps, il aurait fait n'importe quoi pour se donner l'illusion d'être important. Je connaissais ce genre d'individu.

Au loin, je remarquai un groupe de hauts fonctionnaires du Parti accompagnés de leurs épouses. Les femmes avaient d'épais manteaux de fourrure et des bijoux coûteux. Ils étaient flanqués de servantes portant malles et cartons à chapeaux. C'étaient les passagers privilégiés qui devaient être embarqués en priorité ainsi que les officiers et les blessés. Tout à fait le genre de personnes susceptibles de me causer des ennuis.

– Hé, dites donc, matelot ! Arrêtez-vous une minute, fis-je en lui tapant sur l'épaule.

Il se retourna. Je le tirai à l'écart, laissant le vacarme couvrir notre conversation.

– Vous me semblez être un homme de confiance, déclarai-je.

– Eh bien… oui.

– Ce que je veux dire en fait, précisai-je, c'est un homme d'une grande discrétion. Comme l'infirmière l'a mentionné, quelques-uns d'entre nous sont chargés de missions importantes. Peut-être même, ajoutai-je en baissant la voix, pour le Führer lui-même.

Sur ce, je sortis de la poche intérieure de mon manteau la feuille de papier pliée.

– Oh, oui, je suis quelqu'un de très discret, m'assura-t-il tout en jetant un regard curieux au feuillet.

– En ce cas, je peux compter sur vous pour lire cette lettre et n'en parler à personne.

Je lui tendis la lettre en question qu'il se mit aussitôt à lire. Je notai que le dessus de ses mains était couvert de vésicules rouges suintantes et de croûtes. Leur seule vue me donnait des démangeaisons. Je me grattai la nuque.

Le marin leva les yeux et me salua.

– Ne faites surtout pas ça. Vous allez attirer l'attention.

– Oh, oui, *Herr* Beck. Je comprends. Votre mission est secrète.

Son visage rayonnait. L'excitation du conspirateur s'était emparée de lui.

– Rien ne doit m'en détourner, ni enquêtes ni recrutement dans l'armée, poursuivis-je. Je dois embarquer sur un navire, de préférence à l'insu de tous. Mais quelques-uns de ces officiers souhaiteraient peut-être me dégager de ma mission pour m'enrôler à leurs côtés. Vous pouvez conduire au bureau d'enregistrement les autres personnes de mon groupe ici présentes. Mais en ce qui me concerne, si vous parveniez à me faire enregistrer de manière plus discrète, je vous recommanderai au *Gauleiter* Koch et même au Führer.

J'avais toute son attention.

– Je vois que le Reich est aussi efficace qu'organisé, matelot, mais peut-être un homme de talent comme vous est-il en mesure d'offrir des solutions de rechange.

Un petit sourire tordu apparut sur ses lèvres.

– Il se peut que j'aie des cartes d'embarquement supplémentaires. De simples petits souvenirs, bien entendu.

– Voilà qui est intelligent de votre part, l'assurai-je. Et avez-vous ces cartes avec vous ?

– Hélas, non ! Mais je peux les récupérer. Elles sont sous mon lit de camp.

– Alors emmenez ces personnes et occupez-vous

de leur enregistrement. Venez ensuite me trouver en ville, dans la salle de cinéma. Frappez trois fois, à deux reprises, et j'ouvrirai la porte.

– Frapper trois fois, à deux reprises. Oui, *Herr* Beck, c'est entendu, je le ferai.

Je pris mon air le plus grave pour le regarder et baissai la voix pour lui souffler :

– *Heil*, Hitler, matelot.

– *Heil*, Hitler, monsieur.

ALFRED

J'avais lu des articles sur les jeunes recrues de cette sorte dans les revues d'espionnage. Le Parti les repérait très tôt et leur confiait des missions importantes. Tel était le cas de ce jeune homme – envoyé, qui plus est, par le *Gauleiter* Koch. Il était digne de mes faveurs.

Le vieil homme aux cheveux blancs et aux membres noueux qu'accompagnait un petit garçon me demanda de faire halte.

– S'il vous plaît, attendez le reste de notre groupe.

La future mère, terriblement jeune, avec son rouge à lèvres voyant, se cramponnait en pleurant au jeune courrier.

– Ne pleure pas, lui disait-il. Je te rejoindrai sur le bateau plus tard.

– Ah, je vois ! fis-je. Elle porte votre enfant.

– *Non*, répliquèrent-ils tous deux à l'unisson.

– Elle est lettone, expliqua la recrue. C'est une amie de l'infirmière. Elle est inquiète parce qu'elle ne parle pas allemand. Elle comprend un peu la langue mais n'est pas capable de la parler.

Je la rassurai.

– Vous n'êtes pas la seule, loin de là, à souffrir de ce handicap. Il y a, par exemple, des matelots croates sur notre navire. Ils ne parlent pas l'allemand non plus, mais nous parvenons à communiquer d'une manière ou d'une autre.

– Rappelez-vous, dit le jeune homme, elle se trouve dans une situation délicate. Le médecin vous a donné des instructions spécifiques à son sujet, elle doit embarquer sans faute.

– Nous veillerons sur elle, affirma le vieil homme en passant le bras autour des épaules de la jeune femme.

Et il la détacha doucement du messager qui disparut dans la foule.

Des larmes coulaient le long de ses joues. Une telle faiblesse. Qu'allais-je faire de cette femme en pleurs ? Elle était encadrée, d'un côté, par le petit garçon, de l'autre, par le vieil homme. L'enfant lui offrit un hideux lapin en peluche. Elle semblait entourée d'une aura de chagrin et de malheur. Il me vint alors à l'esprit que cette créature hormonale, complètement abrutie, pouvait me donner une occasion de me surpasser.

En dépit de ses larmes, elle était aryenne. C'était un beau spécimen de la race des maîtres.

Elle méritait d'être sauvée.

Oui, Hannelore. Grâce aux rigueurs de la guerre, mon être sauvage émerge pour vaincre l'infidèle timoré qui sommeille toujours au fond de moi. Mon épée est tirée. Mort à celui qui tentera de faire du mal à cette dulcinée.

JOANA

Une multitude de blessés fut extraite des voitures. Une fois les trains déchargés, un convoi d'ambulances arriva. Il amenait des soldats du front encore enveloppés dans leurs manteaux militaires incrustés de boue. Ils hurlaient de douleur, tendant les bras vers moi ou même vers le premier venu avec des yeux désespérés.

Si je pouvais identifier le typhus, la dysenterie ou la pneumonie dont certains étaient atteints, ce n'était pas toujours le cas. Je devais exiger des autres qu'ils ouvrent leur manteau, laissant voir des blessures par balles ou des membres écrasés par un tank, voire manquants.

Les ordres du Dr Richter étaient clairs : « Si vous êtes certaine qu'ils peuvent survivre au voyage, notez leurs noms en vue de leur enregistrement. Mais seulement si vous en êtes sûre et certaine. »

Beaucoup d'entre eux ne survivraient pas au voyage. Ils ne vivraient pas même une heure. Le délire de l'agonie s'était déjà emparé de leurs corps, de leurs voix, les faisant trembler.

– Mon fils voudrait avoir le livre *Max und Moritz* pour son anniversaire, répétait un soldat, les yeux clos, tandis que du sang s'échappait des commissures de sa bouche. S'il vous plaît, *Max und Moritz* pour son anniversaire.

– Combien en avez-vous ? demanda le médecin après notre examen rapide des blessés.

– Soixante-treize. Et deux cent douze dans l'incapacité totale de s'en sortir.

– Soixante-treize ? Alors, avec ma propre liste, les effectifs sont au complet. Êtes-vous sûre qu'ils ont tous un bon pronostic de survie ?

– Oui.

Je répondis sans la moindre hésitation. En fait, je n'avais aucune certitude, mais ce dont j'étais sûre, c'est que je voulais essayer. Je me penchai pour dire au soldat qu'il verrait bientôt son fils et pourrait lui donner le livre. Il était déjà mort. L'état des soldats en disait long sur le destin du Reich. Le message était clair.

Défaite.

Quoi qu'il en soit, je ferais embarquer ces soixante-treize blessés sur le grand navire.

Le *Wilhelm Gustloff* les sauverait.

EMILIA

Le chevalier est parti.

Joana est partie.

Le marin nous conduit d'un pas énergique au bureau d'enregistrement tout en chantonnant à voix basse *You-go-slave*. Il est agité, ne tient pas en place et ne cesse de cligner des yeux. Le chevalier pense qu'il n'aura aucun mal à berner le matelot. Peut-être. Mais qu'est-ce que cela signifiera pour moi ? On approche de la zone des bureaux d'enregistrement, juste au bord de l'eau. Il y a devant nous de longues files de candidats au voyage qui semblent serpenter à l'infini. Une des files compte exclusivement de riches Allemands aux vêtements luxueux, une autre du personnel militaire. Les files restantes sont composées de réfugiés à bout de forces et de familles harassées.

– Je ne fais pas la queue, annonce Eva. Je veux attendre notre charrette. Tous mes objets de valeur s'y trouvent. Pas question pour moi d'embarquer sans eux.

– Mais voyons, ma chère Eva, intervient le Poète de la Chaussure, ce sont vos chaussures qui portent votre bien le plus précieux, autrement dit, votre vie. Ne tergiversez pas. Toutes les autres choses peuvent être aisément remplacées.

– L'argenterie de ma mère est sur cette charrette, s'obstine-t-elle. J'attendrai.

Le marin continue à marcher. Il ne s'est absolument pas rendu compte qu'une des personnes de notre groupe lui a faussé compagnie. Il nous introduit d'abord dans la file destinée aux dignitaires du Parti. Après quoi, changeant d'avis, il nous amène directement en tête d'une des queues de réfugiés. Ce qui ne va évidemment pas sans protestations.

En dépit du froid mordant, je commence à transpirer. Je déboutonne mon manteau et prends une profonde inspiration. Les soldats responsables du bon ordre des opérations arrêtent le marin, lui demandant de s'expliquer : de quel droit s'était-il permis de nous faire passer directement devant tout le monde ?

– J'ai quatre passagers – requête directe du Dr Richter.

– Je n'en vois que trois, fait remarquer le soldat. Vous ne savez même pas compter, à ce que je vois.

– Je suis très bon en maths, rétorque le matelot en pivotant sur ses talons. Où diable l'énorme femme-gorille est-elle passée ? Bon, eh bien, j'ai trois passagers. Requête directe du Dr Richter. Et celle-là est enceinte. Ça fait donc quatre avec l'enfant, n'est-ce pas ? ricane-t-il en se tournant vers le soldat. Vous ne savez même pas compter, semble-t-il.

Il m'entraîne jusqu'au comptoir, juste devant les officiers préposés à l'enregistrement.

– Nous y sommes, *Frau*. Montrez-leur vos papiers, ordonne-t-il.

FLORIAN

J'étais assis dans la salle de cinéma, non loin de la porte de service. Avais-je correctement catalogué le matelot ou l'avais-je jugé trop vite ? Y avait-il vraiment en lui un héros prêt à tout ou bien était-il juste victime de troubles cutanés psychosomatiques ? L'erreur que j'avais commise en faisant confiance au Dr Lange ne cessait de me tourmenter ; peut-être mon jugement n'était-il pas fiable.

Dès le premier jour, Père avait perçu le Dr Lange comme un être humain pervers et manipulateur, ce qu'il était effectivement. Je tâchais de lui trouver des excuses, désireux de justifier à tout prix les raisons pour lesquelles il avait choisi de travailler avec moi. J'aurais voulu croire que sa seule motivation était de sauver et de préserver les trésors artistiques du monde.

Un soir d'orage en juillet dernier, une immense toile arriva par camion, sous la garde de soldats armés. Le Dr Lange était en train de dîner avec des collègues. Ce fut donc moi qui réceptionnai le tableau. Je déballai la toile avant de la montrer au Dr Lange et l'examinai pour voir si elle avait besoin de restauration ou de réparation. Je reconnus aussitôt la scène de chasse en hiver. Elle était l'œuvre de Julian Falat, un artiste polonais. Ses peintures figuraient dans plusieurs livres à l'institut.

Les Polonais chérissaient cette toile, propriété de la Pologne.

Les nazis, sous la direction de l'avide Erich Koch, l'avaient volée.

Quelques jours plus tard, je découvris mes lettres au fond d'un tiroir du bureau de Lange. Aucune d'entre elles n'avait été ouverte. Je me sentis très mal. Il avait déclaré que nous formions une belle équipe, et pourtant, il ne s'était jamais donné la peine d'ouvrir mes lettres, ne s'était jamais intéressé à ce que j'avais à dire. Durant une journée entière, je restai assis sur mon lit, prostré et malade de peur à l'idée que Père eût raison à propos du Dr Lange. Je repassai dans mon esprit les phénomènes suspects auxquels je n'avais pas prêté attention jusque-là : les œuvres d'art dissimulées sous des bâches, les murmures, les poignées de main, les livraisons tard dans la nuit. Je les analysai sous tous les angles. J'aurais été heureux de me tromper, mais j'en arrivais toujours à la même conclusion : Koch et Lange n'avaient pas sauvé les trésors de l'Europe.

Ils les avaient volés.

Et, à mon insu, je les avais aidés.

Le lendemain, je quittai mon petit appartement près du musée et pris un train pour Tilsit. Mon père saurait ce qu'il fallait faire. Ensemble, nous trouverions une solution. J'arrivai à la maison pour trouver la porte d'entrée suspendue à un de ses gonds. La demeure avait été saccagée. Notre voisine ne tarda pas à apparaître et me fit entrer précipitamment chez elle.

– Je suis vraiment désolée, Florian, dit-elle en pleurant. Votre père… Vous êtes arrivé trop tard.

EMILIA

– Montrez-leur vos papiers, ordonne le matelot.

Ce ne sont pas mes papiers. Ce sont les siens – ceux de la Lettone qui a perdu la vie sur le bas-côté d'une route à cause de l'hiver et de la guerre. Peut-être s'est-elle tout simplement arrêtée pour prendre un peu de repos et est-elle morte de froid. De quel droit est-ce que je lui vole son identité ? Et si je monte sur un bateau, où ira ce bateau ?

Je veux rentrer à la maison.

– Toi, la fille au bonnet rose, commande l'officier, je n'ai pas toute la journée à te consacrer. Montre-moi tes papiers, ajoute-t-il en désignant du doigt la carte d'identité qu'il voit trembler dans ma main.

Je suis incapable de bouger.

Il se lève pour me faire face.

– Qu'est-ce qui se passe ici ?

Le Poète pose doucement la main sur mon épaule.

– Una, ma chère enfant, demande-t-il, il y a quelque chose qui ne va pas ?

Una. Comment pourrais-je voler Una ?

– Comme vous le voyez, Una est dans un état de grossesse avancée, intervient le Poète. Et elle a l'air malade.

Le matelot, Alfred, m'arrache brusquement les papiers des mains et les tend à l'officier.

Celui-ci soupire.

– Un gosse a déjà vomi tout à l'heure sur mon bureau. Emmenez-la à l'écart.

Le Poète m'éloigne de la table, tandis que le Petit Garçon Perdu caresse mon manteau.

– Son infirmière est en train d'aider le Dr Richter à trier les blessés du train sanitaire, explique le marin. Elle m'a chargé d'amener la future mère au bureau d'enregistrement.

– Nous sommes en train de procéder à l'enregistrement, dit l'officier, mais ce n'est pas encore le moment de l'embarquement. Tout le monde doit d'abord passer à l'inspection.

Le matelot regarde dans ma direction avec un étrange petit sourire.

– Oh, s'il vous plaît, inspectez-la ! Ne voyez-vous donc pas ? Les cheveux, les yeux, fit-il. Un exquis spécimen de la race aryenne. Son rejeton lui ressemblera sans nul doute.

– Je ne peux pas, chuchoté-je au Poète. Ce n'est pas juste. Je n'ai pas le droit.

– Tu le dois, répond-il en hochant la tête. Pour ton enfant.

L'officier passe en revue les papiers. Des gouttes de sueur picotent ma nuque glacée. Un bruit de pleurs étouffés se fait entendre à proximité.

– Madame, dit Alfred à une femme en larmes derrière nous, qu'est-ce que vous tenez là ?

– Rien, réplique-t-elle tout en serrant étroitement un baluchon contre sa poitrine. Elle dort.

– L'enfant est-elle malade ? demande-t-il.

Nous ne pouvons procéder à l'inscription des personnes atteintes d'une maladie contagieuse.

Les pleurs de la femme se transforment en sanglots.

– Non, elle n'est pas malade. Elle dort.

Alfred fait volte-face et retire brusquement la couverture qui enveloppe la petite fille.

– Elle ne dort pas, ricane-t-il. Elle est morte ! Officier, cette enfant est décédée.

Et il scrute le bébé mort avec moins d'attention que de fascination.

La mère n'est pas en mesure de supporter pareil chagrin. Elle a perdu la partie en quelque sorte. Elle tremble de tout son corps, tandis qu'elle tente de prononcer quelques mots d'une voix étranglée :

– Non. S'il vous plaît. Elle vient de s'endormir. Je le jure. Ne me la prenez pas.

L'officier siffle pour appeler une sentinelle proche et lui fait signe de s'approcher de la femme.

– Non ! S'il vous plaît. Je ne peux pas la laisser ici. Ne prenez pas mon bébé. S'il vous plaît, ne prenez pas mon bébé !

Il s'ensuit un véritable tohu-bohu. Le cordonnier se tourne vers moi, les yeux pleins de larmes.

– Vois-tu, ma chère enfant, il y a beaucoup de vrai dans les proverbes. « J'ai pleuré parce que je n'avais pas de chaussures, jusqu'à ce que je rencontre un homme qui n'avait pas de pieds. »

Je pousse un cri, feignant les douleurs de l'accouchement, et tombe à genoux sur le quai.

ALFRED

Salut, ma petite Hannelore !

La journée vient à peine de commencer, et elle s'est déjà révélée très éprouvante. Contre toute attente, j'ai trouvé une infirmière pour le médecin de notre bateau, le Dr Richter. C'était une tâche impossible, mais comme en bien d'autres occasions, j'ai été en mesure de rendre possible l'impossible.

J'avais pour première mission de faire enregistrer les patients de l'infirmière comme passagers sur le Gustloff. *Il y avait un vieux cordonnier (avec des articulations noueuses de l'espèce la plus grotesque et dont la seule vue me déprime), un petit garçon et une jeune Lettone enceinte qui parlait un allemand abominable mais avait les caractéristiques physiques hautement appréciées par le Reich. Une fois de plus, j'ai tiré mon épée et étendu ma cape pour l'Allemagne, aidant ainsi la jeune femme à passer sans problème dans un lieu sûr. Encore une autre sauvée pour le* Vaterland *!*

Un autre événement tout à fait stupéfiant s'est produit ce matin. Et me voilà maintenant sur le point d'aider un jeune homme chargé d'une mission très importante pour le Gauleiter *Koch. Peut-être ne comprends-tu pas le rôle de premier plan que Koch joue dans cette guerre. En sa qualité de chef de Gau, il se place tout de suite après Hitler dans la région. Koch a anéanti l'Ukraine avec succès. Ce jeune homme possède des papiers signés par Koch en personne, qui attestent sa fonction de courrier. Il doit, si j'ai bien compris, transporter un trésor d'une valeur inestimable pour le Reich. Bien entendu, je traite cette affaire avec la plus grande discrétion et n'en divulgue pas le moindre détail. Après tout, peut-être aurai-je un jour l'occasion de faire moi-même la connaissance de Koch.*

Ma liste d'actes de bravoure s'étoffe avec une telle rapidité que j'ai à peine le temps de la mettre à jour. À l'heure qu'il est, je jouis d'une certaine quiétude dans mes toilettes privées, ce qui me permet d'élaborer une stratégie pour ma prochaine entreprise. Le devoir m'appelle, car l'émissaire de Koch m'attend. Il faut que je sois au sommet de ma forme pour répondre à une tâche pareille.

Il fait si bon dans les toilettes que je décide de m'y attarder encore un peu.

JOANA

En l'espace de quelques heures, la foule avait doublé à Gotenhafen. À cause du stéthoscope que je portais autour du cou, je devais sans cesse interrompre ma marche. Quand les gens l'apercevaient, ils sortaient en courant des bâtiments bombardés et des trous d'obus pour implorer secours et médicaments. Je tentai de venir en aide à une femme dont le visage était noirci par de sévères engelures.

– J'étais belle autrefois, chuchota-t-elle, le regard vide.

– Les cicatrices vont s'effacer, lui dis-je.

– Pouvez-vous me donner une cigarette ?

– Je n'en ai pas, répondis-je en secouant la tête.

Une cigarette, c'était quasiment de l'or.

Elle caressa du bout des doigts son menton à la peau noircie et toute craquelée.

– Je suis vraiment affreuse maintenant. Avez-vous une cigarette ? répéta-t-elle.

Je rangeai le stéthoscope dans ma mallette et me frayai un chemin jusqu'au port à travers la foule grouillante. J'avais dans ma poche la carte d'embarquement que le Dr Richter m'avait procurée. Mais où était donc notre groupe ? Le matelot les avait-il fait enregistrer comme passagers ?

Emilia avait peut-être des problèmes, et en ce cas, il fallait absolument que je l'aide.

– Joana !

La tête d'Eva dominait de très haut les hordes de gens.

Elle s'avança vers moi, seule.

– Où sont les autres ? m'enquis-je.

– Je ne les ai pas vus.

– Vous n'êtes pas allés ensemble au bureau d'enregistrement ?

– Non, répondit-elle. J'ai parcouru des centaines de kilomètres avec cette charrette. Mon argenterie et ma vaisselle se trouvent dedans. Je suis désolée, mais je n'ai pas l'intention de laisser une famille de paysans se tirer avec tous ces objets de valeur.

– Eva, le temps presse. Les Russes sont sur nous. Ils peuvent envahir le port à tout moment.

– Dès que la charrette arrivera, je me ferai inscrire sur la liste des passagers.

– Non, vous devez le faire maintenant. Le médecin m'a dit que près d'un million de personnes afflueraient bientôt à Gotenhafen. Le *Gustloff* doit partir incessamment, d'autres navires aussi. Procurez-vous sans tarder une place sur un bateau. Quant à la charrette et au cheval, donnez-les à quelqu'un qui en a besoin.

Elle sembla prendre en considération mes pressantes demandes.

– Avez-vous vu les autres ? demandai-je encore.

– Je les ai laissés avec ce marin bizarre.

Sur ce, elle tourna les talons pour s'adresser à une autre femme.

– Eva, attendez. Emilia a-t-elle pu passer ? continuai-je à insister.

– Je ne sais pas. Le matelot l'a emmenée, ainsi que le cordonnier et le petit garçon, au bureau d'enregistrement. C'est la dernière fois que je les ai vus.

– Et Florian ? la questionnai-je.

Elle me jeta un regard perplexe.

– Florian ? Qui est Florian ?

EMILIA

Le 1er septembre 1939, l'Allemagne a envahi la Pologne par l'ouest.

Le 17 septembre 1939, la Russie a envahi la Pologne par l'est.

Impossible d'oublier ces deux dates.

Deux nations en guerre se sont emparées de la Pologne, telles deux fillettes se battant pour une poupée. L'une tenait la jambe, l'autre, le bras. Elles tiraient si fort que la tête a fini par se détacher d'un seul coup.

Les nazis ont envoyé notre peuple dans des ghettos et des camps de concentration.

Les Soviétiques ont envoyé notre peuple dans des goulags et en Sibérie.

J'avais neuf ans quand tout a commencé. Les gens se sont mis à changer ; les visages à s'affaisser et à se ratatiner comme des pommes cuites au four ; les voisins à parler à voix basse. J'épiais leur comportement. Je les observais à leur insu. J'apprenais.

Mais durant combien de temps vais-je pouvoir jouer ce jeu ? Un stratagème de guerre à la fois interne et externe. Qu'arrivera-t-il si je réussis à passer à l'ouest ? Pourrai-je me présenter sous ma véritable identité, celle d'Emilia Stožek, une fille de Lwów ? L'Allemagne sera-t-elle un pays sûr pour moi ?

Une fois la guerre terminée, de quel côté vaudra-t-il mieux se trouver pour une Polonaise ?

FLORIAN

Les heures s'écoulaient. Le matelot n'était toujours pas arrivé au cinéma. Mon esprit se perdait en conjectures : il était très occupé, affecté à des tâches imprévues ; il avait oublié ; ou peut-être n'était-il pas aussi crédule que je l'avais imaginé.

Fallait-il que je quitte la salle de cinéma ou non ? J'hésitais. À chaque minute, il y avait un peu plus de réfugiés qui affluaient à Gotenhafen. Et un peu moins de navires disponibles. Le Reich finirait par devenir fou. Joseph Goebbels, le concepteur de la virulente propagande nazie, émettait des déclarations absurdes depuis des années. Il essayait de remonter le moral des troupes avec des mensonges. « Nous aurons la victoire totale. Tenez bon ! » Mais la victoire leur avait glissé entre les doigts. Leurs mains étaient souillées. Et les Russes étaient désormais tout proches. Je regardai le nouveau tract que j'avais trouvé à la porte de la salle de cinéma. Il était intitulé *La Victoire ou la Mort*.

NOUS SOMMES ALLEMANDS !
IL Y A DEUX POSSIBILITÉS :
SOIT NOUS SOMMES DE BONS ALLEMANDS,
SOIT NOUS SOMMES DE MAUVAIS ALLEMANDS.

SI NOUS SOMMES DE BONS ALLEMANDS,
TOUT EST BIEN.
SI NOUS SOMMES DE MAUVAIS ALLEMANDS,
ALORS IL Y A DEUX POSSIBILITÉS :

Ridicule. Je ne pus lire le reste. Je pliai le tract et le fourrai dans ma poche. Goebbels avait raison sur un point. Il y avait effectivement de bons et de mauvais Allemands. Mais en vérité, il semblait que les étiquettes fussent à présent inversées.

Ceux qui passaient pour des déserteurs seraient exécutés. Plus j'attendais, plus il y avait de chances que Lange découvrît ma trahison. Était-il entré par effraction dans mon appartement ou dans la chambre secrète sous le château ? Avait-il déjà fouillé les caisses ?

Ou pire : à l'heure qu'il était, peut-être le chef nazi Erich Koch se tenait-il sur les quais, m'attendant de pied ferme.

ALFRED

Gilets et bouées de sauvetage. Telle est ma nouvelle mission. Rassembler autant de gilets et de bouées de sauvetage que possible. Je suis heureux d'être chargé de cette tâche à l'extérieur, car elle me permettra enfin d'aller jusqu'à la salle de cinéma et d'honorer mon rendez-vous avec le courrier spécial de Koch. Voilà qui devient excitant, aussi excitant que les romans d'aventures qu'adorait Hannelore.

Mais où se trouve exactement la salle de cinéma ? Il fait un froid glacial dehors ; les poils de mes narines gèlent. Une longue marche sera difficilement supportable. Je repère le vieil homme et le petit garçon debout sous un bâtiment endommagé et coiffé d'une grande horloge.

Mon pouls s'accélère lorsque j'arrive en vue de la salle de cinéma en ruine. Oui, oui, je ferai cela. Et quand le jeune courrier révélera que je l'ai aidé, je jouirai des bonnes grâces des chefs du Parti.

Je contourne le cinéma à travers la neige pour gagner la porte de service, à l'arrière du bâtiment, et je m'aperçois que j'ai oublié combien de fois je devais frapper. Peu importe. Je la trouve grande ouverte ; les gens vont et viennent librement.

Le cinéma est plein à craquer de réfugiés. Il y flotte une odeur très désagréable. Bagages et effets personnels s'entassent sur les sièges. Un sifflement aigu retentit soudain. C'est la Lettone enceinte qui désigne du doigt quelque chose au-dessus d'elle, en direction du plafond. Je pense qu'elle souffre de l'hystérie commune à toutes les femmes enceintes, mais je me trompe, car je ne tarde pas à apercevoir le messager de Koch debout à la petite fenêtre de la cabine de projection.

Il me faut un bon moment pour dénicher l'escalier, et une fois en haut des marches, je suis hors d'haleine. Tout en haut de la cage d'escalier, il y a une porte fermée. Est-ce là que je suis censé frapper plusieurs coups selon un code secret ? J'ai oublié le code, mais la porte s'ouvre toute grande. Le jeune courrier m'entraîne à l'intérieur.

Il flotte une odeur de cigarettes dans la minuscule pièce obscure. J'agite la main devant mon visage dans l'espoir de purifier l'air.

– Vous en voulez une bouffée ? demande le messager de Koch tout en arpentant l'étroite salle de projection.

– Je ne fume pas.

– Vous l'avez ?

Il parle en code, mais je comprends ce qu'il veut dire. Le laissez-passer. Je tente de me rappeler la terminologie utilisée dans les magazines d'espionnage mais ne parviens pas à me souvenir d'un seul mot. Je me contente donc d'énoncer lentement un petit oui. Son manteau s'entrouvre alors, et je vois un pistolet fixé à sa ceinture. Je me hâte de sortir le laissez-passer.

– Vous êtes un brave homme, me dit-il avant de

me tendre un tract intitulé *La Victoire ou la Mort*. Vous l'avez lu ? demande-t-il.

– Non, avoué-je.

– Il y est question de bons Allemands et de mauvais Allemands. Vous êtes un bon Allemand.

– Merci, fais-je, soudain saisi par un élan de confiance. Je peux vous poser une question ? ajouté-je.

Il acquiesce en souriant.

– Comment allez-vous faire ? Le laissez-passer est vide. Il faudra qu'il soit rempli et revêtu d'un tampon officiel, si vous voulez embarquer. Ils doivent avoir un document complet.

– Je sais. Laissez-le-moi. Et maintenant, mon ami, avant que l'embarquement ne commence et qu'un vent de folie ne se déchaîne, pouvez-vous m'amener l'infirmière ? J'en ai besoin.

– La jolie infirmière de ce matin ? le questionné-je.

Il cesse d'arpenter la pièce.

– Vous la trouvez jolie ?

J'ai souvent entendu d'autres marins parler de filles, parfois en des termes très crus, et bien entendu, j'ai mon Hannelore. Je réponds donc avec un grand sourire :

– Oui. D'après mon expérience, l'infirmière serait sûrement classée parmi les filles séduisantes.

Il regarde le laissez-passer.

– Pouvez-vous la trouver ? Dites-lui que son patient a besoin d'elle. Et veillez à employer le mot *besoin*, matelot.

– Mais où la trouverai-je ?

– Elle a promis à la fille enceinte qu'elle

viendrait la chercher. Elle est sans doute déjà en chemin.

– Ah oui, elle semblait vraiment se faire du souci pour la Lettone.

Le jeune messager se tourne vers moi tout en rallumant son mégot.

– La jolie infirmière, dit-il. Au fait, elle s'appelle Joana. Et en ce qui la concerne, matelot (il me donne une tape sur l'épaule tout en laissant échapper une volute de fumée), j'ai entendu dire qu'elle était déjà prise.

JOANA

Le Dr Richter serait furieux. Au lieu de le suivre jusqu'au navire, j'étais partie, le laissant avec des centaines de grands blessés.

Béni soit notre Poète, si digne de confiance ! Il était là. Il se tenait sous la grande horloge dans le froid, tandis que le Petit Garçon Perdu jouait dans une butte de neige à ses pieds.

– Tu vois, dit-il au garçon, je t'avais dit qu'elle viendrait.

L'enfant bondit pour venir s'agripper à ma jambe.

– Bonjour, petit.

Je me tournai vers le Poète.

– Avez-vous pu obtenir des laissez-passer ?

– Après quatre heures de queue. Oui, on nous a donné des laissez-passer. Mais j'ai bien failli être embauché pour réparer les bottes militaires. Honnêtement, je crois que sans le petit Klaus, on ne m'en aurait pas accordé. Les jeunes enfants sont prioritaires.

– Et Emilia ?

– Ce fut une vraie pagaille. Ce hâbleur de marin l'a poussée en tête de la queue, ce qui a attiré l'attention. Et elle, ajouta-t-il en fronçant les sourcils, eh bien, elle était terrifiée ! J'ai dû insister pour qu'elle remette ses papiers à l'officier, mais elle a fini par comprendre qu'il y avait un problème et elle s'est allongée par terre en gémissant, feignant d'avoir des contractions. Les soldats ont alors voulu la faire embarquer immédiatement. Elle a refusé, disant qu'elle ne partirait pas sans vous, sans son infirmière. Ils n'étaient que trop heureux de se débarrasser d'elle. Cet idiot de matelot était tellement effrayé à la seule idée de l'accouchement qu'il est devenu tout pâle et qu'il a failli tourner de l'œil.

– Mais a-t-elle obtenu un laissez-passer pour finir ? insistai-je encore. Et où est-elle ?

– Oh, oui, la Lettone enceinte a réussi à avoir un laissez-passer. Elle est dans la salle de cinéma. Elle a tenu à vous attendre. Où est la Désolée ?

– Eva fait la queue pour se faire inscrire comme passagère sur un navire. Nous devons nous dépêcher. Ils embarquent les blessés cette nuit. Je veux emmener Emilia avec moi. Les autres personnes de notre groupe peuvent embarquer demain.

Le jeune marin apparut soudain.

– Ah, vous voilà, *Fräulein* !

Il s'approcha de moi et se mit à chuchoter :

– Votre patient vous attend dans la salle de cinéma. Il dit qu'il a besoin de vous. Je souligne, *Fräulein*, il a *besoin* de vous.

Je le regardai, perplexe. Que voulait-il dire ?

– Ce sont ses propres mots, insista le marin en fixant son regard sur moi.

Je notai qu'il ne cessait de cligner des yeux.

Nous le plantâmes là pour courir à la salle de cinéma.

FLORIAN

Joana se précipita dans la salle de projection, essoufflée et toute rouge.

– Quelque chose ne va pas ? demanda-t-elle.

– Vous avez fait vite, dis-je avec un sourire.

Elle me regarda, perturbée qu'il n'y eût pas d'urgence.

– Je dois retourner au bateau. J'emmène Emilia avec moi. Le Poète et le petit garçon embarqueront demain. Eva ne s'est pas encore fait inscrire.

Je hochai la tête.

Elle me fixa longuement comme pour me jauger avant de croiser les bras sur sa poitrine.

– Vous n'avez pas à me convoquer chaque fois que ça vous chante. Je ne sais pas à quel jeu vous jouez et je ne suis pas sûre d'avoir envie de le savoir. En revanche, je crois que je mérite de connaître votre nom. Est-ce vraiment Florian Beck ?

– Vous ne me croyez pas ? fis-je.

Et, prenant ma carte d'identité dans ma poche, je la lui tendis.

– Florian… qu'est-ce que c'est que ce nom-là ? D'où vient-il ? demanda-t-elle tout en examinant ma photo d'identité.

– Ma mère m'a donné le nom d'un peintre du XVIe siècle, Florian Abel.

Elle haussa les épaules, apparemment satisfaite, et me rendit mes papiers.

J'allumai ma cigarette – ou plutôt ce qu'il en restait – et je la lui passai.

– Je suis sur le *Wilhelm Gustloff*, annonça-t-elle en tirant une bouffée de la cigarette avant de me la repasser.

– Est-ce une invitation ? la questionnai-je avec un grand sourire.

– J'ai le sentiment que vous trouveriez un moyen d'embarquer si vous le vouliez.

Je n'aurais su dire si cela l'amusait ou l'irritait.

– Puis-je voir votre carte d'embarquement ?

Elle compulsa ses papiers, sortit la carte et me la tendit. Puis elle gagna la petite fenêtre pour regarder la salle de cinéma en contrebas.

J'étudiai son laissez-passer, prenant mentalement note du moindre détail.

– Où va le *Gustloff* ?

– À Kiel, répondit-elle.

Kiel se trouvait à environ trois cents milles nautiques de Gotenhafen, à l'extrémité nord de l'Allemagne. La ville était toute proche du Danemark où se trouvait peut-être ma sœur Anni. Je continuai à examiner le laissez-passer.

– Il me semble comprendre à présent, déclara Joana. Quand vous avez besoin de quelque chose, vous commencez à me parler. C'est exact, n'est-ce pas ?

Je changeai de sujet :

– Vous avez l'air contente de travailler avec le médecin. Je parie que vous étiez première de la classe.

Elle rit.

– Oui, c'est vrai, j'étais la première de la classe, mais quel sens cela peut-il avoir maintenant ? Me croirez-vous si je vous dis que j'étudiais plutôt que d'aller à la plage ? Quoi qu'il en soit, poursuivit-elle en secouant la tête, j'aime vraiment aider les gens. Et je suis heureuse à l'idée de me rapprocher un peu de ma mère. Tous ces enfants…, ajouta-t-elle en jetant un nouveau coup d'œil en bas, dans la salle de cinéma. Il y en a tant !

Je me glissai derrière elle pour regarder par-dessus son épaule. Le Petit Garçon Perdu serrait son lapin contre lui. Il nous adressa un signe de la main auquel nous répondîmes tous deux.

– J'aime particulièrement le petit garçon, chuchotai-je.

Joana se retourna brusquement. Son visage était tout près du mien.

– Pourquoi ?

– Il prend soin des lapins auxquels il manque une oreille, répliquai-je avec un grand sourire en touchant mon oreille gauche.

Elle laissa échapper un petit rire.

– J'aime ça, fit-elle en désignant ma bouche du doigt.

– Quoi ?

– Lorsque vous souriez, vous n'êtes plus le même.

Plantés l'un en face de l'autre, nous nous regardions. L'espace entre nous s'était rétréci. Nous nous touchions presque. Elle leva le menton vers moi. Je baissai les yeux pour contempler ses lèvres.

– Il… Il faudrait que j'y aille, murmura-t-elle.

Je hochai lentement la tête avant de lui rendre

son laissez-passer. Nous restâmes un instant immobiles et silencieux à attendre Dieu sait quoi. Elle eut soudain l'air embarrassée.

– Eh bien, au revoir, finit-elle par dire en s'écartant de moi comme à regret.

Je ne répondis pas. Je me contentai de la regarder franchir la porte, puis la refermer derrière elle.

Je laissai échapper un long soupir. Je ne m'étais pas rendu compte que j'avais retenu mon souffle pendant toute la durée de sa visite.

ALFRED

Ohé, Hannelore!

« Ohé » est un terme qu'emploient les marins expérimentés comme moi. Je me trouve en ce moment sur le pont supérieur du Gustloff. *Le soir est venu et, avec lui, l'obscurité. Tout autour de nous, des bateaux de toutes les tailles et de toutes les formes sont amarrés à la jetée. À l'opposé, on aperçoit le* Hansa, *un grand vaisseau lui aussi débordant d'activité, dans la fièvre des préparatifs. Deux phares montent la garde à l'entrée du port, mais, bien entendu, ils ne sont pas éclairés. Nul besoin, vois-tu, de faire signe aux avions russes dans le ciel.*

Aujourd'hui, non content d'exceller comme d'habitude, j'ai accompli quelque chose d'autrement plus intéressant.

Comme tu te le rappelles peut-être, le Wilhelm Gustloff *n'a pas été construit à l'origine pour être un luxueux bateau de croisière destiné aux privilégiés. Hitler l'a fait construire au contraire pour monsieur Tout le monde : le menuisier, le postier, le serrurier, et même la ménagère. En réalité, le bateau de monsieur Tout le monde va désormais transporter des personnes très importantes : non seulement des blessés de guerre et des officiers, mais aussi des passagers prioritaires dont j'aide à cacher l'identité. N'es-tu pas curieuse, Hannelore, d'en apprendre un peu plus au sujet du jeune émissaire de Koch ? Mais je ne t'en dirai pas davantage aujourd'hui. Je ne dois pas vider trop vite mon filet. Il faut, mon cher petit poisson, que je te laisse nager à la surface de l'eau pour chercher ta nourriture.*

Tu appartiens au sexe faible, ce dont je suis heureux. Puissent tes mains ne jamais se refermer en poings ! Puissent tes oreilles ne jamais entendre l'appel du devoir ! Avant la fin de cette guerre, tous les hommes auront l'occasion de révéler leur véritable personnalité. J'attends avec impatience cette occasion. Être un héros exige des choix difficiles et même des sacrifices. Un homme ne peut répondre à pareille exigence que si le doigt du courage lui fait signe d'avancer. Ce doigt, il me fait signe, Hannelore. Je le sens.

JOANA

Emilia voulait attendre Florian. Je l'empoignai par la main et l'entraînai hors du cinéma après avoir assuré aux autres que nous les retrouverions le lendemain.

Un cortège dense de réfugiés et de chariots obstruait la route qui menait au port. Les bâtiments de pierre grise bordant la rue pavée étaient criblés de trous et n'avaient plus ni portes ni fenêtres. On pouvait désormais voir l'intérieur des pièces comme dans une maison de poupée cassée. J'aperçus un magnifique bureau d'acajou sur lequel trônait une machine à écrire, tandis que le lustre qui le surmontait se balançait dans le vent. Fixé à la fenêtre brisée d'une parfumerie, un étendard hitlérien décoloré et déchiré claquait. Il y était écrit : *Volk ans Gewehr*. « Peuple, à vos fusils ».

La Lituanie et la Pologne étaient-elles dans un état aussi misérable ?

Papiers et laissez-passer furent vérifiés à trois reprises : à l'entrée du port, aux abords du navire, puis, une dernière fois, près de la passerelle. Les soldats nous enjoignirent d'embarquer et de nous présenter à un bureau sur le pont B. Je sentis la main d'Emilia trembler dans la mienne lorsque nous gravîmes la passerelle du *Gustloff* avant de franchir l'entrée béante du navire.

Une fois à l'intérieur, on avait l'impression d'être dans une ville flottante où il faisait étrangement bon. Une ville *énorme*. Non, c'est peu dire, le terme est trop faible. Il m'apparut qu'en dépit du chaos au-dehors, les Allemands faisaient tout pour que l'embarquement se déroulât suivant des règles strictes. Un peu partout, des écriteaux avaient été mis en place pour empêcher les passagers de s'égarer. Lorsque nous eûmes atteint le pont B, on nous dirigea vers le pont-promenade où une maternité de fortune avait été installée.

Tandis que nous avancions à travers les coursives, nous voyions des marins et des membres du personnel foncer de tous côtés. « Écartez-vous, s'il vous plaît ! » lançaient-ils, tandis que le haut-parleur crachait des annonces à intervalles réguliers. À un moment, deux matelots passèrent devant nous en courant avec une pile de couvertures. Une fois sur le pont-promenade, Emilia me lâcha la main.

– Je veux partir, chuchota-t-elle. Je veux aller dehors.

– Commençons par t'installer. Tu te sentiras mieux dans un petit moment, lui assurai-je.

Je trouvai le Dr Richter qui nous pilota vers ce qui allait devenir la maternité. Des lits de camp garnis de linge immaculé y étaient déjà alignés.

– Vous êtes la toute première mère à arriver, dit le Dr Richter à Emilia. Nous espérons avoir un autre médecin à bord, mais nous n'en avons pas encore reçu la confirmation.

Emilia resta silencieuse.

– Elle est complètement bouleversée et elle a toutes les raisons de l'être, expliquai-je. Son état, l'interminable voyage à pied, la barrière des langues, la séparation d'avec son… mari.

– Bien entendu, répondit le médecin. Mais je peux résoudre au moins l'un des problèmes. Un grand nombre de passagers seront multilingues. Une fois que l'embarquement aura commencé, je réussirai à trouver quelqu'un qui parle letton. Ne t'en fais pas, petite, ajouta-t-il à l'adresse d'Emilia en lui tapotant l'épaule. Bientôt, tu pourras nous dire absolument tout ce qui te passe par la tête.

Sur ce, il tourna les talons et sortit de la salle de maternité.

Je sentis les ongles d'Emilia s'enfoncer dans mon bras.

EMILIA

Que faire ? Faut-il m'enfuir à toutes jambes ? La panique qui m'a gagnée semble accroître encore les crampes douloureuses dans mon ventre. Joana tente de me rassurer.

– Ne t'inquiète pas. Je trouverai bien une solution.

Je hais ce navire. De l'acier, sans vie, et qui sonne creux à l'intérieur. Je préférerais être dans une petite embarcation en bois taillée dans un vieil arbre ou même dans une coquille de noix. Je déteste les oiseaux en acier ; je déteste les bateaux en acier. Ces bateaux-là, stériles, ne sont pas faits pour apprécier la mer. Ce sont des vaisseaux de guerre. J'espérais secrètement – tout au moins une partie de moi – qu'on ne voudrait pas de moi, qu'on me rejetterait comme étrangère et me dirait de retourner en courant vers la forêt et les oiseaux.

Joana dit que le *Wilhelm Gustloff* est un navire KdF. Je connais le sens de cette expression. August me l'a expliqué.

KdF : *Kraft durch Freude.* « La force par la joie ».

« La Force par la joie » est une organisation nationale allemande censée rendre les loisirs accessibles aux masses, sans distinction de classes sociales. Hitler prétend qu'elle offre des chances à chacun, que tous les citoyens allemands sont égaux. Mais comment peuvent-ils être tous égaux si quelques-uns d'entre eux sont privilégiés ?

Comme Hitler, la mère d'August croyait dans la race des maîtres. Étant polonaise, je ne pouvais, à ses yeux, en faire partie. Quelque part, derrière la porte de mon esprit verrouillée à double tour, j'entendais l'écho de la voix impérieuse d'Erna Kleist : « Pas celle-là. Celle-ci est plus jolie. »

Le *Wilhelm Gustloff* porte dans son ventre des êtres conçus par la guerre. Ces âmes perdues s'y bousculent dans l'espoir que le navire les rendra à la liberté. Mais quelqu'un s'en est-il jamais rendu compte ? On a baptisé ce navire *Wilhelm Gustloff*. C'est le nom d'un homme dont mon père m'avait parlé. Il a été le leader du parti nazi en Suisse.

Et on l'a assassiné. Le vaisseau est né de la mort.

FLORIAN

Je barricadai l'entrée de la salle de projection, la maintenant fermée à l'aide de cales de fortune. Le cinéma était à présent envahi de réfugiés venus chercher un abri et un peu de chaleur. Beaucoup d'entre eux s'étaient aventurés à l'étage, mais je les avais refoulés. Mon pistolet était chargé, prêt à faire feu. Étant donné que j'allais fabriquer un faux laissez-passer, je ne pouvais pas me permettre d'être dérangé.

La petite Polonaise avait compris. Quand elle était entrée dans le cinéma, je m'étais approché d'elle, et elle m'avait tendu son laissez-passer sans un mot. Je mémorisai le style gothique de l'écriture, la nuance exacte de l'encre, je décalquai le timbre, et notai les mots utilisés. Le laissez-passer de Joana était légèrement différent de celui de la Polonaise en raison de la tâche dont elle était chargée. Il m'était très utile d'avoir connaissance des deux.

Mon père avait été fou de joie quand il avait découvert mon talent pour le dessin et mon extraordinaire mémoire visuelle. Enfant, il me suffisait de jeter un bref coup d'œil à ses cartes, je pouvais ensuite les reproduire sans problème. Du reste, plus tard, c'est moins la création que la reproduction qui m'avait intéressé. Essayer de dupliquer les cartes de Père avec une telle précision qu'il ne pourrait distinguer la copie du modèle était un défi que j'avais le plus grand plaisir à relever.

Père reconnaissait et appréciait mon talent, mais il aurait aimé que je produise au lieu de reproduire.

– Tu es si doué, Florian, pourquoi ne créestu pas une œuvre personnelle, tout droit sortie de ton imagination ? Comme le disent les philosophes : « La vie est brève, mais l'art est éternel. » Allons, fils, crée un chef-d'œuvre au lieu de copier les autres.

Mais je n'étais pas intéressé. Ce que j'aimais, c'était restaurer les trésors du temps passé et les antiques chefs-d'œuvre. Et aussi, de temps en temps, les copier.

Les parties écrites de la carte d'embarquement étaient noires, l'encre du tampon, également noire. Ce ne serait pas difficile de fabriquer le faux laissez-passer.

ALFRED

Salut, ma douce amie ! Comme ta patience doit s'effilocher à force d'attendre mes lettres !

Il n'y a plus aucune heure de loisir, aucune pause sur ce navire. On me dit que nous allons travailler vingt-quatre heures sur vingt-quatre jusqu'au départ. Je note et j'enregistre soigneusement tous les détails. La température est constante – autour de moins dix –, mais le bureau maritime prévoit qu'elle va encore baisser. Les ponts et les garde-fous au plus haut niveau du Gustloff *sont enrobés de glace, que l'on nous ordonne sans cesse de racler. Heureusement, nous n'utiliserons pas le pont supérieur durant le voyage.*

Hitler demande à chaque Allemand d'accomplir son devoir et de se sacrifier pour le pays. Les autres ont-ils fait autant de sacrifices que moi, Hannelore ? Plus d'une fois, j'ai bien failli étouffer dans mon bain de vapeur quand j'essayais de me fortifier les poumons avant le déploiement militaire. Tu seras sans nul doute soulagée d'apprendre que l'orage jadis niché dans ma poitrine, pour l'éternité semblait-il, a fini par s'apaiser.

Oui, Lore, le mal dont je souffre le plus actuellement, c'est une simple impatience. Je me sens fort dans cet uniforme. Je suis presque sûr d'obtenir sans tarder le poste de documentaliste que je mérite. L'observateur en moi s'imposera.

Je me réjouis d'avance de retourner, une fois ce premier voyage terminé, dans mon propre territoire. Cette région de Prusse-Orientale est très étrange. Ses habitants eux-mêmes appartiennent à une race germanique complètement différente de la nôtre ; ils ne ressemblent pas du tout aux Allemands que nous connaissons.

Un certain nombre de hobereaux prussiens se dirigent maintenant vers le port. Un matelot prussien m'a expliqué que sa famille ne viendrait pas. Ils refusent d'abandonner leur domaine. Au lieu de quoi ils ont envoyé leurs domestiques en direction des ports pour assurer leur sécurité. Et pendant ce temps, ils ont creusé leurs propres tombes dans leur jardin. Si les Russes arrivent, ils descendront dans ces fosses pour se donner la mort. Peux-tu imaginer une chose pareille ? Le Führer leur offre une issue, un moyen de s'en sortir, et ils refusent de quitter leurs terres… Ce qui dénote non pas un esprit de sacrifice mais de la pure et simple stupidité. C'est agaçant. En même temps, je dois avouer qu'il y a quelque chose de tranquillement satisfaisant à les imaginer dans la terre froide.

JOANA

Cela me sembla merveilleux de passer un gant de toilette tiède sur mon visage. Le *Wilhelm Gustloff* comptait cinquante salles de bains, cent douches et cent quarante-cinq toilettes. Le Dr Richter m'avait donné un tablier blanc tout en suggérant que je ferais bien d'aller me « débarbouiller ».

La femme que je vis dans le miroir avait un aspect effrayant. Il me parut plus effrayant encore quand je me rendis compte que c'était moi. J'avais la figure couverte de crasse, les yeux cernés, battus par le chagrin à force d'avoir vu des horreurs. Je n'avais que vingt et un ans, mais ces derniers mois m'avaient transformée. Je me nettoyai à fond les ongles, tâchant d'ôter la saleté et le sang séché, songeant au remords que je ne pourrais jamais faire disparaître dans un lavabo.

Assister les autres, les aider, tenter de les guérir était un bon dérivatif. Mais que ferais-je en ce qui concernait Emilia ? Dans l'intimité de la salle de bains, seule, cachée aux regards de tous, je me sentais comme écrasée par le poids de tout ce que j'avais vécu. Ma famille me manquait ; je me posais des questions sur le destin de mon pays et je tremblais pour ma cousine Lina.

Survivre avait un prix : la culpabilité.

Vilnius, Kaunas et Biržai, le lieu de ma naissance. À quoi était confronté le peuple lituanien en ce moment ? J'aspirais à pouvoir parler de nouveau le lituanien plutôt que l'allemand. À chanter des chants lituaniens. J'avais dû partir en laissant derrière moi tout ce que j'avais aimé.

Quelqu'un frappa à la porte. Je ne répondis pas. Une partie de moi n'avait pas envie de quitter la petite salle de bains. J'avais envie de rester enfermée, à l'abri de la douleur et de la destruction. J'en avais assez d'être forte. Assez d'être « la fille intelligente ». J'étais très fatiguée. Ce que je voulais, c'était que tout fût fini.

Quatre années atroces remontèrent à la surface.

Et je me mis à pleurer.

FLORIAN

L'encre était sèche. Je glissai pinceaux et fournitures dans l'étui en cuir que je rangeai dans mon paquetage. Ensuite, je griffonnai quelques remarques dans mon carnet – là où je m'étais entraîné à la contrefaçon.

J'avais deux possibilités.

Soit j'embarquais parmi les premiers, courant alors le danger de voir les officiers disséquer mon laissez-passer et mes autres papiers. Soit j'attendais jusqu'à ce que le bateau fût déjà rempli et je montais à bord avec la dernière vague de passagers. Si j'optais pour la première solution, je pourrais dénicher un endroit où me cacher pendant le voyage et dormir davantage. Mais j'aurais sans doute besoin de l'aide du marin lèche-bottes. Cela en valait-il le risque ?

Je regardai le laissez-passer. C'était un faux remarquable. Une onde d'adrénaline m'envahit. Je brûlais d'essayer. Mon stratagème marcherait-il ou m'arrêterait-on sur la passerelle ?

Hitler perdrait peut-être la guerre, mais il ne serait sûrement pas disposé à rendre tous les trésors artistiques qu'il avait dérobés. En particulier le Cabinet d'Ambre.

– Le Führer est un aquarelliste très doué. Dans

sa jeunesse, il avait fait une demande d'inscription à l'école des Beaux-Arts, m'avait raconté le Dr Lange avant de baisser la voix pour ajouter : mais l'école ne l'avait pas accepté. Ah, comme ils le regretteront !

Ainsi, au lieu de devenir peintre ou collectionneur, Hitler était devenu voleur. De grands albums avec listes exhaustives et photos de toutes les œuvres d'art qu'il convoitait pour son musée avaient été constitués. Deux d'entre eux avaient été remis au Dr Lange. Certaines des œuvres cataloguées appartenaient à des collections privées, propriétés de familles juives. D'autres, comme le tableau de Julian Falat, se trouvaient dans des musées. Le musée Czartoryski de Cracovie avait été pillé de fond en comble. Des chefs-d'œuvre de Léonard de Vinci, Rembrandt et Raphaël décoraient désormais les murs des appartements de dignitaires nazis, tandis que d'autres trésors étaient cachés dans des mines de sel, des fabriques abandonnées, des châteaux en ruine ou encore les caves des musées. Le Dr Lange estimait que cinquante mille œuvres d'art seraient ainsi transférées de Pologne en Allemagne. Il jugeait l'opération tout à fait acceptable.

Le plus précieux de ces trésors – et de loin – était le Cabinet d'Ambre. Six tonnes d'un ambre scintillant d'une parfaite pureté. Les panneaux couvrant les murs étaient doublés de feuilles d'or et incrustés de pierres précieuses jetant mille feux : diamants, émeraudes, rubis et jade. Et au centre du Cabinet, dans une petite alcôve ovale, on pouvait admirer la plus belle des pièces : le cygne d'ambre.

Je jetai un coup d'œil au coffret abrité dans mon sac à dos. Hitler commencerait par chercher le cygne. Je pensai aux vingt-sept caisses cachées dans une cave creusée très profond sous le château de Königsberg. Un véritable labyrinthe de tunnels menait à la chambre secrète. Il serait impossible de la trouver.

Lange savait où était le cygne.

Koch croyait savoir où il était.

Quant à moi, non seulement je savais où il était, mais je disposais d'un plan et d'une clef.

Ils étaient enfermés dans le talon creux de ma botte.

JOANA

Le Dr Richter évalua l'état d'Emilia.

– Elle semble assez traumatisée, commenta-t-il.

Je tentai d'acquiescer sans éveiller ses soupçons.

– Oui, chuchotai-je. C'est aussi mon impression. Elle parle sans cesse de son mari, August, un Allemand qui se bat sur le front. Elle désire désespérément le rejoindre depuis qu'elle a été séparée de ses parents. Elle craint qu'il ne soit mort.

Il hocha la tête.

– Vous m'avez dit que vous aviez une certaine expérience des accouchements ?

– J'ai aidé le médecin à l'hôpital d'Insterburg et j'ai accouché moi-même plusieurs femmes. Des naissances sans complication.

– Je ne sais pas combien nous aurons de parturientes ici. Je peux compter sur deux infirmières et un garçon de salle. J'aurai besoin de vous aussi pour soigner les soldats blessés installés dans la Tonnelle, l'hôpital de fortune.

– Oui, bien entendu, répondis-je. J'ai été très choquée en examinant les hommes ce matin.

On ne voyait pas de blessures aussi graves à Insterburg.

Le médecin baissa la voix.

– Je crains que l'état de ces hommes ne traduise en termes clairs le destin de l'Allemagne. Le voyage sera court. Faisons tout notre possible pour adoucir leur sort. Avez-vous perdu beaucoup d'êtres chers ?

J'ai perdu ma famille, ma langue et mon pays, j'ai tout perdu, aurais-je voulu répondre. Mais j'avais compris ce qu'il voulait dire.

– J'ai perdu une amie en traversant la glace il y a à peine deux jours. Et vous ?

– Trop pour pouvoir les compter, répliqua-t-il. Demain, il y aura d'autres blessés, ils seront les premiers à embarquer. On m'a dit que nous aurons aussi un groupe de filles allemandes tombées entre les mains des Russes et sorties d'un sanatorium. Je vous suggère de dormir un peu cette nuit. Les journées qui nous attendent seront longues.

Je tirai mon lit de camp près de celui d'Emilia et m'y installai. Nous nous retrouvions enfin dans un endroit confortable, avec le sentiment d'être protégées. À l'abri du froid, de la neige et des soldats russes. En sécurité. Le navire avait des canons antiaériens fixés au pont. Cette nuit-là, je dormirais sur un lit de camp dans une pièce bien chaude, en lieu sûr.

Je m'allongeai face à Emilia qui portait toujours son bonnet rose. Elle me sourit. Je songeai aux étés passés avec ma cousine à Nida. La nuit, étendues si près l'une de l'autre que nos nez se touchaient presque, nous chuchotions et pouffions de rire. Emilia me rappelait tellement Lina. Elle avait les mêmes cheveux blonds, les mêmes yeux d'outremer intensifiés par la détermination et les secrets.

ALFRED

La température a encore baissé. J'ai décidé qu'il faisait beaucoup trop froid pour collecter gilets et bouées de sauvetage. Je préfère parcourir les coursives du navire d'un pas énergique en fredonnant ma mélodie. Je me dis que si je parviens à garder l'allure d'un homme requis par une affaire urgente, personne ne m'arrêtera pour m'attribuer une tâche. Je me contente donc de marcher, marcher sans fin, ce qui a un double avantage : m'oxygéner les poumons et enrichir ma documentation sur tout ce qui se passe.

Les pièces principales – salles à manger, salle des fêtes, salon de musique – ont été débarrassées de tous les meubles. On y a étendu côte à côte de maigres paillasses pour les réfugiés. Dans le salon de musique, je promène les doigts sur le bois lisse du piano à queue. Je longe ensuite les interminables coursives en bois de teck des ponts-promenades encastrés dans un châssis de verre et qui font quasiment le tour du navire. Puis je me dirige vers le pont E, près de la cale du bateau. Il y a une belle piscine sur ce pont. Même vide, le bassin reste magnifique sous son plafond de verre opaque, avec ses colonnades blanches à chaque coin. Une vaste mosaïque représentant Neptune et des sirènes nageant au milieu des poissons orne une des parois du bassin. J'aime ces sirènes retenues captives.

Des centaines de sous-mariniers s'apprêtent à rejoindre le navire. Ils sont destinés à former l'équipage de plusieurs sous-marins, une fois que nous aurons gagné Kiel, en Allemagne continentale. On leur attribuera des cabines sur les ponts B et C. Les dignitaires du Parti et un certain nombre de personnalités allemandes auront droit, eux aussi, à des cabines.

Je me dirige vers la coquerie pour voir ce qu'on est en train de préparer. On nous a dit que chacun des passagers recevrait un repas chaud par jour. Je souffre de flatulences. Or il me semble que la soupe de pois va être le menu de base.

– Qu'est-ce qu'il vous faut ? demande un marin qui fait le compte de ses provisions.

– Oh, rien ! J'observe tout simplement, je suis documentaliste, expliqué-je en gribouillant quelque chose dans l'air.

– Qu'est-ce qu'elles ont, tes mains ? demande le marin non sans dégoût.

– Rien de grave. Une simple irritation.

– C'est contagieux ? questionne-t-il.

– Moi, contagieux ? Comment oses-tu ?

– Surveille ton langage et file à l'infirmerie. On ne tient pas à être infectés.

L'infirmerie pour mes mains. Je pourrai espionner la jolie infirmière. Comment n'y ai-je pas encore pensé ?

EMILIA

Joana n'a pas tardé à s'endormir.

La douleur est apparue d'abord dans le bas du dos avant de remonter le long de la colonne vertébrale. C'est un peu comme les espèces de crampes dont je souffre depuis quelques jours, mais en beaucoup plus fort. Je suis restée allongée sur le lit de camp pendant plusieurs heures. Ça vient par vagues. Chaque fois que je suis enfin sur le point de m'endormir, une violente contraction me réveille.

J'ôte mon bonnet pour passer les doigts entre les mailles au crochet roses et les y entortiller. Je chantonne à voix basse *Tous les canetons*. Une douleur fulgurante m'empoigne soudain. J'agrippe mon bonnet de toutes mes forces et je serre les dents pour m'empêcher de crier. Mais la douleur irradie dans tout mon abdomen. Alors, au milieu de ce supplice, la porte verrouillée dans mon esprit s'ouvre brusquement, et je me sens transportée ailleurs, bien loin de l'infirmerie du navire.

J'étais assise à même le plancher froid devant la chambre de Mama, un bol de cassis sur les genoux. Quand tout serait fini, je m'assoirais au bord de son lit et lui en donnerais à manger. J'allais enfin avoir un petit frère ou une petite sœur. J'attendais cette naissance, je la réclamais depuis des années.

Papa arpentait le vestibule. De temps à autre, Mama hurlait, essayant désespérément de mettre au monde mon petit frère ou ma petite sœur. Ce supplice a duré des heures. J'ai commencé à avoir faim. Alors, juste au moment où je portais à ma bouche une poignée de baies, les sons qui me parvenaient aux oreilles ont changé. Ce n'étaient plus les cris d'une accouchée en mal d'enfant mais de véritables hurlements de terreur. Papa s'est rué dans la chambre. Je suis restée assise sur le seuil de la porte, glacée, figée, paralysée par le son de la voix de Mama.

Le silence est tombé. La sage-femme s'est mise à pleurer.

Un fracas métallique sur le toit a annoncé le départ de la cigogne. Après quoi la sage-femme est entrée dans le vestibule pour annoncer le départ de ma mère.

Je n'y croyais pas. Je pensais que c'était un cauchemar. J'ai fermé les yeux, je les ai rouverts. « Réveille-toi, Mama. Réveille-toi. S'il te plaît, ne me laisse pas ! » ai-je crié. Les baies sont tombées sur le devant de ma robe avant de rouler sur le plancher.

Et à présent, de mon lit de camp, je parle à ma mère :

– Est-ce que je vais mourir, moi aussi, Mama ?

Joana remue près de moi.

– Emilia ?

Je lève les yeux comme pour m'adresser à ma mère et demande à nouveau :

– *Umrę, prawda ?* Je vais mourir maintenant, n'est-ce pas, Mama ?

Joana bondit de son lit et se hâte d'entasser des oreillers derrière ma tête et mon dos. La vivacité de sa réaction confirme mes craintes.

Oui, je vais mourir.

Seulement, à la différence de Mama, je n'irai pas au ciel. Le portail en sera cadenassé à cause de mes secrets. Je serai un cerf-volant déchiré coincé dans les branches mortes d'un arbre, incapable de voler.

Une douleur fulgurante me déchire. La mort me poursuit avec son impitoyable faux, hachant, taillant, coupant sans relâche. Puis la douleur se calme.

– Joana.

Je tends le bras pour la toucher, mais elle est plus bas, occupée à surveiller l'évolution du travail.

Se hâtant de relever la tête, elle pose la main sur mon genou.

– Je suis là, Emilia.

– Écoutez. S'il vous plaît. Écoutez-moi, imploré-je.

– Oui, pense à August, Emilia.

Une autre vague de douleur m'assaille comme pour me punir de mes mensonges. Elle grandit, grandit, toujours plus aiguë, plus intense, me coupant la respiration. Je me mords la lèvre inférieure si fort qu'elle se met à saigner. La faux est à l'intérieur de moi, tordant, déformant, poignardant.

Débarrasse ta conscience. Libère ton âme.

La douleur reflue.

Des larmes coulent sur mes joues.

– Ne pleure pas, dit Joana. Ce sera bientôt fini. Pense à August, Emilia. Pense au bonheur qui va bientôt vous réunir tous les trois.

Elle a raison. Ce sera bientôt fini. Un nouveau coup de machette me laboure le ventre, le laissant en feu. Je pousse un hurlement.

Tu dois le dire, Emilia.

Ma honte, mon infamie, mon indignité, ça déborde de tous côtés, ma conscience déborde. Je regarde Joana et secoue la tête, à peine capable d'articuler à travers mes larmes.

– Il n'y a pas d'August, chuchoté-je. Il n'y a pas d'August.

JOANA

En proie à la terreur autant qu'aux douleurs de l'enfantement, Emilia parlait par bribes, à la fois en allemand et en polonais.

– Pas d'August. *Frau* Kleist. Plus jolie.

Elle ne cessait de répéter « *Frau* Kleist, *Frau* Kleist ». Ce qui n'avait aucun sens.

Le travail avançait vite, le col était déjà très ouvert. J'aurais voulu aller chercher le Dr Richter en courant, mais je ne pouvais abandonner Emilia. Elle était dévorée de souffrance, submergée par la peur.

Le matelot du port glissa un œil dans l'entrebâillement de la porte.

– Alfred !

– Oh, excusez-moi, *Fräulein*, je pensais que vous pourriez…

Il s'interrompit net en voyant Emilia.

– Alfred ! Courez à la Tonnelle, la salle des soldats blessés, et ramenez-moi le Dr Richter. Vite !

Emilia agrippait désespérément les bords du lit de camp. Elle criait ; son corps tout entier vibrait ; les yeux lui sortaient presque de la tête.

Le marin, d'une pâleur mortelle, avait l'air d'un pantin en caoutchouc.

– Alfred ! Ressaisissez-vous ! Allez chercher le Dr Richter.

Il se retourna pour se tenir un instant au montant de la porte tout en marmonnant Dieu sait quoi. On eût dit qu'il était en transe. Puis il disparut.

– Allons, Emilia, respire avec moi, lui dis-je.

Je fermai les yeux et commençai à respirer en cadence. Elle se joignit à moi pour s'arrêter très vite, la bouche tordue dans une grimace de souffrance, et se remit à crier. Des mots et du sang s'écoulaient de ses lèvres.

– *Menteuse. Menteuse. Aide-moi, Mama !*

Jamais je n'avais vu de femme en proie à une telle terreur. Où était donc le Dr Richter ?

Je ne pouvais pas même m'éloigner d'un pas pour prendre le chloroforme. Du sang coulait goutte à goutte de la lèvre inférieure d'Emilia. Son visage était luisant de sueur. Elle cria de nouveau, plus fort, hurla. C'était insoutenable.

– MAMA !

La tête du bébé apparut soudain.

– Pousse ! lui ordonnai-je.

Quel pouvait bien être le mot pour *pousse* en polonais ? Je tentai de recourir à des expressions, à des gestes. Elle finit par comprendre. Poussa – et cria.

– Ne t'arrête pas ! Pousse !

Elle obéit. Ses poings étaient si serrés qu'ils tremblaient, sa douleur si intense qu'elle étranglait sa voix.

Le minuscule bébé atterrit dans mes paumes ouvertes.

– Oui, oui ! m'exclamai-je.

Je baissai les yeux. Un petit oiseau parfait palpitait au creux de mes mains.

Emilia se mit à suffoquer, tentant de retrouver son souffle, avant de sangloter et de se couvrir le visage.

– Menteuse. Au secours. Mama.

– C'est fini, lui dis-je. Tout est fini. Tu as une petite fille, Emilia. Une jolie petite fille.

FLORIAN

J'emmenai le cordonnier et le Petit Garçon Perdu là-haut, dans la salle de projection, pour qu'ils puissent dormir un peu. J'enveloppai l'enfant avec soin dans mon grand manteau de lainage après avoir replié le col pour en faire un appui-tête. Il dormit d'un sommeil profond avec son lapin. Lorsque je m'éveillai, il était toujours endormi.

Le Poète de la Chaussure, lui, était déjà réveillé. Il observait mes bottes.

– Vous avez modifié le talon vous-même. C'est du beau travail. Vous êtes artisan ? s'enquit-il.

– En quelque sorte, répondis-je.

S'il savait, me dénoncerait-il ?

– Six ans, poursuivit le cordonnier. Cette guerre a volé six ans au monde. Je suis né en Allemagne et j'y ai vécu toute ma vie. J'ai des amis proches qui sont russes. Ils me disent que les Russes souffrent terriblement. Staline, Hitler…

Il baissa la voix pour ajouter dans un souffle :

– Ça ne peut que finir mal ici.

Je hochai la tête, réfléchissant à ce qu'il venait de dire. Quel sens cela aurait-il d'être allemand après la guerre ? Ou d'être prussien ? Je vérifiai l'heure à mon poignet.

– Nous devrions réveiller le petit.

– Oui, je suppose, mais quand je le regarde dormir aussi paisiblement, j'envie son innocence.

– D'où vient-il ? demandai-je.

– Il errait dans les bois. Une adresse à Berlin était épinglée sur le devant de son manteau. Mais qui peut bien attendre ce petit gars ? Et si l'adresse en question est celle d'un orphelinat ? Telles sont les questions que je me pose. Il a raconté à Joana qu'il voyageait avec sa grand-mère, mais qu'un jour, elle ne s'est pas réveillée.

Je sentais mon visage s'altérer, trahissant mon désir de rester indifférent.

Le vieil homme acquiesça.

– Connaissez-vous ce dicton ? « La mort a mille portes de sortie à offrir à la vie ; j'en trouverai une. » Je sais cela. Je l'accepte. Mais les enfants… Voilà ce qui m'obsède. Pourquoi les enfants ? ajouta-t-il en secouant la tête.

– Mais c'est précisément à cause du petit garçon que vous avez pu obtenir une carte d'embarquement. Il est trop jeune pour voyager seul.

– Oui, oui, j'ai déjà pensé à ça. Les enfants sont peut-être des chérubins qui veillent sur les vieillards desséchés comme moi.

– Sur quel navire serez-vous ? demandai-je encore.

– Le *Gustloff*. Et vous ?

– Le *Gustloff*, répondis-je.

Nous avons échangé un sourire discret.

EMILIA

Je regarde le bocal de boules de coton sur la table en métal. De petits nuages blancs immobilisés dans le verre. J'ai envie de soulever le couvercle et de les laisser s'envoler au loin avec mes secrets.

Je suis toujours vivante. Pourquoi ?

Le docteur nettoie et examine le bébé, tandis que Joana s'occupe de moi.

– Tu t'en es bien sortie, Emilia, dit-elle tout en écartant doucement les cheveux de mon front.

Je fixe les lumières brillantes du plafond jusqu'à en avoir mal aux yeux. Tout fait mal. Mes forces se sont dissoutes dans la fatigue.

N'est-on pas censé se sentir mieux après avoir dit la vérité ? Peut-être ne puis-je connaître la paix parce que Joana ne m'a pas comprise ou pas entendue. Suffit-il de prendre conscience qu'on a menti et de reconnaître le mensonge devant les cieux, ou bien faut-il l'avouer à une personne qui vous écoute vraiment ?

Durant de longs mois, je m'étais magnifiquement débrouillée. La plupart du temps, je croyais même vraiment à ma propre histoire. Oui, c'est vrai, August Kleist existait. Il avait séjourné un moment à la ferme pendant que je m'y trouvais.

Il portait du bois pour moi, grimpait à l'échelle pour m'en dispenser, partageait ses prunes et prenait ma défense lorsque sa mère se montrait dure avec moi. Il faisait tout cela, parce que c'était quelqu'un de profondément gentil. Mais je n'avais pas pour lui l'importance qu'il avait pour moi. Il était déjà parti quand la chose a eu lieu.

Les Russes sont arrivés à la ferme un jour de mai. Il n'y avait pas de vent, l'air était immobile, et on a entendu de loin leurs bottes résonner sur les pierres. M. Kleist s'était cassé volontairement le bras pour ne pas être recruté dans l'Armée du Peuple. Il prétendait que c'était un accident, mais j'avais observé en douce ses préparatifs dans la grange. Le jour de l'arrivée des Russes, il était à la maison avec le bras en écharpe.

Entendant un bruit de pas, Else et Mme Kleist sont sorties de la maison. Mme Kleist a presque aussitôt enjoint à sa fille de rentrer. Mais celle-ci n'a pas bougé. Ses pieds semblaient fixés au sol. Je venais d'aller ramasser des champignons dans la forêt et je traînais mes paniers à grand-peine en direction du cellier. Je me suis cachée derrière un gros tronc d'arbre.

C'était Mme Kleist qui portait la culotte dans la famille, mais de ma cachette, je voyais bien qu'elle était très nerveuse. Elle parlait beaucoup trop. Ce qui agaçait les Russes. Ils voulaient de la vodka, de quoi manger, des montres. Et Else.

– *Urri, urri*, oui, a dit Mme Kleist. Martin, donne-leur ta montre. Immédiatement.

Un soldat s'est avancé vers Else. M. Kleist s'est mis à gémir, tandis que sa femme se hâtait d'intervenir pour négocier.

– Non ! Celle-ci *krank, krank*.

Elle racontait aux soldats qu'Else était malade.

– Nous en avons une qui est bien plus jolie, a-t-elle ajouté.

Mon sang s'est glacé. Ma peau a commencé à brûler. Non. Elle n'allait tout de même pas faire ça.

– *Emilia* ! a-t-elle hurlé.

Repérant alors un de mes paniers qui dépassait du tronc d'arbre, elle m'a ordonné d'approcher.

– Vous voyez ? Elle est jolie. Vraiment très, très jolie. Prenez plutôt celle-là.

Les soldats m'ont regardée. Ils avaient des visages de morts.

Tandis qu'ils me traînaient jusqu'au cellier, les champignons se sont répandus à terre, laissant un sillage derrière moi.

Joana m'apporte le minuscule bébé emmailloté. Elle lui embrasse la tête en pépiant de petits mots tendres.

– Elle est très petite, déclare le docteur en s'approchant à son tour, mais elle semble en parfaite santé. Lui avez-vous déjà trouvé un nom ?

– Un nom ?

Je secoue la tête.

– Ah, vous avez compris ! Vous comprenez donc un peu l'allemand. Merveilleux. Bien, vous pouvez réfléchir à un nom. Beau travail, Joana.

Sur ce, il quitte la salle de maternité.

Je suis très fatiguée. Je ferme les yeux, attendant le cliquetis de la clef de la mort dans la serrure.

FLORIAN

J'essaierais en définitive d'embarquer à la première heure. Mon arrivée en compagnie d'un charmant petit garçon et d'un vieux cordonnier à la démarche boitillante passerait peut-être inaperçue. En quittant le cinéma avec Klaus et le Poète pour prendre le chemin du port, je trouvai les rues déjà très animées. Elles semblaient tanguer sous la pression de hordes de gens qui se hâtaient en direction de la jetée. Des chiens affamés, abandonnés par leurs maîtres parce qu'ils n'étaient pas autorisés à bord, erraient, aboyant désespérément. Des enfants, séparés de leurs parents, pleuraient de froid et de frayeur sur les trottoirs. Quelques-uns, accroupis dans les embrasures sombres des portes d'immeubles abandonnés, mâchonnaient du pain moisi ou des épluchures de betteraves. Quant aux femmes, le « maquillage » de boue et de cendre qu'elles s'étaient appliqué sur la figure durant leur marche dans les bois pour échapper aux Russes commençant à s'écailler, elles avaient pour la plupart un visage à peine humain.

Le petit garçon se cramponnait au Poète, qui avait beaucoup de mal à se diriger au milieu de l'effroyable cohue. De temps à autre, il tapait sur les chevilles des uns ou des autres avec son bâton de marche pour se frayer un passage.

– Et hop, on y va ! dis-je à l'enfant en le hissant sur mes épaules, ce qui réveilla ma blessure.

– Oui, merveilleuse idée ! commenta le cordonnier. Merci.

Le vieil homme rejoignit un autre Allemand aux cheveux blancs.

– Quelles sont les nouvelles ? demanda-t-il.

– La veille de Noël, un sous-marin allemand a coulé un bateau de transport dans la Manche. Il paraît que des milliers de soldats américains qui étaient à bord se sont noyés.

Les Américains mouraient donc, eux aussi, par milliers ? La propagande nazie représentait l'Amérique comme une nation racialement impure, un pays de bâtards, *la Terre sans Cœur*.

On entendit au loin le grondement retentissant d'un obus, suivi de cris et de bousculades : des gens dans la foule cédaient à la panique.

Des réfugiés fouillaient dans les traîneaux et les bagages abandonnés, entre autres, un vieil homme qui examinait les unes après les autres les paires de chaussures empilées.

– Prenez donc ces bottes, lui lança le Poète de la Chaussure. Elles sont beaucoup mieux que les vôtres.

L'homme acquiesça d'un signe de tête.

Des histoires se propageaient à travers la foule. Une femme se précipita à la rencontre d'une fille qui marchait à nos côtés.

– Dépêche-toi ! Les avions russes ont lâché du phosphore sur une multitude de réfugiés. Aveuglés, ils ont dû rouler dans la neige.

Le bruit courait que les Alliés avaient coupé les routes d'accès et les voies de chemin de fer. Nous étions cernés. À l'approche du port, la foule devint plus dense, plus étouffante encore. Des réfugiés qui faisaient la queue devant les bureaux d'enregistrement tremblaient de frayeur. Les bébés servaient de gages ; ils passaient de bras en bras au moment de l'enregistrement.

– Combien pour le gosse ? me demanda une femme. Ils ne me laisseront pas embarquer si je n'ai pas d'enfant avec moi.

Je sentis les jambes du Petit Garçon Perdu se raidir sur mes épaules.

– Il n'est pas à vendre, répliquai-je.

– Tout le monde a un prix.

– En revanche, une âme, tout le monde n'en a pas, déclara le Poète qui brandit son bâton en direction de la femme. Écartez-vous de l'enfant.

Il semblait y avoir plusieurs postes de contrôle. Personne n'était autorisé à passer sans carte d'embarquement. Je déboutonnai mon manteau, supportant la température glaciale à seule fin d'exhiber les taches de sang sur ma chemise. J'avais, bien entendu, une autre tache. Invisible, celle-là.

Sippenhaft. Culpabilité du sang. C'était une loi du régime nazi. Si un membre de votre famille avait commis un crime ou un acte de trahison, son sang était considéré comme impur. Tenir tous les membres d'une famille pour responsables du crime d'un parent était une pratique archaïque.

Mon père avait établi des cartes pour les hommes qui avaient tenté d'assassiner Hitler. On l'avait emmené à Berlin et pendu à la prison de

Plötzensee. Et voilà qu'à son tour, son fils tentait de faire passer en contrebande le trésor le plus précieux d'Hitler – sans parler du plan et de la clef du Cabinet d'Ambre cachés dans le talon creux de sa botte ! Cela ne faisait aucun doute : le sang Beck était impur.

Notre trio approchait à présent de l'entrée du port, devant laquelle se tenait une rangée de gardes armés qui formait un véritable cordon de sécurité.

Une Mercedes noire étincelante se fraya un chemin à travers la foule. Les soldats enlevèrent une barrière pour permettre au véhicule, où se trouvaient des femmes élégantes et des officiers en uniforme, de passer.

Non. Ce n'était pas lui. Ce ne pouvait être lui. Ce n'était pas le *Gauleiter* Koch, n'est-ce pas ? L'anxiété me jouait des tours.

Un soldat faisait les cent pas parallèlement à la file des passagers en attente.

– Préparez papiers et cartes d'embarquement pour l'inspection, s'il vous plaît !

Une veine commença de battre à la base de mon cou.

JOANA

Ses mots passaient et repassaient dans ma tête. *Pas August. Les Russes.* Frau *Kleist. Prenez-la. Elle, plus jolie.*

Mon ventre se noua. J'espérais de toutes mes forces que je me trompais. Je jetai un coup d'œil à Emilia qui dormait d'un sommeil profond sur le lit de camp. Elle avait parlé d'August et de la ferme. Son visage s'éclairait quand elle parlait de lui. Mais je ne pouvais oublier que, dans les affres de l'enfantement, elle avait crié *menteuse* et imploré sa mère de l'aider.

Je regardai le petit paquet. Une minuscule mais parfaite petite fille, endormie comme sa maman.

Entre-temps, trois autres femmes enceintes étaient entrées dans notre maternité de fortune ; elles s'y reposaient confortablement.

Le Dr Richter entra ; il y avait un autre homme derrière lui.

– Joana, je vous présente le Dr Wendt. Il vient d'arriver de l'école de médecine navale de Gdańsk. Il se joindra à nous pendant toute la durée du voyage. Joana a accouché notre première maman ce matin, ajouta-t-il à l'intention du Dr Wendt en désignant d'un geste le bébé.

– Je suis très contente que vous soyez ici. Je me sens plus à l'aise en qualité d'assistante.

– Vous semblez avoir fait du bon travail, dit le Dr Wendt.

– L'embarquement a commencé, et à l'heure qu'il est, les passagers font la queue au pied de la passerelle, annonça le Dr Richter.

– Quand sommes-nous censés partir ? m'enquis-je.

– Très bientôt, répliqua-t-il. Nous aurons à bord sept parturientes et cent soixante-deux blessés. Cela pourrait encore changer, bien entendu. Si vous remarquez quoi que ce soit de suspect, il nous faudra en informer les autorités.

Suspect. C'était là une description parfaite du beau Florian Beck. Où pouvait-il bien être à présent ?

EMILIA

Je me suis réveillée, désorientée. Joana voudrait que je bouge, que je marche un peu. Mais je n'en ai aucune envie. Je suis enfin au chaud. Personne ne m'importunera pendant un bon moment. Et puis, je suis trop fatiguée. Je remonte le drap jusqu'au ras des yeux.

Elle m'a apporté de la soupe de pois et s'est assise à mon chevet. Chaque fois qu'elle me quitte, elle revient très vite. Il me semble qu'à présent, elle porte un autre regard sur moi.

Elle comprend.

Elle sait.

– Et le Prussien ? demandé-je, curieuse de savoir ce que devient le chevalier.

– Je ne sais pas, répond-elle.

– Vous espérez, dis-je.

Elle rit.

Sa fugitive expression de gaieté s'efface d'un seul coup. Me regardant bien en face, elle se penche par-dessus mon lit de camp et prend mes mains dans les siennes. Ses yeux, débordants de compassion, s'emplissent de larmes. Elle énonce alors à voix basse les mots que j'attends depuis si longtemps. Je sais que ma mère les aurait dits si elle était encore de ce monde. Mais c'est Joana qui les a prononcés – lentement, délibérément.

– Emilia, je suis tellement navrée…

Mon menton se met à trembler. Ma gorge se serre. Et quand je hoche la tête, des larmes tièdes coulent le long de mes joues.

– Je suis navrée, répète-t-elle en pressant mes mains entre les siennes.

– Moi aussi, chuchoté-je.

FLORIAN

Nous étions à présent tout proches du poste de contrôle, le Poète et moi. Le Petit Garçon Perdu se tenait entre nous.

– Salut, toi, là-bas !

C'est à Klaus que s'adressait directement l'officier préposé à l'embarquement en le hélant ainsi. Très malin de sa part. La vérité sort de la bouche des enfants.

– Bonjour, je m'appelle Klaus.

– Donne-moi tes papiers, s'il te plaît, Klaus.

Le cordonnier tendit les papiers de l'enfant ainsi que les siens. Je fis de même.

L'officier examina la carte d'identité du vieil homme, puis son laissez-passer. Après quoi, se penchant au-dessus de la table, il continua à s'adresser au petit garçon :

– Dis-moi, Klaus, qui est cet homme ? demanda-t-il en désignant du doigt le Poète.

– *Opi*, répliqua le petit garçon sans hésiter.

Grand-père. Oui, il était comme un grand-père pour lui. C'était une bonne réponse.

– Et ce gentleman ? demanda-t-il encore en me désignant à mon tour ?

Mon nom. Personne ne connaissait mon nom, excepté Joana. Que se passerait-il s'il m'appelait par un de mes sobriquets : le Prussien ? Ou, pire, l'espion ?

– *Onkel*, répondit Klaus avec un sourire.

– Et comment s'appelle l'oncle ? l'interrogea une dernière fois l'officier.

Le petit garçon se tourna vers moi et me salua, comme il l'avait fait sur la route.

– *Herr* Beck.

L'officier rit.

D'un geste brusque, Klaus lui présenta alors son lapin.

– *Mein Freund.*

– Semblerait que ton lapin, il ait perdu une oreille dans la bataille. Il faudrait peut-être l'envoyer à l'infirmerie. Semblerait que vous ayez vous-même perdu un peu de sang dans la guerre, ajouta l'officier à mon intention en montrant ma chemise.

Je hochai la tête.

– Un éclat d'obus.

Je reboutonnai mon manteau pour échapper au froid.

– Avez-vous une dispense médicale ?

– Oui.

Il nous rendit nos papiers.

– Avancez jusqu'au point d'embarquement suivant.

Il avait regardé ma carte d'identité, mais n'avait jeté qu'un coup d'œil à mon laissez-passer. Quoi qu'il en soit, nous étions désormais en mesure de pénétrer dans le port proprement dit.

Chaque centimètre carré des docks était occupé – par des soldats, des camions de ravitaillement, des passagers avec leurs bagages. Il y avait des files d'attente devant chaque navire et même chaque passerelle.

Le petit garçon bondissait de joie.

– Oui, c'est très excitant en effet, déclara le Poète de la Chaussure. Et je crois que ce navire, l'énorme navire, là-bas, dans le bassin numéro neuf, est le nôtre.

De fait, le *Gustloff* était – et de loin – le vaisseau le plus imposant du port. Il avait, à l'évidence, été construit pour être un bateau de croisière. Plusieurs ponts. Quantité d'endroits où se cacher. Je repérai des canons antiaériens en place sur un des ponts. Le navire était armé.

– Hé ! Hé, vous trois, là-bas ! hurlait la Géante en nous adressant de grands gestes à travers la foule.

Le Poète lui répondit par un signe de la main.

– Salut, Eva !

– Bigre, vous êtes de sacrés veinards ! Je ne savais que faire de vos bagages et j'étais sur le point de m'en débarrasser.

Le petit garçon courut à sa rencontre et empoigna le sac en tapisserie du cordonnier.

– Bravo, Eva. Et merci, dit le vieil homme.

– Vous ne pouvez pas vous imaginer à quel point j'ai souffert pour tout ce fourbi ! Des heures à patienter dans le froid ! Et tout ça, pourquoi ? Aucun d'entre vous ne se souciait d'attendre le chariot.

– Cessons de parler des bagages, chère amie. Êtes-vous inscrite comme passagère sur un bateau ? s'enquit le Poète.

– Oui, oui. Je suis sur celui-là, le *Hansa*. Et vous ?

L'enfant désigna du doigt le *Gustloff*.

Eva me regarda.

– Ah, vous aussi, hein ? fit-elle avec un petit rire ironique. Je me demande comment vous avez fait. Bon, je vais embarquer. Je suis littéralement gelée, et ici, ça pue comme un mort en train de pourrir. Tenez, voilà la valise de Joana. Apportez-la-lui. Je sais qu'elle sera contente de l'avoir. Et dites-lui adieu de ma part. C'est la seule d'entre vous que j'aimais bien. Désolée. Enfin…, ajouta-t-elle en déposant la valise à mes pieds, ravie d'avoir fait votre connaissance.

– Attendez (je l'empoignai par un pan de son manteau). Il y a encore deux files d'attente… De quoi s'agit-il maintenant ?

– De l'inspection, répondit-elle. Ils examinent les bagages de chacun.

JOANA

Emilia faisait semblant de dormir. Il fallait que je lui remonte le moral. Le bébé allait avoir besoin d'être nourri. Elle devait à tout prix prendre sa petite fille dans ses bras et l'allaiter. Si elle ne le faisait pas, les médecins soupçonneraient peut-être quelque chose. Et s'ils finissaient par découvrir qu'elle n'était pas lettone, le Dr Richter le signalerait. On m'accuserait alors de l'avoir fait embarquer en fraude. J'en frémissais par avance.

Une femme approcha.

– Excusez-moi, mademoiselle. Il y a quelqu'un dans le couloir qui voudrait vous parler.

Alfred, le marin, arpentait la coursive.

– Bonjour, Alfred. Vous n'auriez pas vu par hasard mon patient aujourd'hui, celui du cinéma ? me décidai-je à demander.

– Non, répondit-il. Mais j'essaierai de le repérer.

– S'il vous plaît, prévenez-moi si vous le voyez.

Il ne cessait de passer d'un pied sur l'autre tout en se frottant les mains. Elles ne ressemblaient à rien sinon à de la viande crue.

– Oh, Alfred, vos mains ! fis-je.

– En fait, je ne suis pas venu pour mes mains. Je suis venu… Euh, je voulais dire… On m'a informé que vous aviez un prétendant, mais je connais bien les histoires d'amour *de loin*. Peut-être une petite balade avec moi, ce soir sur le pont-promenade, vous ferait-elle du bien ? Nous pourrions parler de nos bien-aimés restés au pays. Dites-moi, *Fräulein*, ajouta-t-il avec un petit sourire tordu, est-ce que vous aimez les papillons ?

Que me racontait-il donc là ? Me demandait-il de lui accorder un rendez-vous ? Oh, non ! Embrasser Alfred ? Autant mastiquer une bouchée de crackers ! J'envoyai promener cette pensée.

– C'est que nous serons tous terriblement occupés avant le départ du bateau, Alfred. Je ne pense pas avoir le temps de faire la moindre balade. Honnêtement. Cela m'étonnerait que vous en trouviez le temps vous-même.

Le Dr Richter entra.

– Joana, pourriez-vous m'aider, s'il vous plaît ? Les filles viennent d'arriver du sanatorium. Il faut que nous décidions où les mettre. Peut-être pourriez-vous les aider à s'installer ? Qu'est-ce que vous faites là ? demanda-t-il soudain en regardant Alfred.

– Je me renseigne sur les procédures médicales de l'évacuation, répondit le matelot. On m'a chargé de vérifier si elles étaient bien mises en œuvre.

Sur ce, il tourna les talons et s'en fut à grands pas.

FLORIAN

La température tournait autour de zéro, mais je transpirais.

Inspection des bagages.

J'observais les passagers qui arrivaient en tête de la queue. La plupart des discussions portaient sur les articles trop volumineux pour pouvoir être emportés à bord : objets d'art anciens, meubles, tapis de grand prix. C'est alors que je vis les caisses de bois. Des rangées entières de caisses empilées sur lesquelles veillaient des gardes armés. Elles ressemblaient à toutes celles que j'avais – si souvent et avec tant de soin – solidement fermées et maintenues à l'aide de courroies. Bien entendu. Les nazis n'embarquaient pas seulement des passagers ; ils chargeaient aussi sur les navires les trésors et les objets d'art qu'ils avaient pillés. Je brûlais de curiosité. Qu'y avait-il dans les caisses ?

Les gens pleuraient quand leurs biens étaient refusés parce que trop volumineux. Je n'avais avec moi que la petite valise de Joana et mon paquetage. L'enfant n'avait, quant à lui, aucun bagage, et le Poète seulement un sac en tapisserie et son matériel de cordonnier. J'étais sur le point de lui confier la valise de Joana quand une sentinelle armée intervint.

– Avancez. Faites de la place, s'il vous plaît.

L'efficacité allemande travaillait contre moi. Ils étaient presque trop rapides. Je n'avais pas encore eu le temps d'élaborer un plan de bataille que nous nous retrouvâmes tous les trois en tête de la queue avec nos documents. Le garde d'un certain âge derrière le bureau avait de l'expérience. Il compulsa les papiers d'identité, étudiant les photos en les confrontant à nos visages, avant d'examiner nos cartes d'embarquement, tandis qu'un autre soldat tournait autour de nous, inspectant nos affaires.

– Vous deux, dit-il en désignant le cordonnier et l'enfant, avancez jusqu'à la passerelle. Quant à vous, ajouta-t-il en me désignant à mon tour, avancez jusqu'à la table qui est derrière moi. Inspection supplémentaire.

Inspection supplémentaire. Mon cœur cognait dans ma poitrine. J'avais oublié d'ouvrir mon manteau, d'exposer ma blessure. Je rusai : je le déboutonnai en faisant mine de prendre mes papiers. Un froid glacial m'enveloppa aussitôt le torse. Je comptais sur ce froid pour cacher le fait que j'étais en nage et dans un état d'angoisse proche du désespoir. Si seulement l'officier d'inspection pouvait être un imbécile, comme le marin que j'avais berné !

Ce n'était pas le cas.

Il approchait de la trentaine. Il était blond, avec un teint très pâle, presque cireux. Il ressemblait à l'un de ces Aryens chers à Hitler qui figuraient sur les affiches de propagande. Il portait un long ciré. Il se laissa aller en arrière, se renversant sur sa chaise et jouissant manifestement de son pouvoir et de son autorité. Deux autres soldats se tenaient non loin de lui, suspendus à chacun de ses mots et riant chaque fois qu'ils étaient censés le faire. Je déposai la valise sur la table. Je portais mon sac sur le dos. Il y avait là des pistolets, des munitions, mon matériel de faussaire, mon carnet, ainsi que le trésor le plus précieux du Führer, le cygne d'ambre.

L'officier blond se pencha en avant. Sa chaise tomba sur le quai avec un bruit sourd.

– Vos papiers.

Je lui tendis carte d'identité et laissez-passer.

– Qu'y a-t-il dans votre valise ? demanda-t-il.

– Elle n'est pas à moi. Je vais la remettre à mon infirmière qui est à bord. Elle lui appartient.

– Votre infirmière ? Ça, par exemple ! Vous avez votre propre infirmière ? Il a sa propre infirmière, ajouta-t-il en se tournant vers le soldat à sa droite.

– Pas possible, gloussa celui-ci.

– Semblerait que vous ayez besoin d'une infirmière en effet.

Et l'officier désigna du bout de son crayon ma chemise tachée de sang.

– Montrez-moi ça.

– Je vous demande pardon ?

– Voyons un peu cette vilaine blessure qui nécessite une infirmière privée. Je pourrais très bien souhaiter moi-même une telle infirmière. J'ai donc besoin de savoir quelles sont les conditions pour en bénéficier.

Je me hâtai de soulever ma chemise, laissant voir la gigantesque plaie.

Le visage de l'officier se tordit de dégoût.

– Vilain. C'est peut-être déjà trop tard pour

enlever les points de suture. La peau les recouvre presque. Quel est le nom de l'infirmière qui, d'après vous, est à bord ?

J'hésitai. Ce n'était pas juste. J'aurais préféré ne pas l'impliquer dans cette affaire.

– Joana Vilkas, répondis-je discrètement.

Les autres soldats sifflèrent.

– Litwinka.

– Quoi ? fis-je, ne comprenant pas.

L'officier rit.

– C'est le surnom de votre jolie infirmière lituanienne. Le personnel féminin n'étant pas très nombreux à bord, nous avons donné des petits noms à chacune d'entre elles.

Il se laissa de nouveau aller en arrière.

– Je crois qu'il y a quelque chose qui ne va pas dans cette affaire.

Des gouttes de sueur perlèrent à la naissance de mes cheveux.

– Vous avez des papiers civils et vous tentez d'embarquer sur un navire. Vous êtes pourtant un jeune homme valide qui pourrait servir le Reich.

Je me penchai en avant et le regardai fixement.

– Je sers le Reich, rétorquai-je en sortant de la poche de mon manteau le certificat médical, ainsi que le fameux papier administratif plié en quatre – mon ordre de mission –, et en les jetant sur la table.

Il rit.

– Voyons, les gars, commença-t-il à raconter à ses potes avant même d'avoir déplié le papier. Nous avons ici... une attestation médicale officielle signée de la main de Litwinka. Quelle jolie signature elle a ! Un éclat d'obus. Oh – et sourd d'une oreille par-dessus le marché ! Voilà qui est pratique. Passons à l'autre billet doux.

Il déplia alors l'épais feuillet couleur crème et, voyant le sceau officiel en tête de la page, cessa son bavardage sur-le-champ. Puis, après avoir parcouru la lettre, il leva les yeux vers moi. Il était en colère.

– Quand on vous demande vos papiers, vous devez les présenter tous en même temps.

Je laissai monter en moi toute la rage, l'amertume et la frustration que j'avais pu engranger ces dernières années – des années féroces. Telle une chaudière sur le point d'exploser, je me penchai par-dessus la table.

– Je serai heureux de dire au *Gauleiter* Koch que vous avez retenu inutilement son messager blessé par un froid glacial, retardant ainsi sa mission et dépréciant les services d'une infirmière qu'il a lui-même fournie. Ces derniers temps, Koch ne s'est pas montré d'humeur très clémente – c'est le moins qu'on puisse dire.

Il me jeta un regard noir en retour. On eût dit qu'il brûlait d'envie de sauter par-dessus la table pour se battre avec moi. J'espérai secrètement – tout au moins une part de moi – qu'on en viendrait aux poings. J'aurais voulu frapper cet absurde, ce stupide type blond.

Il me rendit mes papiers sans un mot, se contentant de les repousser de l'autre côté de la table, et m'indiqua d'un simple signe de tête la direction de la passerelle.

J'avais eu ma dose d'adrénaline. Plus encore que d'embarquer, j'aurais aimé lui casser les dents d'un coup de poing. Je fourrai mes papiers n'importe comment dans la poche intérieure de mon manteau avant de le reboutonner.

– Saluez Litwinka pour nous.

Il siffla le garde à l'entrée de la passerelle et me montra du doigt.

– Celui-là va à l'infirmerie.

Je sentis son regard dans mon dos dès que je commençai à gravir la passerelle. Il ne me lâcha pas des yeux jusqu'à ce que j'eusse pénétré à l'intérieur du navire.

ALFRED

Combler les vœux d'une femme exalte l'homme en le valorisant.

Hannelore semblait toujours s'attendrir quand je lui apportais des sucreries ou balayais son trottoir. Oui, si je veux voir la jolie infirmière mordre à l'hameçon, je dois exaucer sa prière, autrement dit trouver le messager de Koch. Je le trouverai.

Je parcours les coursives du navire, à la recherche du gredin de haute taille. S'il est à bord, il sera facile à trouver. Il n'y a pas beaucoup d'hommes de son âge en vêtements civils.

– Frick, appelle un matelot qui pérore au milieu d'un groupe, on a besoin de toi pour distribuer les gilets de sauvetage.

Je lève la main en signe de protestation.

– Mes excuses, *gentlemen*. J'ai une tâche importante à remplir.

– *Bettnässer*, réplique le marin.

Ils éclatent tous de rire.

Pisse-au-lit.

Je me gratte les mains. Ils regretteront d'avoir ri. Ils le regretteront amèrement.

Les haut-parleurs du bateau distillent annonce sur annonce : des enfants sont perdus ou retrouvés, des effets personnels égarés ; les ponts inférieurs sont non-fumeurs ; les gilets de sauvetage doivent être portés en permanence, etc.

Après avoir fait plusieurs fois le tour du navire, je sens un regain d'énergie dans mon esprit comme dans mon corps. Peut-être y a-t-il en définitive quelque chose de positif dans le programme d'exercices physiques recommandé par l'armée. En débouchant à l'angle du pont-promenade supérieur, j'aperçois le vieil homme et le petit garçon. L'enfant travaille dur. Il astique les chaussures en échange de quelques pièces.

– Salutations. Je cherche le jeune homme du cinéma. Vous l'avez vu ?

Le cordonnier plisse les yeux si fort qu'ils se réduisent à deux vilaines fentes.

– Je l'ai vu, vous savez, j'ai vu ce que vous avez fait, dit-il en regardant fixement mes bottes.

– Fait quoi ?

M'aurait-il vu par hasard piquer le papillon en cristal ?

– Vous avez flanqué coups de pied sur coups de pied à ce malheureux chien.

– Oh, ça ! lâché-je avec un soupir. Notre Führer vous rappellerait qu'aider les faibles ou les infirmes n'a aucun sens. Dans la nature, les plus faibles meurent, un point c'est tout. Sélection naturelle.

Je me penche vers lui pour étudier son visage de près.

– Il me semble, ajouté-je, qu'on pourrait vous classer dans la catégorie des faibles. Bon, vous avez vu le type du cinéma, oui ou non ?

– Qu'est-ce que vous lui voulez ? Il n'a pas pu embarquer tout de suite, il a dû subir une inspection supplémentaire.

– Une inspection, très bien. Nous devons être très vigilants, déclaré-je. Nous ne pouvons pas autoriser la racaille et les déserteurs à embarquer.

Sur ce, je les laisse à leur entreprise de réparation de chaussures et gagne la passerelle, quelques ponts plus bas.

– On m'a demandé de trouver un jeune homme en civil qui vient d'embarquer. Grand, cheveux bruns.

– Nous venons juste d'envoyer à l'infirmerie quelqu'un qui correspond à ce signalement. C'est peut-être celui que vous cherchez ?

Je cours à l'escalier le plus proche, repère l'émissaire de Koch et le hèle. Il s'arrête, et je gravis les marches pour le rejoindre. Il a l'air sincèrement content de me voir.

– Eh bien, dit-il en me tapant sur l'épaule, vous êtes exactement la personne que je cherchais !

Et nous continuons à monter les marches.

JOANA

J'étais assise près d'Emilia, le petit ballot dans les bras, espérant qu'elle allait enfin regarder l'enfant. Le nouveau médecin, le Dr Wendt, apparut.

– Joana, il y a un marin qui vous demande à la porte. Il semble… impatient.

Je sortis de la pièce. Alfred – de nouveau. Il m'adressa un petit sourire tordu et me fit signe de le suivre.

N'avait-il donc pas de travail à faire ?

– Alfred, je ne peux pas. Je suis très occupée.

– Allons, venez ! Venez !

J'avais de la peine pour lui. À l'époque de mes études, j'avais connu des garçons comme lui : ils avaient beau vouloir à tout prix devenir des hommes, ils n'en étaient pas moins emmurés dans leur propre esprit. Les filles plaisantaient en disant que les garçons de ce genre faisaient tarir le lait des vaches.

Alfred s'arrêta à l'infirmerie.

– Demandez, et vous recevrez, déclara-t-il en accompagnant ses paroles d'un geste solennel.

Mon cœur bondit. Sur un lit de camp dans le coin, quelqu'un était assis. Florian. Ma valise était posée à ses pieds. Je tentai de dissimuler l'excitation que j'éprouvais à le voir.

– Ma valise. Merci, Florian.

Alfred me regarda et leva des sourcils étonnés.

– Et ?

– Et merci, Alfred, dis-je.

Il s'arrêta, les sourcils en accent circonflexe, les yeux fixés sur moi.

Florian le congédia d'un geste.

– Merci encore.

– Bon, entendu, fit Alfred. Faut que je retourne travailler. Je suis très occupé.

Et il s'en alla.

Je dus passer à travers les rangées de soldats blessés pour rejoindre Florian dans le coin.

– Vous avez donc réussi, commençai-je, sentant que je souriais malgré moi.

– Bien failli échouer. Il y a un nazi sur les docks qui n'a pas l'air de m'aimer beaucoup.

– Et vous avez apporté ma valise. Vous avez donc trouvé Eva ? Et qu'en est-il du Poète et du petit garçon ?

– Ils sont à bord. Eva est sur le *Hansa*. Elle m'a chargé de vous dire au revoir.

Il changea de place pour regarder mon visage, puis tendit le bras pour le toucher.

– Et vous, ça va ?

J'acquiesçai.

– Est-ce que vous pouvez enlever mes points de suture ?

Je m'approchai d'une table pour retirer de ma mallette les instruments dont j'avais besoin. Les nouvelles que je venais d'avoir d'Eva m'attristaient. Nous n'avions pas eu la moindre possibilité de nous dire correctement au revoir.

Je revins, et Florian commença de déboutonner

sa chemise. Le sang séché sur sa peau commençait à s'effriter comme de la terre.

– Avez-vous d'autres vêtements ? demandai-je.

– Êtes-vous en train de dire que j'aurais sérieusement besoin de renouveler ma garde-robe ?

Je souris.

– Très drôle. Allongez-vous.

Je soupirai.

– C'était un grand soupir. Qu'est-ce qui ne va pas ? s'enquit-il.

– Emilia a accouché.

– Le bébé a eu un problème ?

Il semblait sincèrement bouleversé.

– Le bébé va bien, répondis-je en secouant la tête. Mais pas Emilia.

– Que s'est-il passé ?

Je commençai à enlever les points de suture. Que pouvais-je lui dire ? Jusqu'à quel point comprendrait-il la situation ? Il me dévisageait. Attendait-il l'histoire ou me regardait-il tout simplement ? J'inspirai profondément avant de répondre à voix basse :

– Il n'y a pas de *boy-friend*. Les gens qui l'avaient accueillie chez eux l'ont livrée aux Russes pour épargner leur fille. Si Emilia a inventé cette histoire de *boy-friend*, c'est pour avoir la force de continuer. Elle refuse toujours de regarder le bébé.

Son expression changea. Une authentique tristesse effaça l'ostentation de bravoure.

– Cette gosse. C'est une guerrière.

– Oui, mais qui combat-elle ?

Il me lança un regard surpris.

– Tout. Tout le monde. Le destin.

– Je comprends maintenant. Elle s'accroche à vous parce que vous l'avez protégée du Russe dans la forêt et sauvée d'un nouveau viol. Vous êtes la preuve vivante qu'il y a encore des hommes bien dans le monde.

– Arrêtez. Ne dites pas des choses pareilles, répondit-il en fixant les yeux sur le mur.

J'ôtai le dernier de ses points de suture.

– Dans combien de temps partons-nous ? demanda-t-il.

– Bientôt, dit-on.

– J'ai besoin de me trouver un coin où je pourrai rester hors de vue, chuchota-t-il. En connaissez-vous un ?

Il avait embarqué, mais il lui fallait se cacher à présent ?

Je secouai la tête.

– À dire vrai, je ne connais pas encore bien le bateau. Je n'arrête pas de me perdre, répliquai-je en le regardant boutonner sa chemise. Florian, voulez-vous faire quelque chose pour moi ? Si vous veniez saluer Emilia ? S'il vous plaît ? Cela lui remonterait le moral.

EMILIA

Suis-je en train de rêver ? Le chevalier s'avance-t-il vraiment à ma rencontre ? Je me redresse en toute hâte. Ses yeux se tournent aussitôt vers le bébé.

– Oui, lui dit Joana, voilà la jolie petite fille.

Le chevalier s'arrête et lève les bras au ciel.

– Pas de bonnet rose ? Où est ton bonnet rose ? demande-t-il.

Je désigne une montagne de manteaux. Il fouille dans le tas et en retire le bonnet tricoté. Il soulève alors le bébé avec précaution et dispose le bonnet sur elle comme si c'était une couverture. Elle a l'air d'un petit croissant de lune au creux de son bras. Il s'approche de moi.

– Hum, fait-il après avoir promené son regard sur le nourrisson, puis sur moi avant d'en revenir au bébé. Tes yeux. Ton nez. Mignonne.

Et, posant ses lèvres sur le sommet de la tête de l'enfant, il ferme les yeux. Il est très beau ainsi. Joana regarde le chevalier. Je suis sûre qu'elle le trouve très beau, elle aussi.

Il rouvre les yeux.

– Assez incroyable, murmure-t-il. Cette petite fille, c'est toi, c'est ta mère, ton père, ton pays.

Il dépose un baiser sur le crâne du bébé et se penche pour me chuchoter à l'oreille :

– C'est la Pologne.

Je tends les bras pour prendre l'enfant.

FLORIAN

Laissant la petite Polonaise avec son bébé, je sortis de la salle de maternité, suivi de Joana. Celle-ci me saisit par le bras et m'attira derrière une porte. Son visage exprimait tout à la fois l'ébahissement et un certain trouble.

– Qu'est-ce qui vient de se passer au juste ? Qui donc êtes-vous ?

Je haussai les épaules.

– J'aime les enfants, répondis-je tout en remettant mon paquetage sur le dos. Mais à présent, il faut que ce matelot m'aide à trouver une cachette.

– Pourquoi vous aide-t-il ?

Je tentai de réprimer un sourire.

– Je lui ai dit qu'il aurait une médaille.

– Non, vous n'avez pas fait ça !

– Si.

– Mais vous êtes horrible ! s'exclama Joana en riant.

– Je suis horrible ? Alors pourquoi riez-vous ?

Elle se remit à rire de plus belle.

– Je ne sais pas. Je ne devrais pas rire.

– Alors arrêtez.

Elle continua de rire, appuyée contre mon épaule. Son visage exhalait une odeur de savon.

– Vous avez l'air d'une propreté éclatante, dis-je.

– Merci, répondit-elle, passant du rire au sourire. Et merci d'avoir rapporté ma valise.

Elle monta alors sur la pointe des pieds, prit mon visage entre ses mains et m'embrassa.

Je l'avais enlacée. À mon tour, je l'embrassai. Et l'embrassai encore.

– Et merci, murmura-t-elle en plongeant ses yeux dans les miens. Pour Emilia.

Après quoi, elle glissa de mes bras et s'en alla.

JOANA

La coursive où affluaient des passagers venant en sens inverse se rétrécit encore. Je tournai à l'angle de l'étroit corridor et débouchai sur le châssis de verre dans lequel était encastré le pont-promenade. Des constellations de glace s'accrochaient aux rebords de la baie vitrée. Je posai les doigts sur le verre glacé, regardant à travers, mais sans vraiment voir. Mes pensées étaient ailleurs. J'étais censée être une fille intelligente. Qu'étais-je donc en train de faire ? Il était plus jeune que moi. Je ne savais rien de lui. Il était manifestement impliqué dans une affaire malhonnête. Mais s'il avait pu se montrer si délicat avec le bébé, si tendre et attentionné avec Emilia, était-il possible qu'il fût fondamentalement mauvais ?

Je l'avais embrassé à cause d'Emilia.

Ma conscience frappa au carreau comme pour me rappeler à l'ordre.

Ou peut-être l'avais-je embrassé parce que j'en avais envie.

Ah, par exemple, c'était tout autre chose que de mastiquer des crackers !

Je me retournai pour m'appuyer contre la baie vitrée. Le froid de janvier pénétrait le verre et mon chemisier. Pour la première fois depuis longtemps, j'avais l'impression que mon corps était plus chaud que l'air au-dehors.

Certains passagers étaient visiblement soulagés, voire excités d'être à bord. D'autres se déplaçaient à petits pas nerveux comme des oiseaux en cage. J'appartenais à la catégorie des voyageurs soulagés. Quelle chance j'avais de me trouver sur un aussi grand navire ! J'aimais le *Gustloff*, l'imposant *Gustloff* avec ses épais murs d'acier et ses multiples niveaux. Le Dr Richter m'avait dit que le bateau de croisière n'avait que huit ans, mais qu'il n'avait pas navigué depuis quatre ans. Bref, il avait été si peu utilisé que tout y était encore en parfait état. Le voyage proprement dit de Gotenhafen à Kiel ne prendrait pas plus de quarante-huit heures. Je monterais alors dans un train et retrouverais enfin ma mère.

Tant de choses avaient changé depuis mon départ de Lituanie. D'après Mère, mon père et mon frère combattaient sans doute dans les bois. Pouvaient-ils vraiment survivre au fond de leurs bunkers souterrains ?

Le *Gustloff* était mon bunker. Je poussai un profond soupir. Toutes ces luttes, toutes ces angoisses, toutes ces souffrances. Était-il possible que tout cela fût bientôt terminé ?

ALFRED

Bonjour, mon papillon.

Je sais que la séparation te pèse et qu'il doit être bien triste de voler seule. Mais bientôt, notre grand pays vaincra, et l'homme de devoir se tiendra sur un piédestal à sa gloire. Ce jour est tout proche.

Je suis heureux de t'annoncer que la procédure d'embarquement est bien avancée et que je suis maintenant bien au chaud. Quelques-uns des autres marins ont dû hisser des radeaux de survie par un froid glacial. Je me demande bien où ils ont pu en trouver une telle quantité.

On nous a dit que nous allions embarquer encore d'autres passagers, mais je ne sais vraiment pas où nous allons les caser. Les cabines supérieures sont occupées par les privilégiés. Quant aux réfugiés, ils sont trop heureux de pouvoir s'allonger sur les paillasses. Le bateau est toujours à l'ancre, et pourtant quelques passagers portent déjà des gilets de sauvetage. Ils ont l'air parfaitement idiots !

Le Wilhelm Gustloff *est maintenant une vraie ville flottante qui vit, qui respire. Les entreprises sont déjà sur pied. Les gens troquent leurs affaires ; j'ai même vu un cordonnier et son apprenti réparer des chaussures sur le pont-promenade supérieur.*

Ils se sont bien débrouillés : ils ont récolté un plein sac de pièces en paiement de leur travail.

Je suis sûr que tu es en train de t'interroger à propos des activités dont je t'ai déjà parlé dans mes lettres précédentes. Mon amitié avec le jeune messager s'est beaucoup approfondie. Nous avons de grandes conversations et nous échangeons des propos sur toutes sortes de sujets. Je ne suis plus, hélas ! le garçon rêveur à qui tu adressais de grands signes au bout de la cour de récréation ; je suis un homme en uniforme à présent.

Chaque jour, Hannelore, je fais plus profondément allégeance à notre pays et à notre Führer. Dans cet esprit, j'ai aidé le messager spécial à trouver une cachette à bord, l'aidant ainsi à remplir sa mission. Il m'a été tellement reconnaissant qu'il a répété qu'à notre arrivée à Kiel, il me recommanderait pour une médaille de bravoure. Juste une de plus à ajouter à la pile, mais qui n'en sera pas moins appréciée. Bien entendu, Hannelore, tout ce que j'accomplis, tout ce que j'ai fait, c'est pour toi. Pour l'Allemagne et pour toi. Tu le sais sûrement, n'est-ce pas, Lore ?

EMILIA

Le minuscule bébé frotte son nez contre moi. Le chevalier a dit qu'elle était à la fois ma mère, mon père et moi. Si c'est vrai, si elle est bien un petit morceau de nous trois, alors je veux qu'elle connaisse notre ville de Lwów. Il faut qu'elle connaisse la Pologne. En regardant cette toute petite fille, j'ai tout à coup faim de mon pays, de ses grosses abeilles transportant le nectar des fleurs de pommier, de ses oiseaux qui chantent dans les bosquets de noisetiers…

Comment réussira-t-elle à démêler vérités et mensonges ? Croira-t-elle jamais que Polonais, Juifs, Ukrainiens, Arméniens et Hongrois coexistaient dans une paix parfaite à Lwów avant la guerre ? Qu'il m'arrivait souvent de préparer du thé et des beignets avec Rachel et Helen à la maison ?

La cuisine. J'ai envie qu'elle connaisse notre cuisine. Comme j'aimerais sentir à nouveau sous mes mains la pâte saupoudrée de farine ! Comme j'aimerais entendre à nouveau les crêpes aux pommes sauter dans la poêle ! Comme j'aimerais voir à nouveau l'arc-en-ciel des bocaux de fruits et de légumes sur les étagères ! Comme tout cela me manque ! La guerre a retiré toute couleur aux choses, ne laissant qu'un déferlement de gris.

Je voudrais qu'elle connaisse non seulement la Pologne, mais *ma* Pologne.

Je l'attire tout contre moi et je lui murmure en polonais : « En ce temps-là, il n'y avait ni ghettos, ni brassards de deuil. Il m'arrivait souvent de m'endormir sous la caresse de la brise qui entrait par la fenêtre ouverte. » C'est vrai. C'était ainsi en ce temps-là.

FLORIAN

La cheminée mesurait à peu près cinq mètres de large. Il y avait une échelle et un rebord assez large pour pouvoir s'y étendre. Il y faisait si froid que je ne pouvais pas dormir. La cheminée était effectivement un endroit retiré, mais elle pourrait tout aussi bien se révéler le lieu de ma perte. Si par hasard quelqu'un s'avisait de regarder à l'intérieur et m'apercevait, il comprendrait sur-le-champ que je me cachais. Aurais-je dû rester à l'infirmerie ? J'y aurais peut-être été mieux camouflé ; j'y aurais eu plus chaud ; je m'y serais trouvé plus près de Joana. Mais si le nazi du port montait à bord pour me chercher, il irait droit à l'infirmerie.

J'étais toujours en train de soupeser le pour et le contre quand la porte tourna sur ses gonds.

Le marin gravit l'échelle et vint s'asseoir à mon côté.

– Je suis venu vous apporter des nouvelles, annonça-t-il.

– Ah, ouais, de quoi s'agit-il ?

Il frotta ses mains couvertes de cloques l'une contre l'autre.

– Je viens d'assister, du pont supérieur, à l'arrivée massive des auxiliaires féminines de la marine. Elles sont très propres et bien habillées.

– On les amène à bord ? Cela signifie peut-être que nous allons bientôt partir.

– Oui, il y en a des centaines, et elles ont l'air d'avoir du cran.

– Où va-t-on les mettre ? m'enquis-je. Y a-t-il assez de cabines disponibles ?

– Oh, non ! Toutes les cabines sont déjà occupées. Mais j'imagine qu'il s'en trouvera bien quelques-uns à bord pour leur offrir un lit chaud !

Sur ce, il s'étrangla de rire.

Je m'adossai au mur de la cheminée froide. Ce gars avait-il reçu un bon coup sur la tête à un moment ou à un autre ?

– Depuis quand êtes-vous dans la marine, matelot ?

Il regarda ses pieds, hésitant.

– Puisque nous échangeons des confidences, je serai sincère avec vous. J'ai été recruté tardivement. J'aurais voulu faire partie des Jeunesses hitlériennes, mais l'entraînement était rigoureux et mettait surtout l'accent sur la compétition athlétique. Je vois que, pour votre part, vous avez les dons requis : force et coordination. Ce n'est pas mon cas. Je suis incapable de courir très vite ou de sauter très loin. Si je brille par mes talents, c'est dans d'autres domaines. Mon père a été terriblement déçu, mais *Mutter*, au contraire, très soulagée. Même si, bien entendu, elle aime le Führer, elle n'était pas très disposée à sacrifier son fils. Je suis un fils unique.

– Votre mère aime le Führer, hein ?

Il me lança un regard grave, pénétrant.

– Bien sûr. Nous aimons tous le Führer, monsieur. Comme le disent les journaux, « le bon

Allemand combat pour le Führer». C'est bien ce que je fais. J'admets que j'ai parfois le cœur trop tendre et qu'il m'est arrivé de prendre en pitié telle ou telle personne ne pouvant appartenir à la race des maîtres, mais à présent, je bannis les pensées impures de ce genre. Telle est l'essence même du sacrifice, n'est-ce pas ?

Ses pensées impures étaient radicalement différentes des miennes.

– Vous êtes d'accord avec moi, bien entendu ? reprit-il en me fixant longuement. Nous sommes de bons Allemands.

Ses yeux s'attardaient sur moi. Il y avait quelque chose de perturbant dans le rythme saccadé de son discours. Je ressentis soudain un irrésistible besoin de le jeter d'un coup de poing à bas du rebord. Au lieu de quoi, j'acquiesçai d'un signe de tête.

– Oui, nous sommes de bons Allemands. Aussi, croyez-vous que vous pourriez m'apporter quelque chose à manger ?

JOANA

La salle de maternité était maintenant au complet. Trois des femmes étaient presque à terme. Emilia chuchotait des mots tendres à son bébé tout en examinant ses minuscules menottes. Quand j'étais petite, j'avais deux baigneurs que j'emmenais partout avec moi. Puis, une fois à l'école, j'ai développé un redoutable esprit de compétition et je n'ai plus jamais eu de temps à leur consacrer. Sentant soudain une étrange boule d'angoisse au fond de ma gorge, je me détournai d'Emilia et de sa petite fille pour tenter de m'en débarrasser.

Un soldat en uniforme vert et bottes cavalières noires entra.

– Joana Vilkas.

Le soldat avait les cheveux blonds et une peau très claire, presque translucide. Il était l'image même de l'Aryen « pure race », tel qu'il apparaissait sur les affiches publicitaires allemandes.

– Que puis-je pour vous ?

– Je suis venu enquêter sur une personne que *vous* avez aidée, répondit-il sans même remuer un cil. Un de vos patients : celui qui a été blessé par un éclat d'obus et qui est sourd d'une oreille.

Je vis Emilia se raidir. Attirant le bébé tout

contre sa poitrine, elle garda les yeux fixés sur le soldat.

– Pouvez-vous me confirmer l'identité de ce patient, mademoiselle Vilkas ?

Je m'approchai de lui.

– Je n'ai pas la liberté de donner le nom de mes patients, répliquai-je à voix basse. Je suis sûre que vous comprenez cela.

Il sembla agacé. C'était le genre d'homme habitué à ce qu'on ne lui refuse rien.

– Si je ne me trompe pas, mademoiselle, vous êtes *Volksdeutsche*, autrement dit une Lituanienne autorisée à être rapatriée en Allemagne. Votre liberté est donc entre les mains d'Adolf Hitler. Il va sans dire que nous pourrions vous remettre à Staline.

Il sourit, manifestement satisfait de sa propre brutalité.

– Mais cela nous déplairait de le faire, poursuivit-il. Vous êtes trop jolie. Pouvez-vous donc nous confirmer le nom de votre patient blessé par un éclat d'obus ?

– Je ne suis pas sûre de me rappeler, chuchotai-je. Peut-être Friedrich ? Ou Fritz ?

Le soldat sembla prendre en considération ma réponse. Que savait-il au juste ?

Il plissa les yeux.

– Florian, peut-être ? Nom de famille : Beck ?

Il en savait donc plus que ce qu'il en laissait paraître.

– Oui, ce pourrait bien être ça.

– Où l'avez-vous rencontré ?

– En transit. Il saignait abondamment et il avait de la fièvre. Y a-t-il un problème, monsieur ?

Le soldat promena le doigt le long de la bordure de la table en métal, comme pour vérifier s'il y avait de la poussière.

– Si vous dites la vérité, alors non, il n'y a pas de problème. Mais si vous aidez un déserteur ou si vous l'hébergez, mademoiselle Vilkas, alors, oui, il y a un gros problème.

– Il a des papiers. *Herr* Beck vous les a-t-il montrés ?

J'avais les mains qui tremblaient. Je pliai une pièce de linge pour les occuper.

– Oui, il m'a montré ses papiers. Mais je n'ai pas aimé son attitude. Il a fallu que j'exerce une pression sur lui pour qu'il me montre *tous* ses papiers administratifs.

Je tentai de détourner la conversation, mais je ne fis que m'embourber.

– Alors vous comprenez le caractère particulier de sa situation ?

– Oui, il travaille comme courrier pour le *Gauleiter* Koch. Il a été blessé et, selon lui, Koch vous aurait engagée comme infirmière privée pour le soigner.

Je cessai de respirer, mais mes mains continuèrent à bouger. Erich Koch m'avait engagée ? De quoi parlait-il ?

Il secoua la tête.

– Mais quelque chose dans son discours ou son attitude m'a semblé bizarre, poursuivit-il en nous regardant tour à tour, Emilia et moi. Quoi qu'il en soit, je ne l'ai pas cru. J'aimerais jeter un nouveau coup d'œil à ses papiers. Je l'ai envoyé à l'infirmerie, mais impossible, semble-t-il, de l'y trouver. Auriez-vous par hasard un double de l'attestation médicale que vous avez signée pour lui ?

Une attestation médicale. Que j'avais signée. Que j'aurais signée. Qu'avait-il donc fait ?

– Je suis désolée, il y en a eu tant et tant, répondis-je.

– Oui, il y a eu beaucoup de blessés. J'ai donc envoyé un télégramme au bureau de Koch pour confirmation, mais j'ai pensé que vous seriez peut-être en mesure de résoudre plus rapidement l'affaire. L'avez-vous vu ?

– Oui, j'ai ôté ses points de suture.

Emilia se tortillait en signe de protestation. Elle aurait voulu défendre Florian.

– Qu'a-t-il dit ?

– Qu'il était fatigué, c'est tout.

Emilia me fusilla du regard.

– Et… qu'il avait préféré embarquer sur le *Hansa*.

– Le *Hansa* ?

Le Petit Garçon Perdu entra en courant. Des larmes coulaient le long de ses joues, et sa poitrine se soulevait spasmodiquement sous son gilet de sauvetage. Il brandissait le lapin en peluche dont l'oreille restante pendait au bout d'un fil.

– Oh, non ! m'écriai-je.

Il hocha la tête avec une moue.

– Ne t'inquiète pas, on va le réparer.

Je me tournai vers le militaire blond.

– En avons-nous fini, monsieur ? Comme vous pouvez le voir, je suis sur le point de me lancer dans une opération chirurgicale.

EMILIA

Florian Beck. Le chevalier s'appelle donc Florian, comme saint Florian, le saint patron de la Pologne. Le soldat nazi a bien failli créer des problèmes. Il était manifestement plein de haine. S'il découvre que je suis polonaise, il me jettera par-dessus bord.

Joana arpente la pièce tout en recousant l'oreille du lapin. Elle est en colère, à moins qu'elle ne réfléchisse. Peut-être les deux.

– Bonjour, salue le Petit Garçon Perdu en s'approchant de mon lit de camp et en jetant un coup d'œil furtif au bébé. Je m'appelle Klaus.

Je regarde Klaus. Il a les joues rouges, brûlées par le soleil et le vent. Son gilet de sauvetage bleu est beaucoup trop grand pour lui : il lui arrive au genou. Il est seul, comme moi, mais il n'a que six ans. Où sont ses parents ? Mama disait toujours qu'un bourgeon transplanté ne peut prospérer. Pourtant le cordonnier l'aime. Je le vois bien. Il prendra soin de lui et le protégera, à la différence de *Frau* Kleist.

– Quatre ans. Nous t'avons gardée pendant plus de quatre ans, s'était plainte *Frau* Kleist. Sais-tu ce que ça m'a coûté ?

– Mon père va venir me chercher, lui avais-je répondu. Il vous remboursera.

Elle s'était retournée vivement, folle furieuse.

– Ton père est mort. Pourquoi suis-je aussi contrariée à ton avis ?

Mort.

À ces mots, j'avais cru étouffer.

– Ce n'est pas vrai, avais-je prononcé tout bas.

S'il vous plaît, non. Ça ne pouvait pas être vrai.

August était apparu à mon côté.

– Bien sûr que ce n'est pas vrai, avait-il renchéri en me tirant par le bras. Viens, Emilia, allons couper des roses pour la confiture.

Et il avait jeté à sa mère un regard féroce.

Les anciennes terreurs recommencent à bouillonner en moi. Le bébé remue dans mes bras. Je la regarde. Sa petite tête danse, comme pour me faire signe. Alors soudain ses yeux si doux, si calmes rencontrent les miens. Mes épaules se détendent, et la peur se dissipe.

Voilà que le cordonnier débarque dans la salle de maternité. Il est hors d'haleine.

– Tu dois m'attendre, Klaus, énonce-t-il d'une voix haletante. Ces vieilles guiboles ne peuvent plus se mouvoir aussi vite qu'autrefois.

Apercevant la petite fille, il porte les mains à son visage.

– Regarde, regarde. Un miracle, en vérité.

– Elle est de toute beauté, n'est-ce pas ? dit Joana.

– Ce qui est beau, déclare le vieil homme, c'est qu'elle ait triomphé de la guerre. Cette guerre, vous l'avez vue sur la route. Ingrid passée à travers la glace, la mort et la destruction partout autour de nous. Et tout ce qui a lieu sur cette jetée d'embarquement. Un désespoir sans bornes. Sans parler des Russes à deux pas.

Il s'approche et désigne d'un geste l'enfant nouveau-née avant de poursuivre :

– Et pourtant, en dépit de tout ça, la vie a craché à la face de la mort. Ah, oui, des souliers, il faut lui trouver des souliers !

ALFRED

Chère Hannelore,

La nuit tombe sur le port. Je suis assis, réfléchissant à tout ce qui est arrivé. Ne te laisse pas égarer par mes penchants poétiques. Je ne suis pas seulement un veilleur. Je suis aussi un penseur, Lore, et je pense. Je travaille depuis quelque temps au service d'un homme chargé d'une lourde responsabilité. Nous nous comprenons parfaitement et nous partageons un certain nombre de qualités. Ce soir, nous avons débattu du dévouement et de la loyauté. Je l'ai assuré de mon allégeance à l'Allemagne dans l'épreuve. Je lui ai aussi confessé que j'avais jadis éprouvé de la sympathie pour les faibles, les inférieurs. Sois sûre et certaine que j'ai arraché les racines de ces sympathies. Je sais que ce sont là des marques de faiblesse. Il faut les extirper du jardin. Nous sommes de bons Allemands. C'est un droit que nous avons acquis à notre naissance. Comme tels, nous devons tamiser les sables, garder l'or et, grâce à cela, construire une colonne vertébrale nationale plus solide.

Je crois que tu as régulièrement, toi aussi, des moments de faiblesse. Je me rappelle t'avoir entendue pousser de grands soupirs d'admiration quand je balayais ton trottoir. Oh oui, ma chère amie, je l'ai remarqué ! Je suis infiniment plus observateur que ces enquiquineurs des Jeunesses hitlériennes.

J'avouerai, Lore, que j'ai été surpris de voir Mutter *si réticente à ce que j'entre dans les Jeunesses hitlériennes. Mon père avait honte que je n'aie pas été jugé apte à rejoindre les autres. Il craignait qu'il n'y eût des conséquences. Mais tous ces garçons arrogants commençaient à me fatiguer sérieusement, et je me suis alors rendu compte que j'étais fait pour une tâche beaucoup plus importante. Bien qu'il m'ait fallu près de cinq ans pour participer à l'effort de guerre, j'ai fini par trouver ma vocation ici, à Gotenhafen. Mes qualités sont finalement reconnues par un de mes pairs, un courrier d'un courage inébranlable. Oui, je peux te dire que rien n'est plus apaisant que de se trouver soi-même. Peu d'hommes en ont l'opportunité. Je suis l'un de ces hommes.*

Je comprends maintenant ce que c'est de se sentir supérieur. Et cela me plaît vraiment.

FLORIAN

Il faisait si froid que de la buée s'échappait de ma bouche. Mon estomac grondait. Je songeais à Tilsit, à la maison, à notre cuisine bien chaude, au doux tintement des couvercles qui tremblaient sur les pots, au rire de ma petite sœur qui retentissait à travers toute la demeure.

À la mort de ma mère atteinte de tuberculose, mon père s'était fait beaucoup de souci pour Anni. « Comment vais-je pouvoir élever convenablement une fille tout seul ? » avait-il dit.

Anni avait treize ans le jour où je l'avais vue pour la dernière fois. Elle devait en avoir maintenant près de seize. La reconnaîtrais-je si je la croisais par hasard dans la rue ? Où était-elle allée ? Qu'avait-elle expérimenté ?

La porte grinça.

– Y a quelqu'un d'affamé, là-haut ? hurla une voix.

Quel idiot !

– Chh..., lui rappelai-je une fois de plus.

– Ah, oui, j'oubliais, il faut rester caché !

Et il grimpa l'échelle. Après quoi, il annonça :

– Je sens que mon corps réagit au quart de tour. J'ai fait de l'exercice physique une priorité, et je commence à en voir les bénéfices. Je crois même que ce bénéfice s'étend maintenant à mes mains dont l'état semble s'améliorer.

Je n'avais pas la moindre envie de penser à ses mains constellées de cloques.

– Que m'avez-vous apporté à manger ? demandai-je.

Ôtant la bandoulière de son épaule, il me tendit ma gamelle. Il y avait bien longtemps que je ne l'avais sentie aussi lourde.

– Merci.

Je bus d'un trait. Il sortit alors de sous sa chemise un gros quignon de pain, ainsi qu'une tranche de viande enveloppée dans du papier.

– La plupart mangent de la soupe de pois, voyez-vous, mais ce serait une vraie gageure que de transporter ça, expliqua-t-il.

– Quand partons-nous ? demandai-je.

– Le bruit court que le départ est imminent.

Une explosion retentit dans le lointain. Il sursauta et se plaqua contre le mur de la cheminée.

– Ils sont encore à des kilomètres, dis-je. Mais ils se rapprochent.

Je me représentai les cartes de mon père. Je pouvais voir des essaims de Russes avancer comme un rouleau compresseur à travers la Prusse-Orientale en direction de la mer Baltique et, ce faisant, écraser la *Wehrmacht*. Et avec la *Wehrmacht*, nous tous.

Il se gratta le poignet.

– Puis-je vous demander… Êtes-vous bon dans le maniement des armes ?

J'acquiesçai.

– Et vous ?

– Ce serait plutôt dans le maniement des idées,

répondit-il. Je suis ce qu'on appelle fréquemment dans les cercles philosophiques un « penseur ». Je préfère saisir les choses mentalement. J'observe. Je suis un veilleur.

– Mais quelquefois, on n'a pas le temps de penser, rétorquai-je. Il faut agir, un point c'est tout.

– Je ne suis pas d'accord avec vous, sauf votre respect, bien entendu. Je vois beaucoup de gens autour de moi se fier à leur seul instinct, ce qui, à mon avis, est une erreur. Car c'est ainsi que l'on succombe à la faiblesse et à l'émotion. Il vaut toujours mieux prévoir, réfléchir, calculer, élaborer avec prudence.

Je fus à nouveau pris d'un désir pressant de le frapper. Au lieu de quoi, j'avalai le reste du pain.

– « Les obstacles sont faits pour être brisés », déclara le matelot. Je pense souvent à cette parole de sagesse. Ces mots vous sont sûrement familiers. Vous avez lu *Mein Kampf* ? demanda-t-il.

Je ne répondis pas à la question.

– Vous savez, vous m'avez tout l'air d'un type intelligent, vous m'impressionnez même par votre intelligence. Ce serait donc peut-être mieux pour vous de penser par vous-même plutôt que de mémoriser les paroles des autres.

– Eh bien, merci ! *Mutter* vante toujours l'acuité de mon esprit.

Il se tourna vers moi. Sa lèvre supérieure se retroussa.

– Et, oui, je pense par moi-même, ajouta-t-il avec un petit sourire tordu. Mais la sagesse du Führer est pour moi une indescriptible source d'inspiration.

Son sourire s'épanouit largement, et il se mit à réciter :

– « C'est dans la seule application constante et régulière de la force que réside la condition préalable à tout succès. »

Il me regarda, les pupilles dilatées.

– N'est-ce pas magnifique ?

Je ne répondis pas. Le duvet sur ma nuque se hérissa en signe d'avertissement. Ce gars n'était pas un marin. C'était un inadapté social en cours d'entraînement.

– Avez-vous vu l'infirmière ? lui demandai-je.

– Je vais la chercher, répliqua-t-il avec empressement.

Avant même que j'aie pu l'arrêter, il avait déjà descendu l'échelle tant bien que mal et passé la porte.

JOANA

Je pris une profonde inspiration dans l'espoir de maîtriser ma colère. Comment avait-il pu me faire ça ?

Rien ne m'empêchait, dès le lendemain matin, de descendre sur la jetée et d'aller trouver le nazi blond. De lui dire que je me rendais compte que je m'étais trompée. Que je n'avais rédigé aucune espèce d'attestation médicale. Que je ne savais rien de tout cela. Le soldat avait dit que j'étais *Volksdeutsche*, c'est-à-dire d'ascendance allemande. C'était exact. L'Allemagne m'avait sauvée de Staline. Ne devais-je pas être reconnaissante à l'Allemagne ?

– Joana, lança doucement une voix par-dessus mon épaule.

Je me retournai. C'était Emilia qui me regardait, les yeux pleins d'inquiétude.

– Non, murmura-t-elle. S'il vous plaît.

Pouvait-elle lire dans mes pensées ?

– Excusez-moi, *Fräulein*.

Alfred se tenait au seuil de la salle de maternité.

– Un certain gentleman a demandé un entretien avec vous, dit-il.

– Où est-il ? m'enquis-je.

– Je vais vous conduire. Prenez votre manteau. Vous en aurez peut-être besoin.

Je tentai de presser Alfred, mais cela ne servit à rien. Le navire était tellement bondé qu'il était impossible de s'y déplacer rapidement. Combien de milliers de gens avaient donc embarqué ?

– Mais quand est-ce que je les reverrai ? sanglotait une fillette dans la coursive.

– Ne pleure pas, ma chérie, répondit une vieille femme. Tu as déjà bien de la chance d'être la seule de ta famille à avoir été choisie. Ta mère viendra te chercher dans deux ou trois ans. Tu verras, le temps va passer très vite.

La fillette en larmes avait l'air d'avoir dix ou onze ans. Durant combien d'années devrait-elle se débrouiller seule ?

– Alfred, les passagers sont si nombreux ! On ne pourra pas tous les garder ; il faudra en refouler une partie, n'est-ce pas ? demandai-je.

– Non. J'ai entendu dire qu'il y en a déjà huit mille, et nous continuons à en embarquer d'autres.

Huit mille ? La capacité d'accueil du navire n'excédait même pas mille cinq cents passagers. Nous dépassâmes des cabines prévues pour quatre personnes. Une bonne douzaine s'y entassaient, essayant en vain de dormir au milieu des valises et des bagages empilés jusqu'au plafond.

– Voilà qui est assez convenable, déclara Alfred. Cet après-midi, plus de trois cents auxiliaires féminines de la marine sont arrivées. On les a casées tout au fond du bateau. Dans la piscine mise hors d'eau.

Quelle chance j'avais d'être logée dans la salle

de maternité ! Il y avait de l'espace et un calme relatif. À la suite d'Alfred, je me frayai un chemin à travers l'océan de la foule en direction de la cage d'escalier. Un certain nombre de passagers portaient déjà leurs gilets de sauvetage, occupant ainsi encore plus d'espace.

Emboîtant toujours le pas au matelot, je gravis l'escalier. L'air devint plus froid. Alfred m'arrêta et posa un doigt sur ses lèvres. Il laissa passer quelques personnes. Après quoi, il ouvrit une petite porte dans la cage d'escalier et me tira par la manche.

Nous nous trouvions à l'intérieur d'une chambre creuse.

– Où sommes-nous ? m'enquis-je.

– Dans la cheminée, annonça-t-il.

Un « chh… chut », venu de plus haut, se fit entendre. Je levai les yeux et vis Florian descendre une échelle.

– Alfred, dis-je, cela vous dérangerait de nous laisser seuls un moment ?

FLORIAN

Elle me gifla.

Voyant que je ne réagissais pas, elle leva de nouveau la main. Cette fois, je l'empoignai par le bras.

– Comment osez…, comment oses-tu ? haleta-t-elle.

– De quoi s'agit-il ? demandai-je.

Son visage était à un pouce du mien.

– Tu sais très bien de quoi je parle, murmura-t-elle. Tu as rédigé une fausse lettre. Et dans cette lettre, tu as prétendu qu'Erich Koch m'avait embauchée. Sais-tu ce qu'ils pourraient me faire ?

Je la lâchai.

– Que s'est-il passé ?

Elle leva les bras au ciel.

– Le nazi blond, celui dont tu as parlé, est venu à la maternité. Il te cherchait.

– Que lui as-tu dit ?

– Rien. Que je ne savais rien.

Elle s'interrompit un instant pour reprendre sur un rythme beaucoup plus rapide :

– Mais il m'a appris qu'il avait vu tes papiers, que tu étais courrier pour Koch, et que celui-ci *m*'avait engagée pour être ton infirmière !

– Chh…, répétai-je. Le marin ne perd sans doute pas un mot de notre conversation.

– Il n'aurait pas tort, chuchota-t-elle. Il s'imagine qu'il est un héros en t'aidant à accomplir une mission d'espionnage pour le Reich, quelle que soit cette mission.

– Ce type n'a rien d'un héros. Écarte-toi de son chemin.

– Tu nous mets tous terriblement en danger. Ce n'est pas correct. Eva pensait que tu étais un espion. Ingrid pensait que tu étais un voleur. J'aurais dû les croire.

Quelles étaient les alternatives possibles ? Elle pourrait très bien me dénoncer.

Vraiment ?

JOANA

Nous étions debout face à face.

– Eh bien, commença Florian, dis-moi ce que tu veux savoir.

– Transportes-tu vraiment quelque chose pour le *Gauleiter* Koch ?

– Non, répondit-il, ce n'est pas pour lui, mais pour moi. Une œuvre d'art.

– Tu voles des œuvres d'art ?

– Moi, non ; les nazis, oui.

Était-il en train de me raconter qu'il avait subtilisé une œuvre d'art aux nazis ?

– Tu ne pourrais pas être un peu moins énigmatique ?

Il soupira avant de lâcher dans un souffle :

– Je suis restaurateur d'art, Joana. Je veille à la conservation des œuvres d'art et les répare, si nécessaire. À l'origine, c'est même la raison pour laquelle je n'ai pas été appelé sous les drapeaux. Je travaillais dans un musée de Königsberg où j'entretenais et emballais des trésors artistiques pour le directeur du musée et ses relations. Jusqu'au jour où j'ai compris qu'ils m'utilisaient.

– Tu leur as donc volé de l'art pour prendre ta revanche sur eux ?

– Non, pas juste « de l'art ». Une pièce d'un prix

inestimable. Disons que j'ai volé une pièce qui laissera le puzzle incomplet.

Ses paroles n'avaient aucun sens pour moi. Et de toute façon, je refusais d'être impliquée dans cette affaire.

– Aimes-tu ton pays ? Aimes-tu ta famille ? demanda-t-il.

– Bien entendu.

– Moi aussi. J'ai une petite sœur qui se trouve Dieu sait où. Elle n'a plus personne au monde sinon moi. Je pense à elle chaque jour. Mon père était cartographe. Il a travaillé pour les hommes qui ont tenté d'assassiner Hitler. Les nazis l'ont tué, et ils ont envoyé la note à la maison. Trois cents reichsmarks pour son exécution. Tu comprends ? Les nazis voulaient que je les paie pour avoir assassiné mon père. Qu'éprouverais-tu si Staline exigeait que tu règles les frais d'exécution d'une personne que tu aimes ?

– Arrête.

– T'es-tu jamais avisée que ta conduite généreuse n'était pas moins risquée ? Je te rappelle que tu héberges une Polonaise et son bébé dans la salle de maternité.

– Parle plus bas. C'est différent, et tu le sais très bien. Emilia est une victime, dis-je. Je me dois de l'aider.

– Peu importe. Si les nazis apprennent que tu as falsifié l'identité d'une Polonaise et que tu as amené celle-ci à bord, lui donnant ainsi la place d'une Allemande, tu es perdue. Nous sommes tous deux mouillés jusqu'au cou. Mais je ne te dénoncerai pas. Le Poète ne va pas nous dénoncer non plus. Je ne suis pas un espion, Joana. Je ne suis au service de personne. Je travaille pour moi, pour ma famille et tous ceux qui sont du même bord. Si quelqu'un découvre la vérité, je leur dirai que la lettre est un faux, et que tu ne sais rien de cette histoire.

– Et s'ils ne te croient pas ?

– Je le leur prouverai. Je sortirai ta lettre ainsi que mon carnet, et je leur montrerai comment je me suis entraîné à imiter ta signature.

– Ma lettre ? Quelle lettre ?

Il s'arrêta, puis lança soudain :

– Le billet que tu as laissé dans la cuisine du manoir. Je l'ai pris.

– Tu l'as pris ?

Je m'étais fait un souci monstre à propos de ce morceau de papier signé de ma main ; l'idée qu'on puisse associer mon nom à tous ces morts n'avait cessé de me tourmenter. Et c'est Florian qui, pendant tout ce temps, l'avait.

– Je l'ai pris pour te protéger, murmura-t-il.

– Oui, enfin, pour te protéger toi-même. Le soldat m'a dit qu'il avait envoyé un télégramme à Koch à ton sujet.

La porte s'ouvrit, et le visage blême d'Alfred apparut.

– Pardonnez-moi de vous interrompre. Cela vous dérangerait si je quittais mon poste pour aller aux commodités ?

– Pas du tout, répliquai-je. Je m'en vais.

EMILIA

Le navire retentit de sons étranges qu'on n'entend jamais dans la nature : portes d'acier qui se referment bruyamment, bruits de pas qui sonnent creux, échos d'appels désespérés. La campagne, le grand air, et même la ferme, oh, comme cela semble loin !

J'avais travaillé dur, très dur pour les Kleist. *Frau* Kleist avait beau prétendre que je faisais tout de travers, elle était trop heureuse que je nettoie et cuisine pour elle – sans parler des confitures et des conserves. Le cellier à l'extrémité du domaine était devenu mon refuge préféré. Les jours de forte chaleur, je m'asseyais à l'entrée, sur une caisse de pommes, le dos appuyé contre les pierres froides. Quand il était à la maison, August réparait les étagères pour moi. Else vagabondait dans les parages, mendiant à l'occasion une cuillerée de confiture de pétales de rose.

Ce n'était pas la faute d'Else.

Mais aujourd'hui encore, je ne peux m'empêcher de me demander.

Y a-t-elle jamais pensé ? Se souvient-elle de la trace profonde laissée par mes talons dans la terre battue quand ils m'ont traînée de l'autre côté de la cour ? Mes cris résonnent-ils encore dans sa tête comme ils résonnent toujours dans la mienne ?

Ou peut-être, comme moi, a-t-elle essayé de tout oublier pour se concentrer sur une cuillerée de confiture de pétales de rose.

FLORIAN

Avait-elle dit la vérité ? Le soldat avait-il réellement contacté le bureau de Koch ou bien avait-elle inventé cette histoire parce qu'elle était folle furieuse et voulait me faire peur ?

J'attendis jusqu'au milieu de la nuit, espérant que tout le monde serait endormi. Quand le matelot m'avait amené à la cheminée, j'avais remarqué des toilettes dans la coursive. Mon sac sur le dos, tête baissée, je me glissai discrètement par la petite porte.

Les moindres espaces disponibles étaient occupés, néanmoins ma visite aux lavabos passa inaperçue. Je me rendis ensuite à la maternité pour voir Joana. Si elle n'avait pas menti, dès l'aube, le navire serait grouillant de soldats à ma recherche.

Je jetai un coup d'œil à l'intérieur – en vain. La petite Polonaise dormait, le bébé dans les bras. Je gagnai l'infirmerie. Il y avait quelque chose d'impressionnant dans le spectacle solennel qu'offraient tous ces hommes blessés allongés sur des grabats en bois à trente centimètres les uns des autres. Joana était occupée à soigner l'un d'eux. Il était facile de distinguer les paroles qu'ils échangeaient dans la nuit silencieuse.

– Vous ne portez pourtant pas d'alliance, disait le soldat.

– Non, mais je vous l'ai expliqué, j'ai un *boy-friend*. Bon, maintenant, restez tranquille et laissez-moi terminer ce pansement.

– Permettez-moi d'être votre *boy-friend*, juste pour cette nuit, implorait le militaire.

Je serrai les poings.

– S'il vous plaît, laissez-moi au moins terminer, dit Joana d'une voix tendue.

Le soldat continuait à la harceler.

– Allez, viens, donne-moi un petit baiser, la supplia-t-il en l'empoignant de son bras valide.

– Hé !

Je n'avais pas ouvert la bouche que le mot était déjà sorti.

– Ah, te voilà ! s'écria Joana. Je parlais justement de toi avec le sergent Mueller. J'en ai presque fini ici.

Je reculai d'un pas dans la coursive pour rester hors de vue des hommes.

Joana sortit de l'infirmerie.

– Que veux-tu ?

– Est-ce que ce genre de chose arrive souvent ?

– Ils délirent.

Elle soupira, manifestement épuisée, et glissa une boucle de cheveux derrière son oreille.

– J'ai à faire. Que veux-tu ? répéta-t-elle.

Ce que je voulais ? Je voulais, j'aurais voulu que la guerre soit finie pour pouvoir sortir avec elle.

– J'ai besoin de savoir. Le nazi blond a-t-il vraiment dit qu'il avait envoyé un télégramme à Koch ?

Elle leva les yeux vers moi. J'étais incapable

de déchiffrer son expression. Je tentai de me convaincre qu'elle n'avait pas de beaux yeux et que je n'avais aucune envie de l'embrasser. Au lieu de répondre, elle se contentait de me regarder.

– A-t-il vraiment dit qu'il avait contacté Koch ? répétai-je.

– Oui, murmura-t-elle enfin.

ALFRED

Les discussions ont commencé avant le lever du soleil. Radeaux de flottaison, gilets de sauvetage, température. Le brouhaha me perturbait. J'ai jugé préférable de descendre sur le pont E pour jeter un coup d'œil sur les centaines de demoiselles installées dans la piscine vide. Il fait bon au fond du navire. Je me demande si les femmes vont se débarrasser de leur uniforme pour être plus à l'aise. Elles jouent aux cartes, dorment, peignent leurs cheveux, se blottissent les unes contre les autres, bref, ont le comportement que l'on peut attendre des femmes en général. C'est fascinant de les regarder, aussi décidé-je de rester caché pendant une heure, peut-être même deux, afin d'approfondir mon étude de l'âme humaine.

À dix heures, ma séance d'observation est interrompue par un groupe de soldats qui parcourent le pont E d'un pas énergique, suscitant un grand émoi parmi les filles, et annoncent qu'ils sont à la recherche d'un passager spécifique. C'est le moment idéal pour présenter mes services. Je sors de l'ombre pour m'approcher des hommes. Leur supérieur est un beau spécimen de la race aryenne avec ses cheveux aussi dorés que le soleil et une peau claire, sans la moindre tache.

– Bonjour, monsieur. Puis-je vous aider ?

Le soldat semble surpris par ma présence.

– Il nous a épiées toute la matinée, dit une des jeunes filles. Il est inoffensif.

Ses camarades éclatent de rire.

Je n'apprécie pas ces cascades de rires à mes dépens et je n'aime pas non plus la sensation qu'elles font naître en moi. Je suis tout à coup pris de haine pour ces femmes insipides. Elles sont aussi stupides que répugnantes.

– Qui cherchez-vous au juste ? On a vu quelques gars traîner par ici, déclare une des filles installées dans la piscine vide. À quoi ressemble-t-il ? Pouvez-vous nous le décrire ?

Le bel Aryen s'agenouille au bord de la piscine.

– Grand, cheveux bruns plutôt longs, vêtements civils. Chemise tachée de sang. Il s'appelle Florian Beck. Il essaye sans doute de ne pas se montrer. Le *Gauleiter* Koch a un message pour lui.

Elles ne tarderont pas à se rendre compte qu'elles ont eu tort de se moquer de moi. Ne vais-je pas, après tout, recevoir très bientôt une médaille ? Je m'éclaircis la gorge.

– Excusez-moi, monsieur, mais je pense être en mesure de remettre ce message à l'individu en question.

Le militaire jette un coup d'œil par-dessus son épaule.

– Ce n'est pas à toi que je m'adresse. Va te faire voir !

Les filles pouffent de rire.

Ils me renvoient. Rient de moi. La colère familière commence à monter.

Je n'ai pas servi ce soldat.

Je n'ai pas servi mon père.
Je n'en sers qu'un.
Le seul, l'unique.
– *Heil*, Hitler ! hurlé-je, fendant l'air de mon bras droit pour saluer.
Et, tournant les talons, je m'en vais.

JOANA

Je déposai le bébé dans les bras d'Emilia et me penchai pour lui murmurer à l'oreille :

– J'ai dit au Dr Richter que j'avais trouvé une Lettone comme interprète. Je crois qu'il m'a crue.

Emilia n'avait pas l'air convaincue. Je me redressai et raffermis ma voix.

– As-tu déjà pensé à un prénom ?

Elle acquiesça en souriant.

– Halinka.

– Halinka. C'est un très beau prénom, répondis-je.

– Ma mère s'appelait Halina, mais mon père l'appelait toujours Halinka.

Je songeai à mon père. Depuis combien de temps les Soviétiques occupaient-ils notre pays ? Eva avait déclaré que l'occupation pourrait durer au moins dix ans. Ce n'était pas vrai. C'était impossible.

Je perçus un martèlement, un bruit de bottes. Le nazi blond pénétrait dans la pièce.

– Bonjour, Litwinka. Prête à partir ?

– Ça ne sera jamais assez tôt ! répliquai-je. De quoi avez-vous besoin ?

– Êtes-vous toujours aussi sérieuse ?

demanda-t-il en s'approchant de moi d'un pas nonchalant. J'étais à l'instant sur le pont E. Les filles de la piscine sont beaucoup plus gentilles.

– Peut-être ne sont-elles pas aussi occupées que moi.

– Je suis occupé, moi aussi. Je suis toujours à la recherche de votre patient, Florian Beck, ajouta-t-il après avoir ôté son chapeau à bords pour le mettre sous son bras. Le bureau a reçu une réponse télégraphiée du *Gauleiter* Koch.

Il me regarda en disant ces derniers mots.

Il était seul. Détendu. Si Florian était sur le point d'être arrêté, il y aurait plus d'agitation, de précipitation, de recherches, plus de soldats.

– En quoi consiste le message ? m'enquis-je.

– Ah, ça vous intéresse ?

Je brûlais de curiosité. À contrecœur, je lui adressai mon plus beau sourire, tentant d'obtenir ainsi des informations.

– Une infirmière est toujours intéressée par ses patients.

– Puis-je être un patient ? demanda-t-il.

Sa suffisance était agaçante. C'était le type d'homme qui, devant une photo sur un mur, contemplait son propre reflet dans le verre au lieu d'admirer la photo.

Me forçant à flirter avec lui, je me rapprochai.

– Voyons votre talent pour communiquer avec le personnel infirmier. Lisez-moi le message.

Il sortit un morceau de papier de sa poche et lut : *« Que Beck me contacte directement. Dites DRL mort. Besoin des clefs. Urgent. »*

Je répétai mentalement le message, m'efforçant de le mémoriser. Après quoi, je m'écartai de lui et revins auprès d'Emilia. Florian ne mentait donc pas.

– Eh bien ? dit le soldat.

– Vous feriez mieux, semble-t-il, de remettre ce message à *Herr* Beck en personne.

– Oui, répondit-il, mais il semble avoir disparu.

– Je vous l'ai déjà dit, il voulait embarquer sur le *Hansa*.

– Le *Hansa* vient de larguer les amarres.

– En ce cas, je suppose que vous avez manqué le coche.

FLORIAN

Le Prussien. C'est le nom que Joana me donnait.

Je songeai au drapeau prussien, un aigle noir sur fond blanc. Qu'arriverait-il au royaume de Prusse et à ses quarante millions d'habitants ? Il remontait au XIIIe siècle, mais il était à présent écrasé sous la botte russe. L'Histoire peut-elle disparaître si elle est écrite dans le sang ?

J'entendis soudain un grondement et je faillis tomber du rebord de la cheminée. Mon cœur battait à grands coups.

S'agissait-il d'une alerte ? D'un raid aérien ?

Je compris alors ce qui se passait. C'était la sirène.

Le navire partait enfin.

Je jetai un coup d'œil à travers le joint d'acier pour le regretter aussitôt. La scène qui se déroulait en contrebas était effrayante. Je n'avais jamais assisté à pareille détresse. Ceux qu'on avait laissés sur les quais tentaient désespérément de monter à bord. Ils avaient le visage déformé tant ils criaient, pleuraient, imploraient.

Des mères tentaient de lancer leurs nourrissons aux passagers sur le pont, mais elles ne parvenaient pas à les lancer assez haut. Leurs bébés allaient s'écraser contre le flanc du navire avant de sombrer dans la mer. Les femmes plongeaient en hurlant dans l'eau à la suite de leurs enfants. Un homme habillé en femme tenta de prendre la passerelle d'assaut, mais il fut intercepté par une sentinelle qui le roua de coups. Je regardai ce terrible spectacle du pont supérieur, la mort dans l'âme, saisi de compassion pour tous ces malheureux qui criaient qu'ils mourraient si on ne leur permettait pas d'embarquer. Le *Gustloff* était leur seul espoir.

Agrippant mon paquetage, je secouai la tête. Je ne pouvais y croire.

Le *Gustloff* avait été mon seul espoir, à moi aussi.

Mais j'avais réussi à embarquer.

ALFRED

Bonjour, ma petite Lore!

J'exulte de t'apprendre que nous avons enfin quitté ce port infernal. Les passerelles d'embarquement ont été levées aux alentours de 12 h 20 au milieu des gémissements des moins que rien restés sur le quai. Le bateau est sorti du port et fait maintenant route vers Kiel, fendant la mer comme Neptune avec son trident. Il reste que le temps semble nous jeter un défi. Le vent souffle avec violence. Nous luttons contre une méchante tempête de neige.

Malheureusement, notre départ ne s'est pas fait sans incident. Le nombre des passagers est dix fois supérieur à la capacité du bateau. D'après les estimations de mon supérieur, il restait encore cinq mille réfugiés dans le port quand nous avons levé l'ancre. Ils criaient et pleuraient, réclamant un passage. J'ai tenté de les réconforter avec le vieil adage de Don Quichotte et j'ai lancé: «Jusqu'à la mort, il n'y a que la vie, rien que la vie!», mais cela n'a pas eu l'air de leur apporter la moindre paix.

C'est un privilège insigne que de participer à l'Opération Hannibal, et je le ressens comme tel. Bien que je me refuse à penser à lui, j'ose dire que l'homme qu'il faut bien appeler mon père serait fier de moi s'il me voyait maintenant à l'œuvre. Il est souvent question dans les conversations des Alliés et de leurs fameuses évacuations. Mais Hannibal aura bientôt la place d'honneur dans les livres d'histoire. Et à propos de livres d'histoire, songes-y, Lore, ton bien-aimé ne va pas tarder à recevoir une médaille. Je vais être officiellement reconnu dans les annales de l'histoire allemande... ça, par exemple... Ça bouge affreusement. Le roulis. Je suis sûr que c'est provisoire. Ils vont stabiliser le navire. Oui, il le faut. J'ai pour ma part une constitution de fer, mais je pense aux autres passagers qui ne pourront pas endurer un tel régime plus de quarante heures d'affilée. Non, certainement pas.

Je me penche en avant et vomis sur mes chaussures.

EMILIA

Au fur et à mesure que les heures s'écoulent, ma nausée ne cesse d'augmenter. Selon Joana, ce n'était pas une bonne idée d'aller prendre l'air sur le pont supérieur ; il fait trop froid et il y a trop de vent. Elle a préféré m'envelopper les pieds de serviettes de toilette froides. C'est assez efficace. Et de toute façon, je ne souffre pas autant du mal de mer que d'autres. Halinka, elle, dort le plus tranquillement du monde. Après tous ces mois de cavale si mouvementés, le tangage du navire apaise comme une berceuse.

Je n'avais pas imaginé cela. J'étais certaine que l'accouchement allait nous tuer toutes les deux, comme ça avait été le cas pour Mama. Et pourtant, Dieu sait par quel miracle, après cinq cruels hivers de guerre, je suis toujours en vie. Et il y a ce bébé. Je l'installe plus confortablement dans mes bras. Que se passe-t-il ? Est-il possible que j'aie mal interprété le signe ?

Voilà six ans que j'ai reçu ce signe. C'était la nuit de la Saint-Jean, la plus courte nuit de l'année. Mama adorait la fête de la Saint-Jean : les feux de joie, les chants, les danses. La tradition veut que les jeunes filles fabriquent des couronnes de fleurs et de bougies. Dès qu'il fait noir, elles allument les chandelles avant de confier leurs couronnes au fil de l'eau. Selon la légende, le garçon qui récupère la vôtre en aval de la rivière est celui que l'on est destinée à épouser. L'année de la mort de Mama, les grandes filles m'ont permis d'en tresser une avec elles. J'avais choisi les plantes préférées de Mama : hibiscus, roses, pavots et herbes séchées.

Après avoir déposé les couronnes sur l'eau, les filles dansent autour du feu de joie. Mais ce soir-là, j'avais décidé de suivre la mienne. Pieds nus dans l'herbe, j'avais marché à pas de loup le long de la rivière, regardant fleurs et chandelles tourner lentement dans l'eau. Je marchais déjà depuis longtemps quand j'ai vu ma couronne rebondir avant de s'arrêter au milieu de la rivière. Elle avait dû heurter quelque chose sous la surface. Une des bougies a basculé sur les fleurs, et les herbes sèches ont pris feu.

Je me suis assise dans l'herbe et j'ai regardé ma couronne brûler et sombrer, scellant ainsi mon destin en silence.

Depuis ce temps-là, je m'attends donc à ce que tout finisse par sombrer. Mais maintenant, je commence à me dire que le signe était peut-être erroné. J'ai lutté si dur, j'ai surmonté tant de choses. Quelque chose a changé quand le chevalier est arrivé. Peut-être m'a-t-il vraiment sauvée, peut-être a-t-il retiré de l'eau ma couronne en flammes. Après tout, en Pologne, saint Florian n'est-il pas celui qui combat le feu ?

Pour la première fois depuis des années, il y a des personnes qui se soucient de moi. Me protègent. Je baisse les yeux pour contempler

Halinka. Je peux vraiment sentir sa présence. Elle est mienne ; je suis sienne. Ses joues et ses menottes, parfaites, sont toutes roses. Comme mon bonnet. Ce que le chevalier a dit est vrai. Elle fait partie de moi, partie de ma famille, partie de la Pologne.

Je dois envisager cette possibilité.

Peut-être la tempête est-elle derrière moi, en définitive.

FLORIAN

J'attendis dans la cheminée, transi de froid et toujours hanté par la scène entrevue sur le quai au moment du départ. Le navire tanguait tout en fendant la forte houle. Mon estomac ne cessait de se soulever et de se décrocher tour à tour. Je devais me concentrer, essayer de penser à l'avenir qui s'étendait devant moi.

Lors de mon départ, toutes les pièces du Cabinet d'Ambre entièrement démonté avaient été réparties dans des caisses que l'on avait entreposées dans une cave secrète du château de Königsberg. Le plan d'accès à la chambre forte ainsi que la clef étaient toujours dans le talon creux de ma botte. Seules trois personnes en connaissaient l'emplacement :

Le Dr Lange, le *Gauleiter* Koch et moi.

Je songeai aux cartes de mon père et me représentai Kiel, logée dans un recoin de l'Allemagne du Nord. La ville se trouvait à environ une centaine de kilomètres du Danemark et seulement à quatre-vingts kilomètres de l'île où ma petite sœur avait été envoyée pour y vivre avec notre vieille grand-tante. Si je parvenais à les rejoindre, je planquerais le cygne dans la grange jusqu'à ce que la guerre fût finie.

Si.

Ce qui signifiait que je devrais débarquer à Kiel sans incident. Sans éveiller les soupçons. Mais à supposer que le nazi blond eût dit à Koch que j'étais sur le *Gustloff*, quelqu'un m'attendrait-il de pied ferme à Kiel ? Le bateau bougeait beaucoup trop ; il était hors de question de seulement penser à fabriquer d'autres faux papiers. Un souvenir me revint alors en mémoire.

Je fouillai dans mon sac et mis la main sur ce que je cherchais. La carte d'identité du soldat allemand que la petite Polonaise avait tué dans la forêt. Quand nous serions arrivés à Kiel, je pourrais éventuellement quitter le navire en qualité de soldat blessé.

Mais une fois de plus, j'aurais besoin de l'aide de Joana.

ALFRED

Tous les W.-C. sont occupés ou souillés. Je me suis donc rendu à l'infirmerie, butant et trébuchant sans cesse sur des ballots de gilets de sauvetage et de manteaux dont les passagers s'étaient débarrassés, et qu'il fallait enjamber. Il règne une chaleur étouffante, et une tenace odeur de vomi empuantit l'atmosphère. D'après les dernières conversations que j'ai pu surprendre, le navire compte plus de dix mille passagers. Des marins sont en grande discussion, se demandant si le *Gustloff* va suivre une trajectoire en zigzag pour éviter les sous-marins embusqués et si les feux de bord seront allumés. Je suis trop malade pour m'en soucier.

À mon arrivée, je trouve l'infirmière occupée à soigner des soldats.

– Je suis ici pour admission volontaire, annoncé-je (mes jambes commencent à trembler). S'il vous plaît, attribuez-moi immédiatement un lit de camp.

– Oh, Alfred, je suis désolée que vous ayez le mal de mer ! Mais cette salle est réservée aux blessés graves.

Mon estomac gronde en signe de protestation.

– En fait, je suis blessé. L'ennemi a détruit ma constitution, et cet ennemi, c'est la mer.

– C'est votre première traversée ? demande l'infirmière.

– Effectivement, et je viens de me jurer à moi-même que ce sera la dernière.

– Débarrassez-vous de votre mal de mer, lance un officier depuis son lit de camp. Montez sur le pont supérieur et prenez l'air. Regardez l'horizon.

– Ce sont des trucs vraiment efficaces, renchérit l'infirmière.

– S'il vous plaît, intervient un soldat blessé, ne dorlotez pas ce gars. Il pleure parce qu'il a perdu son déjeuner ? Eh bien, moi, j'ai perdu un bras !

Je tente de me tourner dans sa direction.

– Étant donné qu'il dépend de mes services que vous arriviez sain et sauf à Kiel, monsieur, peut-être devriez-vous montrer un peu plus de compassion pour votre camarade. Je me rappellerai cela.

Sur ce, je sors de l'infirmerie et m'affale contre un mur de la coursive.

Chère Hannelore,

C'est en de pareilles conjonctures que mon esprit se pose des questions sur l'intégrité même de l'homme. Pardonne-moi, veux-tu, si j'emploie un langage qui dépasse ta compréhension, mais quand on appartient à la même équipe et qu'on a le même but, la moindre des choses serait de tout faire pour s'entraider. Je me rappelle avec tendresse le temps où nous faisions partie de la même équipe. On jouait à je ne sais plus quel jeu dans la rue. T'en souviens-tu ? Tu portais une jupe plissée courte et un ruban vert dans les cheveux. Le jeu n'a pas duré longtemps, car ta mère n'a pas tardé à te rappeler ;

il reste que durant ces fugaces instants, Lore, un même but nous a réunis. Rien n'est plus important que le but et les principes.

Je suis toujours déconcerté quand les gens n'aident pas ou même n'accueillent pas ceux qui sont du même bord qu'eux. Mais je suis plus troublé encore quand ils accueillent ceux qui sont du bord opposé. N'as-tu jamais envisagé ce genre de chose, Hannelore ? N'as-tu jamais réfléchi à ce type de situation, dont tes parents sont un bon exemple ? N'as-tu jamais songé qu'il y avait une petite faille dans la perfection de ta mère : son jugement ? Un jour, je lui ai demandé pourquoi elle avait choisi d'épouser ton père. Sais-tu la réponse qu'elle m'a faite ? Eh bien, la plus bizarre qui soit.

« Parce que je l'aime. »

JOANA

– Je promets.

Est-ce la manière dont il prononça ces mots ? Y avait-il derrière eux comme une tendre arrière-pensée ? Ou bien était-ce ma propre solitude, pitoyable, qui me poussa à saisir les ciseaux ?

Florian apparut au moment où je quittais la maternité pour me rendre à l'infirmerie. Je n'étais pas certaine qu'il fût toujours à bord. Dans le tréfonds de mon cœur, j'étais heureuse de le voir. Pourquoi est-il si difficile de rester fâché avec certaines personnes ?

– S'il te plaît. Ça ne prendra que quelques minutes. Je promets, ajouta-t-il en souriant.

Je me hâtai de le suivre jusqu'à l'escalier. Il bondissait, grimpant les marches deux par deux, on ne peut plus agile, même avec son paquetage. Il ouvrit la petite porte ménagée dans la cage d'escalier menant à la cheminée. Je me faufilai derrière lui.

– Es-tu certain de vouloir que je le fasse ? demandai-je.

– C'est la meilleure option qui s'offre à moi pour le moment, répondit-il en s'adossant à la porte. Au cas où quelqu'un essaierait d'entrer, ajouta-t-il.

– Écarte les pieds, fis-je.

Je glissai un pied entre les siens.

– OK, et maintenant, descends un peu.

Il laissa couler son dos le long de la porte, ses jambes frôlant les miennes, jusqu'à ce que nos visages fussent au même niveau.

– Je coupe beaucoup ? demandai-je.

– Le plus possible.

Je promenai les doigts dans ses cheveux, m'efforçant de les attraper à la racine et de les tenir droits. Cela permettrait de les couper plus facilement. Ils étaient doux et épais près du cuir chevelu.

– Tu as de beaux cheveux, commentai-je.

Il tendit le bras pour prendre une de mes boucles entre ses doigts et ferma les yeux.

– Tu ferais peut-être mieux de commencer.

Saisissant une mèche de la main gauche, je la coupai de la droite. Il ouvrit les yeux pour contempler la grosse mèche suspendue au bout de mes doigts. Il rit, moi aussi.

Je taillai donc dans la masse, puis aussi près du cuir chevelu que possible. C'était délicat autour des oreilles. Je me rapprochai de lui, m'efforçant d'être la plus douce possible. Il posa les mains sur ma taille. Voulait-il maintenir par prudence une certaine distance entre nous ?

– Ne t'inquiète pas. Je ne vais pas t'embrasser, le taquinai-je. Je suis trop occupée.

Il ne répondit pas.

– Bon, fit-il gauchement, comme s'il tentait de renouer la conversation, imagine-toi que je suis allé en Lituanie.

Il se montrait honnête. Je décidai qu'il me fallait l'être aussi.

– Je sais, fis-je. Et cela, depuis la première nuit dans la grange, quand j'ai retiré l'éclat d'obus. Tu as raconté un certain nombre de choses.

Son visage s'assombrit.

– Oh ?

– Tu as dit, entre autres, qu'un jour, tu avais visité la Lituanie. Tu as dit aussi que tu devais guérir pour retrouver Anni.

– Bon, ce n'est pas trop grave en ce cas, je t'avais déjà dit qu'Anni était ma sœur.

Hochant la tête, je continuai à couper ses cheveux au plus près du crâne.

– Ensuite, tu m'as dit que j'étais jolie. Et que tu étais un bon danseur. Tu m'as enfin demandé si j'avais un *boy-friend*.

– Ah, ça, c'est… embarrassant !

– Tu avais de la fièvre, tu délirais. Tu ne savais pas ce que tu disais.

Je continuai à couper, consciente du silence qui s'était installé entre nous comme de la présence de ses mains autour de ma taille. Il finit par parler :

– La nuit où j'ai dit ces choses… ne m'as-tu pas confié, toi aussi, quelque chose ?

Je m'arrêtai pour le regarder. J'acquiesçai. Ses doigts exerçaient une légère pression sur mon dos. Il m'attira plus près de lui. Encore plus près. Je posai ma bouche sur son oreille. C'était à peine un murmure.

– Je t'ai dit que j'étais une criminelle.

FLORIAN

J'avais les mains posées sur ses hanches. Ses lèvres étaient pressées au creux de mon oreille. Et soudain le mot sortit de sa bouche.

Criminelle.

Rejetant la tête en arrière, je me mis à rire.

– Cette oreille est censée être la bonne, mais j'ai cru entendre « criminelle ».

Elle ne répondit pas. Elle se contenta de me regarder, les yeux débordants de larmes. Quoi ? Elle ne plaisantait donc pas ?

– Je..., commença-t-elle lentement après avoir pris une inspiration profonde, j'ai tué ma cousine.

J'écarquillai les yeux. Elle acquiesça d'un signe de tête. Quelques larmes tombèrent sur ses joues.

– Ma... ma cousine Lina, bégaya-t-elle. C'était ma meilleure amie. Quand nous avons fui la Lituanie, mon père m'a dit à plusieurs reprises de ne rien laisser derrière moi et de ne parler à personne. Mais il m'était impossible de partir sans faire mes adieux à Lina.

Les larmes ruisselaient maintenant sur son visage. Elle haletait. Cela me faisait mal de la voir ainsi pleurer.

– Je lui ai écrit une lettre, poursuivit-elle, expliquant que nous étions sur la liste noire de Staline parce que mon père avait rejoint un groupe antisoviétique. J'ai donné la lettre à notre cuisinière, lui demandant de la poster. Je n'aurais jamais dû mettre ces choses par écrit. Peu après notre fuite, le NKVD a fouillé et saccagé notre maison. Le contact secret de mon père nous a avertis que ma lettre était entre les mains du NKVD.

– La cuisinière a remis ta lettre au NKVD ?

– Oui, murmura-t-elle. Selon ma mère, elle a sans doute voulu se protéger elle-même. Quand les Soviétiques sont venus nous arrêter, nous étions déjà partis. Mais grâce à ma lettre, ils n'ont eu aucune peine à localiser la famille de Lina et ils les ont tous embarqués à notre place. Le contact de mon père correspondait avec le voisin de Lina. C'est ainsi que nous avons appris qu'ils avaient été déportés en Sibérie. Il y a deux ans, poursuivit-elle après avoir tenté d'essuyer ses larmes, notre voisin nous a fait parvenir un message codé. Ce message disait que mon oncle avait été torturé et qu'il était mort au goulag.

Je l'attirai à moi. Les pièces du puzzle se mettaient en place. Lina avait été envoyée en Sibérie, et Joana se sentait responsable de la déportation de sa cousine.

– Quand était-ce ? chuchotai-je.

– Il y a quatre ans, en juin 1941.

D'après ce que j'avais entendu dire, le traitement infligé aux prisonniers dans les goulags de Sibérie était particulièrement brutal. Lina était sans doute morte. J'aurais voulu trouver les mots justes pour la réconforter, mais j'étais très maladroit dans ce genre de situation.

– Peut-être a-t-elle pu s'en sortir d'une façon

ou d'une autre ; peut-être est-elle encore en vie, bredouillai-je.

Le visage de Joana s'éclaira.

– Tu crois ? demanda-t-elle en se tamponnant les yeux. Je me sens tellement coupable ! Ma liberté a coûté la vie à toute sa famille. Le dessin que tu as trouvé dans ma valise… il était de Lina. Elle avait beaucoup de talent et était sur le point d'entrer dans une école d'art.

– Cesse de parler d'elle au passé, répondis-je, voyant que les propos positifs la réconfortaient. Elle pourrait bien être de retour en Lituanie d'ici peu de temps.

Le silence tomba. Sa sincérité, son sentiment de culpabilité. Je ne l'en aimais que davantage. J'essuyai ses dernières larmes. Elle se remit à me couper les cheveux.

– Que vas-tu faire quand nous arriverons à Kiel ? finit-elle par reprendre.

T'embrasser, avais-je envie de dire.

– Voyons. Tout d'abord, m'arranger pour ne pas être arrêté. Ensuite, essayer de retrouver ma petite sœur et la protéger jusqu'à la fin de la guerre. Et toi ?

– Communiquer, si possible, avec ma mère afin de savoir ce que sont devenus mon père et mon frère.

Elle en avait terminé avec ma coupe et époussetait les cheveux restés sur mes épaules.

– Et voilà, Prussien. Cela me semble bien. Mais tu aurais grand besoin de te raser.

J'avais toujours les mains posées sur ses hanches et je contemplais le pendentif d'ambre qui se balançait à son cou.

– Ne m'appelle plus Prussien désormais, appelle-moi Florian, d'accord ? fis-je en la serrant contre moi. Et sache que je ne délirais pas, ajoutai-je tout bas. Je pense vraiment que tu es jolie. Fais une pause et viens me retrouver un peu plus tard. Rendez-vous ici, disons, à neuf heures et demie.

Elle sembla méditer un instant la question, puis acquiesça avec un sourire.

– Je n'avais pas l'intention de te le dire parce que j'étais trop en colère tout à l'heure, mais le soldat blond est passé avant que le bateau ne largue les amarres. Il avait reçu un message de Koch.

Je sursautai.

– Oui, continua-t-elle, et voilà le contenu de ce message : « Que Beck me contacte directement. Dites DRL mort. Besoin des clefs. Urgent. » (Elle tendit le bras et me toucha la joue.) À tout à l'heure, neuf heures et demie.

Et elle sortit en se faufilant dans l'entrebâillement de la petite porte.

Mon ventre se noua. Le Dr Lange était mort. Qui l'avait supprimé ?

Je serais la prochaine victime.

EMILIA

Joana est revenue, souriante. Était-elle partie voir le chevalier ? Quand les oiseaux s'accouplent, leurs plumes deviennent plus colorées. J'ai remarqué qu'il en est de même pour le chevalier et Joana. C'est comme si leurs plumes avaient changé et pris de l'éclat depuis notre arrivée au port. Quelque chose doit se passer entre eux.

Le tangage du navire ne cesse de s'accentuer.

– Le temps doit être bien pire au-dehors, commente Joana, les yeux levés vers le plafond. Nous avons de la chance d'être à l'intérieur.

Les haut-parleurs du bateau distillent des airs joyeux. Une émission de radio vient soudain interrompre la musique : Adolf Hitler fête un grand anniversaire. Douze ans plus tôt jour pour jour, c'est-à-dire le 30 janvier 1933, il avait été nommé chancelier d'Allemagne. Il m'est difficile de comprendre l'allemand d'Hitler qui hurle à travers les haut-parleurs. Je saisis néanmoins une phrase, et cette phrase me fait frémir.

« Est-il jamais arrivé que l'oie sans défense ne soit pas mangée par le renard ? »

ALFRED

Je me suis effondré au milieu des réfugiés sur le plancher du salon de musique.

J'ai la gorge qui brûle à force de vomir, l'estomac vide.

Une petite fille joue à mes pieds avec un vieil ours en peluche tout avachi. Elle s'arrête pour me fixer longuement des yeux.

– Espèce d'idiote, c'est impoli de fixer les gens, surtout quand ils sont dans mon état, l'informé-je.

Elle pouffe de rire et, prenant son ours par la taille et le ployant en avant, elle fait mine qu'il vomit.

– Ah, comme c'est drôle ! m'exclamé-je.

Je tends le bras et arrache un œil à l'ours.

FLORIAN

Je descendis sur le pont A pour voir ce que devenait le Petit Garçon Perdu. Il dormait, la tête sur les genoux du Poète.

– Ah, vous vous êtes coupé les cheveux ! Vous avez presque l'air respectable.

Le vieil homme rit avant d'ajouter :

– Asseyez-vous. Prenez un peu de repos. C'est le bateau qui voyage à notre place.

– Oui, répondis-je. Au moins n'avons-nous pas à marcher.

– Ah, mais rappelez-vous les paroles du poète Emerson ! Quand nous avons usé nos chaussures, dit-il en substance, cela signifie que la force du voyage est passée dans notre corps.

Il hocha la tête et m'adressa un clin d'œil.

– C'est à son cordonnier que la sagesse est la plus redevable, conclut-il.

Nous restâmes un moment assis sans parler. J'admirais cet homme bienveillant. Pourquoi n'avais-je pas pu faire mon apprentissage auprès de quelqu'un comme lui au lieu d'un Dr Lange ? Si j'avais écouté mon père, sans doute les choses auraient-elles été différentes. Je désignai le petit garçon d'un geste.

– Il a de la chance de vous avoir.

– Non, répliqua le Poète de la Chaussure, c'est moi qui ai de la chance. L'enfant me permet de rester alerte.

Il me regarda, et son visage s'adoucit.

– Je m'appelle Heinz, dit-il en me tendant la main.

Je la serrai.

– Florian.

Les yeux fixés sur moi, il garda un instant ma main dans la sienne avant de la serrer de nouveau.

– Vous, les enfants et les jeunes gens, vous n'avez pas de chance. La guerre a compromis sinon détruit l'avenir de beaucoup d'entre vous. Vos parents sont-ils encore en vie ?

Je secouai la tête.

– Ah, c'est ce que je pensais, fit-il en me tapotant le genou. Vous êtes, vous aussi, un garçon perdu.

– Remettrez-vous le petit à la Croix-Rouge quand nous arriverons à Kiel ? m'enquis-je.

– Je ne crois pas que je pourrai le supporter, répondit le cordonnier. Ça me plaît tout à fait d'être *Opi*. J'ai l'adresse à Berlin qui était épinglée sur son manteau. Je l'emmènerai moi-même là-bas et verrai comment les choses se passent. Mais qui sait combien de temps Berlin tiendra encore ? ajouta-t-il avec un soupir. Avez-vous de la famille, à part vos parents ?

– Une sœur, Anni. Je ne l'ai pas vue depuis trois ans. Je ne sais pas si je la reconnaîtrai.

– Mais si, vous la reconnaîtrez. Vos pieds vous porteront dans sa direction.

Le vieil homme s'adossa à la cloison et se mit à fredonner l'air de *Lili Marleen* – un air qui me faisait penser à Joana.

– Êtes-vous marié, Heinz ? demandai-je.

– J'ai passé cinquante-cinq ans avec l'amour de ma vie. Je l'ai perdue en juillet dernier... Et puis... Au moment même où l'on croit que la guerre nous a pris tout ce qui nous était le plus cher au monde, reprit-il en désignant le petit garçon d'un geste de la main, on rencontre quelqu'un et on se rend compte qu'on a toujours plus à donner.

– Je sais ce que vous voulez dire, répondis-je en regardant ma montre.

– Je sais que vous comprenez (il sourit). Et elle en vaut la peine, elle aussi.

JOANA

21 h 15.

Quinze minutes. Encore un quart d'heure, et je verrais Florian. Je souris, me rappelant le commentaire d'Eva : « Il n'est pas trop jeune pour vous. » J'espérais qu'Eva était bien installée sur le *Hansa*.

BANG !

Une violente détonation suivie d'une terrible secousse. Ma tête heurta le mur. Les lumières vacillèrent.

Emilia était par terre.

Que se passait-il ?

BANG !

Obscurité complète. Cris de femmes.

BANG !

Les sonnettes d'alarme retentirent avec un bruit strident. La maternité tout entière bascula soudain vers l'avant du navire. Les veilleuses de secours commencèrent à rougeoyer.

EMILIA

BANG !

Mon corps est arraché du lit de camp, jeté à terre.

Je heurte le sol.

BANG !

Il fait un noir d'encre. Je rampe. Je ne vois pas le bébé. Je crie le nom de Joana.

BANG !

Hurlements.

Bris de verre.

Sonneries d'alarme retentissantes.

ALFRED

Nous sommes à environ vingt-cinq milles de la côte.

BANG !

Quelque chose vient de percuter le navire à bâbord.

Qu'est-ce que c'est ?

BANG !

Une autre explosion. Obscurité complète. Je ne peux plus respirer.

BANG !

Ma tête retentit de cris de panique. Mon corps se déplace.

Le bateau gîte.

Il commence à piquer du nez.

FLORIAN

BANG !

Nos corps se heurtèrent violemment.

Le vieil homme me saisit par le bras.

– Avons-nous sauté sur une mine ? chuchota-t-il.

BANG !

Le petit garçon remua.

– *Opi ?*

– Oui, oui. Je suis là.

Et il se hâta de resserrer les courroies du gilet de sauvetage de l'enfant.

BANG !

C'est alors que je compris.

Des torpilles. Trois torpilles.

JOANA

Je restai plantée là, ne sachant que faire. Où étaient donc le Dr Wendt et le Dr Richter ? J'aidai une femme enceinte en pleurs à se relever. Elle agrippa mon bras, en proie à une folle terreur.

– S'il vous plaît, aidez-moi ! implora-t-elle.

Emilia attrapa Halinka. Elle l'enveloppa dans une taie d'oreiller, puis vite, très vite, enroula un drap autour d'elle. Après quoi, elle me regarda tout en désignant du doigt la partie supérieure du navire.

L'inclinaison du bateau s'aggravait. Tout ce qui était dans la pièce glissait. Les ongles de la femme enceinte me transperçaient la peau.

Emilia passa à l'action. Elle enfila son manteau, enfonça son bonnet rose sur ses oreilles, s'empara d'un des gilets de sauvetage entassés dans un coin et, l'enfila sans oublier de resserrer les courroies. Elle tenait le bébé emmailloté au creux d'un bras et, de l'autre, jetait des gilets de sauvetage à tout le monde. De mon bras libre, j'en attrapai un et j'en entourai les épaules de la femme enceinte.

– Restons toutes calmes, dis-je. Nous attendrons que le Dr Wendt ou l'un des capitaines nous indique la marche à suivre. Je suis sûre qu'ils vont faire une annonce.

– Non ! hurla Emilia en nous adressant de grands gestes frénétiques. Manteau. Il fait froid. Là-haut. Maintenant !

Emilia expliquait que nous devions monter sur le pont supérieur dans le froid.

Emilia expliquait que le bateau coulait.

EMILIA

L'image de la couronne en flammes s'enfonçant dans la rivière surgit devant mes yeux. Le bruit s'amplifie dans la coursive.

Je crie aux femmes :

– Dépêchez-vous ! Prenez vos manteaux. Enveloppez-vous. Sinon, le froid vous tuera.

Je ne sais pas si elles m'écoutent, et peut-être ne me comprennent-elles pas. Se rendent-elles compte que nous devons à tout prix sortir de ce conteneur de métal ?

Le navire transporte une population plus grande que celle d'une petite ville. Je pense aux multiples niveaux du bateau. Des milliers de passagers cherchant à rejoindre le pont supérieur vont émerger en même temps. Il y aura des embouteillages dans les escaliers. Personne ne se remue assez vite. Je circule à travers la maternité, chassant les femmes comme des pigeons.

Joana veut attendre les instructions. Non.

Il faut bouger au contraire. Et tout de suite.

Je regarde ma minuscule petite fille. Ses yeux grands ouverts sont plongés dans les miens.

Elle se met à pleurer.

ALFRED

Les lumières d'urgence clignotent. J'aperçois un marin qui se faufile entre les masses de réfugiés, enjoignant à chacun de mettre son gilet de sauvetage.

– Que s'est-il passé ? lui crié-je.

– Des torpilles. Un sous-marin russe.

Nous avons été torpillés par un sous-marin russe ? Le navire gîte dramatiquement. Meubles et objets commencent à glisser le long du plancher qui à présent est en forte pente.

Soudain, le piano à queue du salon de musique se met à dévaler la pièce, écrabouillant sur son passage la petite fille à l'ours en peluche avant d'aller se fracasser contre le mur et de laisser échapper une série de sons discordants. Certains passagers hurlent, d'autres gémissent ; quelques-uns tentent d'aider la petite fille qui ressemble désormais à un fruit écrasé.

Je sens la bile – une bile brûlante – me monter dans la gorge.

Une femme assise non loin de moi me tend son nourrisson en m'implorant à grands cris :

– Aidez-nous ! Qu'allons-nous devenir ? Que faire ?

Je ramasse le gilet de sauvetage aux pieds de la fillette en charpie et l'enfile.

– À mon avis, vous devriez partir, dis-je à la femme, me frayant déjà un chemin jusqu'à l'escalier.

FLORIAN

La coursive était encombrée de passagers. On ne pouvait plus circuler.

– Des torpilles ! Le sous-marin est sous le navire, hurla quelqu'un.

Il y eut aussitôt une flambée de panique qui se traduisit par des cris et des bousculades.

Je sanglai mon paquetage sur le dos avant d'attraper le petit garçon par la main et de le prendre dans mes bras.

– Est-ce qu'on doit quitter le bateau ? demanda l'enfant.

– Oui. Accroche-toi à ma taille. Serre fort et ne lâche pas surtout.

– *Opi !* hurla Klaus.

– Oui, oui, *Opi* est là, répondit le Poète de la Chaussure. Je suis là.

– Est-ce que tu as nos pièces de monnaie ? demanda le petit garçon.

– Oui, répliqua le vieil homme, je les ai.

J'avais l'esprit qui tournait à toute vitesse. Je me représentai l'agencement du navire. Nous étions sur le pont A, devant la salle à manger. Il fallait grimper, deux ponts nous séparant de Joana. Puis accéder au pont-solarium. Je songeai aux quatre niveaux au-dessous de nous. Le bateau gîtait toujours davantage. Des cris d'effroi jaillissaient à travers la coursive plongée dans l'obscurité. Nous serions bientôt pris au piège.

– Dépêchons-nous, lança le vieil homme. Attendez, Florian. Où est votre gilet de sauvetage ?

Les sonnettes d'alarme continuaient à retentir.

– Marchez devant moi, Heinz, m'époumonai-je pour être entendu. Je pourrai vous soulever, si besoin est.

Le garçon dans les bras, mon sac sur le dos, je tentai de me frayer un chemin en direction de l'escalier à travers un véritable océan humain. Klaus s'agrippait à mon cou, les jambes nouées autour de ma taille, les pieds bloqués sous mon paquetage au niveau des chevilles.

L'escalier était si étroit, la pression de la foule si forte que l'extincteur fut arraché au passage. Il tomba avant d'exploser, envoyant des nuages d'écume de tous côtés. Il y eut des glissades, des chutes. Ceux qui ne se relevaient pas sur-le-champ étaient piétinés par les autres. Je sentais plus que je ne voyais les corps craquer sous le rouleau compresseur de milliers de pieds et je percevais la respiration haletante du petit garçon dans mes cheveux. J'aidai le Poète à grimper en le poussant dans le dos, tandis que, derrière moi, des passagers m'agrippaient et m'empoignaient. Je me penchai en avant tout en m'efforçant de rester ferme sur mes jambes. Il y eut alors une légère traction sur mon épaule. C'était la bandoulière de mon paquetage.

Elle se cassa net.

JOANA

Les haut-parleurs crachotaient des annonces.

– Restez calmes. Avancez avec ordre jusqu'au pont supérieur.

Le Dr Wendt fit irruption dans la salle de maternité.

– N'écoutez pas les annonces. Emmenez les femmes sur le pont supérieur et faites-les monter dans les chaloupes. Vite !

– Que faut-il que nous emportions ? m'enquis-je en commençant à m'approcher de ma valise.

– Rien ! Juste votre gilet de sauvetage. Dépêchez-vous !

Je guidai mon petit troupeau de patientes vers la sortie avant de les diriger sur l'escalier. La coursive était déjà inondée. Où était Emilia ? De l'eau glaciale filtrait à travers mes bottes.

– Erika ! hurlait un homme désespéré. Erika, où es-tu ?

Le navire piquait du nez et donnait de la gîte sur bâbord. Les marches étant inclinées selon un angle bizarre, il était d'autant plus difficile de les gravir. Le corps sans vie d'un enfant piétiné gisait non loin de l'escalier. Je tentai de m'arrêter pour le ramasser, mais la déferlante de la foule me poussait inexorablement en avant.

Des milliers de cris perçants remplissaient la cage d'escalier (« Nous allons nous noyer, nous allons nous noyer ! » répétait fébrilement une femme.) Un coup de revolver retentit quelque part, un peu plus bas, et la panique redoubla dans la foule massée sur les marches. J'avançais sans même être sûre de marcher. Les gens grimpaient les uns sur les autres au fur et à mesure de leur ascension. Les plus faibles tombaient à la renverse et étaient comme aspirés sous les pieds, incapables de se redresser.

Il y avait un tel embouteillage dans l'escalier qu'on ne pouvait plus avancer. Le navire s'enfonçait de plus en plus. La femme avait raison.

Nous allions tous nous noyer.

ALFRED

Je descends en courant la coursive inclinée à bâbord, de l'eau glaciale jusqu'aux genoux. Un petit garçon nage près de moi. Tous les passagers semblent se diriger de l'autre côté. Mais je détiens un secret qu'ils ignorent : il y a des échelles à l'intérieur des conduits de ventilation. Je poursuis ma route, bousculant les gens au passage.

– Matelot, s'il vous plaît, lance quelqu'un derrière moi.

Je ne réponds pas. J'ai presque atteint l'extrémité de la coursive quand un autre marin apparaît. Il me saisit par ma manche de chemise.

– Dépêche-toi, il faut faire sortir les passagers de toutes les cabines et les diriger sur le pont supérieur !

– Quelle est la gravité de la situation ?

– Trois torpilles. Le pont E, la salle des machines et la soute avant sont détruits.

Le pont E. La piscine. Les auxiliaires féminines de la Marine se trouvent sur le pont E ; les couchettes des matelots sont situées dans la soute avant.

Une série de bruits secs retentit à travers la cage d'escalier.

– Il coule, déclare le marin. Attrape un manteau, si tu arrives à en trouver un.

Je le suis sur le pont-promenade supérieur et m'empare du manteau d'une femme en train de se débattre avec son gilet de sauvetage.

Le matelot entreprend de défoncer et de briser les portes des cabines bondées. Après quoi, il expédie les gens en direction des escaliers.

– Allez, magne-toi ! me crie-t-il. Fais-les tous sortir des cabines !

« Oui, tout le monde, dépêchez-vous », marmonné-je en mon for intérieur. J'ouvre une porte.

Une femme et un enfant gisent sur le sol, baignant dans leur sang. Un officier de marine est planté au milieu de la cabine, le canon d'un revolver appuyé sur sa tempe.

Fasciné, j'observe la scène. Va-t-il tirer ?

Non. Pivotant sur lui-même, il braque son arme sur moi.

Je retourne en courant aux conduits de ventilation.

Je suis un penseur. Je pense.

Heure à laquelle la première torpille a frappé : approximativement 21 h 15.

Capacité du navire : 1 463.

Passagers à bord : 10 573.

Canots de sauvetage : 22.

Alors je me rappelle.

Dix des canots de sauvetage manquent.

EMILIA

J'ai réussi à atteindre le pont supérieur. La neige me cingle la figure. Je serre le bébé contre ma poitrine. Le vent fouette les passagers, comme s'il essayait de les faire passer par-dessus bord. Le nez du *Gustloff* est déjà sous l'eau, et le navire bascule sur le côté gauche. Le pont verglacé à la surface miroitante glisse dangereusement. Je m'accroupis et commence à avancer avec une extrême prudence, Halinka bien serrée contre moi. Je lui parle en polonais. « *Nie płacz.* » «Ne pleure pas. »

La nuit est noire. La mer en colère bouillonne. D'énormes vagues s'écrasent contre le navire. Un marin lance une fusée éclairante qui s'élève très haut dans le ciel. On dirait une étoile filante – rouge. Elle illumine un moment le ciel comme enlisé à l'infini dans une neige sans espoir. À peine arrivés en haut de l'escalier, la plupart des passagers se mettent à courir. Je les vois glisser et déraper d'un bout à l'autre du pont verglacé avant d'être projetés dans la mer, telles des gouttes de pluie.

Les gens crient. S'empoignent. Les matelots hurlent. Une femme adulte chasse à coups de pied une adolescente, ignorant ses appels au secours. Je m'arrête et m'accroupis plus bas encore, le petit corps doux et chaud de Halinka toujours serré contre moi. Je chantonne *Tous les canetons* et passe le bras autour d'un des barreaux en métal du bastingage. Le navire s'enfonce plus profond dans la mer.

Les marins se débattent désespérément avec les treuils gelés qui retiennent les canots de sauvetage à bâbord.

Les chaloupes à tribord sont inutilisables, parce que suspendues très haut au-dessus de l'eau.

Mais ce n'est pas une chaloupe que je cherche.

C'est le chevalier.

FLORIAN

Nous avions réussi à atteindre le pont supérieur.

– Cramponnez-vous à moi, hurlai-je à l'adresse du vieil homme.

– Attendez, c'est très glissant, nos chaussures vont déraper, cria le Poète de la Chaussure. Il faudrait plutôt ramper.

Des hordes de gens émergèrent sur le pont verglacé. Un homme se mit à courir. Ses jambes se dérobèrent sous lui et son corps s'envola à travers les airs pour se briser en deux contre le bastingage avant de rebondir dans la mer.

Je vis un canot de sauvetage, seulement à demi plein, descendre dans l'eau. Il y avait deux matelots dedans. Le vent et l'écume de mer nous fouettaient le visage au point qu'il était difficile de voir quoi que ce soit ou même d'avancer. Des passagers gagnèrent à grand-peine le canot de sauvetage suivant, jouant des coudes pour y entrer d'un bond. Quelqu'un réussit à trancher le garant postérieur, mais le garant antérieur ne cédant pas, le bateau se retourna et se balança, éjectant tous les passagers vers les profondeurs noires de la mer.

Des cris d'épouvante assaillaient ma bonne oreille, tandis que mon autre oreille, sourde, était comme absente.

– Où est votre gilet de sauvetage ? hurla le Poète tout en étreignant contre sa poitrine le Petit Garçon Perdu.

J'étais resté caché. On ne m'en avait donc pas attribué.

Quelques-uns des passagers préféraient plonger du navire plutôt qu'attendre une chaloupe. D'innombrables corps dans des gilets de sauvetage dansaient comme des bouchons sur l'eau.

– Où sont les filles ? s'enquit le cordonnier. Il faut essayer de les trouver.

JOANA

J'émergeai enfin là-haut dans la neige et le vent glacial.

J'avais perdu de vue Emilia dans l'escalier. Je l'appelai à grands cris et cherchai des yeux son bonnet rose. Le Dr Wendt et le Dr Richter étaient déjà sur le pont, occupés à transférer un certain nombre de blessés dans une chaloupe. Je leur envoyai le reste des femmes enceintes. Ils me donnèrent un gilet de sauvetage. Je l'enfilai et nouai les cordons sur le devant.

– S'il vous plaît, me supplia une petite fille, ma cousine est restée en bas, sur le pont inférieur. S'il vous plaît, aidez-moi à la retrouver.

Sa cousine. Il y en avait des milliers comme elle sur les ponts inférieurs. Des milliers comme elle à être piégés.

Le navire bascula un peu plus sur le côté gauche avec un long gémissement.

– Grimpe là-dedans. Tout de suite, hurlai-je à l'adresse de la fillette en la guidant vers un canot de sauvetage.

Je m'agrippai à la rambarde près de l'escalier. Il y eut soudain un fracas retentissant derrière moi. L'énorme matériel de défense antiaérienne glissa à l'autre bout du pont et défonça le bastingage pour aller s'écraser sur un canot de sauvetage qui venait d'être descendu. Les armes de guerre, le bateau et tous les passagers disparurent aussitôt sous la surface.

Un cri terrible jaillit de moi.

ALFRED

J'ai réussi à atteindre le pont supérieur. Là-haut, ce ne sont que cris, hurlements, appels au secours. Crier n'est pas penser. Les passagers se battent littéralement pour tenter de gagner le bastingage et les canots de sauvetage. Je les observe. Ils implorent de l'aide, s'accrochent désespérément à la vie, demandent grâce.

On dirait une scène de théâtre jouée en musique. Les gens se tournent vers moi avec des yeux implorants ; leurs mains se tendent toutes vers moi en même temps, comme dans une chorégraphie.

Sauvez-moi. Sauvez-moi. Sauvez-moi.

Le pont est si glissant qu'on ne peut se déplacer qu'en rampant. Une femme blessée me saisit par la cheville.

– S'il vous plaît, aidez-moi ! gémit-elle.

Ses larmes ont dilué le maquillage de ses yeux, maculant sa figure.

Je hoche la tête. Oui, elle aura besoin d'aide pour réparer son visage détruit.

Cette situation de panique exige de moi que je cesse d'observer pour passer à l'action. Cela m'est impossible. Le chaos perturbe mon aptitude naturelle à la concentration, m'empêche de réagir. Mon bras se met à bouger, à tourner l'invisible manivelle de la boîte à musique de la mort. Quelque part, tout au fond de moi, j'aimerais que la mélodie ne s'arrête jamais. Je vois que l'on descend dans une chaloupe le capitaine Petersen ainsi que d'autres passagers. Mon intelligence tente alors de m'arracher à ma torpeur. Si notre capitaine quitte le navire, ne suis-je pas sûr et certain, moi aussi, de partir ?

Un canot de sauvetage. Oui, je monterai dans un canot de sauvetage.

Les cloques qui constellent mes mains ont éclaté. Voilà qu'elles saignent. Je les essuie sur le manteau en laine que j'ai dérobé à une passagère. Puis je me fraye un chemin à travers la foule dense jusqu'au garde-fou. C'est alors que j'aperçois le jeune courrier, le vieil homme et le petit garçon.

Le courrier hurle. Au point que les veines de son cou font saillie et que sa bouche se tord en un rictus. Il a manifestement rassemblé toutes ses forces pour lancer un seul et unique mot :

Joana.

FLORIAN

Il restait encore quelques chaloupes qui se remplissaient à toute allure. Mon paquetage n'était plus arrimé à mon dos mais suspendu à mon épaule par une seule sangle, ce qui me faisait glisser et perdre l'équilibre.

Je distinguai le rose du bonnet au milieu de la foule. Puis j'aperçus Joana. La petite Polonaise la suivait tant bien que mal avec le bébé. Je me frayai un chemin à travers la horde des passagers pour les rejoindre. Alfred, le marin, rampait très lentement dans ma direction.

– Joana, Emilia, dépêchez-vous ! m'égosillai-je. Les femmes et les enfants d'abord.

Joana se retourna, aperçut la petite Polonaise et l'empoigna par le bras.

– Dépêchez-vous ! répétai-je à Joana. Grimpez dans le canot. Je vais l'aider à monter avec le bébé.

– Prenez le petit, cria le Poète qui tentait désespérément de pousser Klaus en avant. S'il vous plaît, implora-t-il encore, prenez-le.

– *Opi !* appela le Petit Garçon Perdu en se débattant pour revenir auprès du cordonnier.

Un matelot aida Joana à descendre une échelle de corde pour gagner la chaloupe. La jeune femme leva les bras pour attraper au vol Halinka.

La petite Polonaise refusa. Elle me fit signe de monter dans le canot de sauvetage qui se balançait sur la houle.

Les gens se bousculaient pour passer devant nous. Le canot commençait à se remplir.

– *Vas-y !* hurlai-je à l'adresse d'Emilia. Embarque !

– Elle n'a confiance qu'en vous, intervint Joana. Elle veut que ce soit toi, et toi seul, qui emmènes le bébé dans la chaloupe.

– Ah, merde ! m'écriai-je. Tiens ça, ajoutai-je en tendant à Alfred mon paquetage.

Le Poète jeta un gilet de sauvetage sur ma tête. Je pris Halinka des bras de la petite Polonaise et descendis dans le canot avec mon léger fardeau.

– Il y a trop de monde, gémit quelqu'un. On va chavirer.

– Encore une personne, dit un matelot, une seule.

– Attendez ! *Non !* m'époumonai-je. Il y en a d'autres.

– Encore une personne, répéta le matelot, une seule.

– Emilia, dépêche-toi ! lança Joana.

Après nous avoir jeté un long regard, Emilia se hâta de pousser dans le canot le Petit Garçon Perdu qui atterrit sur nous. Les garants se rompirent avec un bruit sec, et notre chaloupe tomba à l'eau.

Emilia était toujours sur le pont.

Je tenais son enfant.

Alfred était toujours sur le pont.

Il tenait mon paquetage.

JOANA

Notre chaloupe descendit dans l'eau noire.

J'appelais Emilia à grands cris.

Florian réclamait à grands cris son paquetage.

D'énormes vagues battaient et frappaient l'embarcation, nous projetant en l'air. Une femme vomit sur ses genoux. Un grondement retentissant se fit entendre en provenance du *Gustloff*, tandis que le vaisseau s'enfonçait plus profond sous l'eau. Le Petit Garçon Perdu se tenait debout dans le canot, ses minuscules bras tendus vers le navire en train de sombrer.

– *Opi !* gémissait-il. *Opi !*

Une touffe de cheveux blancs apparut. Un cri retentit sur le pont supérieur.

– J'arrive, Klaus !

Le Poète sauta du *Gustloff*, les pieds en avant, et coula à pic dans la mer, non loin de notre chaloupe.

– Poète ! m'écriai-je.

Florian me tendit aussitôt le bébé et se leva d'un bond afin de plonger à sa suite. Une vague secoua le canot, et Florian trébucha, heurtant violemment la cheville maintenant l'aviron. Le Petit Garçon Perdu le saisit par un pan de son manteau. La chaloupe fut propulsée dans les airs.

– Éloignez-vous à la rame, hurla quelqu'un. Sinon, quand le navire sombrera, il nous aspirera et nous entraînera avec lui dans les profondeurs.

– Attendez ! implora Klaus qui fouillait désespérément du regard les eaux noires. Attendez mon *Opi !*

– Heinz ! lança Florian dans l'obscurité, la voix brisée par l'émotion. Heinz, êtes-vous là ?

Mais le Poète ne réapparut pas.

Florian m'empoigna par le bras.

– Le sac de pièces de monnaie ! Le vieil homme l'avait attaché à sa ceinture. Et il n'avait plus son gilet de sauvetage, il me l'avait donné.

– *Opi !* sanglotait le Petit Garçon Perdu. Non, s'il te plaît, *Opi*.

Le Poète.

Notre Poète de la Chaussure béni. Notre *Opi*.

Notre unique lumière dans les ténèbres.

Il avait disparu.

ALFRED

La chaloupe est dans l'eau. Je ne suis pas dedans.

Il ne reste plus un seul canot de sauvetage opérationnel.

Des passagers ont sauté du navire pour tenter de gagner un canot à la nage. Je ne suis pas un bon sauteur.

J'ai peur de sauter.

Ça pleure, ça crie, ça tire des coups de feu de tous côtés.

Le navire s'enfonce toujours plus profond dans la mer. C'est alors que quelqu'un me tire par la manche d'un coup sec.

La jeune femme lettone qui vient d'accoucher me remorque littéralement tout en me criant quelque chose à la figure. La gîte du navire ne cesse d'augmenter, et avec elle, ma frayeur. J'ai l'impression que mon dos pèse une tonne et je trébuche derrière la petite Lettone. Nous passons devant deux radeaux de survie que la glace a collés ensemble. Elle se met à leur balancer des coups de pied frénétiques dans l'espoir de les déloger du pont. L'un d'eux finit par se détacher. La Lettone m'entraîne sur ce radeau. Et nous commençons à glisser.

EMILIA

Le radeau de survie en tôle d'acier est équipé de gros flotteurs étanches à chacune de ses extrémités. Des planches de bois reliées par un solide filet recouvrent les caissons. Le navire a soudain basculé, et notre radeau a commencé à glisser. Telle une luge dévalant une colline verglacée, il a traversé le pont d'un bout à l'autre, comme s'il était monté sur patins.

Bruits de métal griffant la glace. Et toujours des cris.

J'agrippe étroitement le filet. Le radeau est propulsé dans la mer.

Une quantité d'objets de toutes sortes et de toutes tailles tombent à l'eau derrière nous en faisant de grandes gerbes. Bagages. Radeaux déserts. Corps désertés.

Une chaloupe bourrée à craquer flotte près de nous. Des malheureux en train de se noyer se cramponnent aux rebords du canot, tentant désespérément de grimper dedans.

– S'il vous plaît, implore un adolescent. J'ai *si* froid. Je vous en supplie, laissez-moi monter.

Et il empoigne le plat-bord de la chaloupe, se démenant pour se hisser à l'intérieur.

– Le canot est déjà bondé, protestent les passagers, il va chavirer.

– Alors est-ce que vous pouvez au moins me réchauffer les mains ? *S'il vous plaît, aidez-moi !*

Ils ne lui ont pas réchauffé les mains. Bien au contraire, ils ont tapé sur les doigts de l'adolescent jusqu'à ce que celui-ci relâche son étreinte et glisse sous la surface, ne laissant que quelques petites bulles derrière lui.

– Venez ! lancé-je à la volée à tous ceux qui étaient dans l'eau. Nous avons de la place.

Alors une énorme vague soulève le radeau pour nous entraîner loin du navire en train de sombrer.

Quelle folie de nous imaginer plus puissants que la mer ou le ciel ! Du radeau, je regarde l'océan, le splendide océan, avaler le gigantesque navire d'acier.

Pour n'en faire qu'une bouchée.

JOANA

Le bébé. Le Petit Garçon Perdu. Que devais-je faire ?

FLORIAN

La petite Polonaise. Mon sac. Où étaient-ils ?

EMILIA

Le chevalier. Il a le bébé. Je savais que cette fois encore, il serait un sauveur.

ALFRED

Les corps jonchent la mer, tels des confettis. Ai-je encore des chances d'obtenir ma médaille ?

FLORIAN

Il n'y avait plus que la queue du navire qui dépassait de l'eau. On voyait des gens suspendus au bastingage, qui remuaient les jambes en tous sens. Et dans le pont-solarium à l'arrière du navire étaient entassés des centaines de passagers pris au piège. Ils frappaient désespérément du poing contre les vitres blindées. L'eau à l'intérieur ne cessait de monter. Un matelot courageux, en équilibre sur la poupe, tenta de briser le verre à coups de hache afin de libérer les malheureux. Le verre ne voulait pas se briser. Brandissant sa hache, il se remit à cogner et cogner, de plus en plus fort – jusqu'à perdre l'équilibre et tomber à la mer. Puis ce furent les passagers massés derrière les vitres qui commencèrent à se noyer sous nos yeux horrifiés.

Une chaloupe flottait près de la poupe du *Gustloff*. Elle n'était occupée que par un des capitaines et plusieurs marins.

Des milliers de corps sans vie surnageaient autour de nous. Je fouillai du regard la surface de la mer à la recherche de Heinz et d'Alfred, le matelot à qui j'avais confié mon paquetage – en vain. Près de notre canot, une jeune fille se débattait dans l'eau en criant.

J'ôtai mon gilet de sauvetage pour le lui lancer.

– Agrippez-vous à ma main, lui dis-je.

– Non ! hurla une femme de notre chaloupe. Elle va nous faire chavirer !

Je m'obstinai. Quand je me penchai par-dessus bord, le canot versa légèrement. Ce fut un tollé. Tendant le bras, j'attrapai la fille par les cheveux. Elle s'accrocha à moi, et je la hissai dans la chaloupe. Épuisée, trempée jusqu'aux os, elle s'effondra à nos pieds.

Une femme en manteau de fourrure me hurla à la figure :

– Vous n'avez pas le droit ! Vous mettez tout le monde en danger !

– Taisez-vous ! beuglai-je, tout le corps frémissant de colère. Vous m'entendez ? Taisez-vous donc !

Le silence tomba. Le Petit Garçon Perdu cacha son visage en larmes au creux de son coude. Joana leva le bras pour me toucher.

Je m'écroulai à son côté et j'enfouis la tête dans mes mains.

Le destin n'a de cesse de vous poursuivre.

Je sentais le canon de son arme pressé contre mon front.

JOANA

Tout était noir autour de nous. L'air retentissait de cris. Des rafales de neige, en partie fondue, qui soufflaient à l'horizontale nous cinglaient le visage. Apercevant des enfants et des femmes en pleurs empilés dans une chaloupe non loin de la nôtre, Florian se leva.

– Ils ont besoin d'un rameur.

De ma main libre, j'essayai d'agripper son manteau.

– Reste, l'implorai-je. S'il te plaît, Florian. Reste avec moi.

– J'y vais.

Le mari de la femme au manteau de fourrure se leva à son tour. Et quand il sauta bravement de notre canot dans l'autre, son épouse le réprimanda à grands cris.

Tandis que nous dérivions au milieu de cet océan noir, nous étions contraints d'assister à la mort monstrueuse de milliers de personnes. J'avais beau serrer la petite Halinka contre moi et fermer les yeux, les horribles scènes continuaient à se dérouler dans mon esprit. Le pont supérieur presque à la verticale. Une femme qui jette son bébé à un marin. Lequel tente de l'attraper mais le manque. L'enfant heurte le radeau en acier et roule dans la mer. Des milliers d'êtres humains aux abois. Sautant à l'eau, se débattant à coups de pied, buvant tasse sur tasse. Les bouches et les narines remplies d'eau de mer, les poumons engorgés qui lâchent. Les vagues gigantesques, la mer en colère, la neige, et le vent.

Le soldat blessé qui m'avait réclamé un baiser flottait à présent près de notre chaloupe, la tête emprisonnée dans le filet du radeau. Il était mort. Tant de gens auraient eu besoin de mon aide. Et je ne pouvais strictement rien pour eux. La température glaciale de l'eau déclenchait immédiatement un choc hypothermique qui se révélait le plus souvent meurtrier. Au lieu de leur porter secours, j'étais condamnée à observer l'effroyable spectacle qui se déroulait sous mes yeux.

La culpabilité n'a de cesse de vous poursuivre.

J'étais son otage.

EMILIA

Une vague écumeuse nous projette par-delà d'autres radeaux, vides pour la plupart. Il s'est écoulé moins d'une heure depuis le torpillage du *Gustloff*. Des milliers d'êtres sans vie rigidifiés par le froid et portés par leurs gilets de sauvetage dérivent, les yeux grands ouverts. Tout à l'heure, quand nous étions plus près du navire en train de sombrer, j'ai cru distinguer la silhouette de quelques chaloupes. En fait, nous sommes beaucoup plus loin du *Gustloff* que les autres. Le marin vomit dans l'eau. Je le débarrasse du sac à dos toujours suspendu à son épaule. Il me remercie et se penche plus avant.

Je veille sur le paquetage du chevalier.

Le chevalier veille sur le bébé.

Le chevalier voudra récupérer son paquetage.

Je veux retrouver mon bébé.

À cette pensée, je sens une douleur me déchirer la poitrine. Je voudrais Halinka. Je voudrais mon bébé.

Un bruit d'explosion en provenance du navire retentit. C'est comme si sa charpente, soumise à une pression et une torsion extrêmes, venait de se briser avec un bruit sec. La poupe arrondie est maintenant presque verticale par rapport au ciel. Des passagers suspendus au bastingage crient ; d'autres tombent à pic dans la mer. Une très forte détonation se fait entendre : ça vient cette fois de la partie immergée du bateau. Voilà qu'il s'illumine tout entier. Une flambée de petites lumières éclaire violemment l'eau noire et l'horrible spectacle. Je regarde le vaisseau géant scintiller de tous ses feux. Avant de laisser échapper un long, un terrible gémissement d'agonie qui se répercute de vague en vague jusqu'à moi. Alors les lumières s'éteignent d'un seul coup, et le bateau s'évanouit dans les ténèbres. La gigantesque ville d'acier sombre dans les profondeurs de la Baltique avec les milliers d'êtres humains qu'elle retient prisonniers.

Puis c'est le silence, un silence passager que rien ne vient rompre sinon le bruit du vent et de la mer. Le radeau danse à la crête des vagues pour retomber dans des creux, encore et encore, tandis que la houle vient le lécher et le laper, et que l'écho des cris et des pleurs, comme filtré par l'obscurité, ne nous parvient qu'à peine.

Dans l'eau, près de moi, flotte une jeune femme. Sa jupe gonfle, décrivant autour d'elle un cercle parfait. Elle se retourne comme pour exécuter une lente pirouette, et je vois la neige saupoudrer comme de sucre glace ses cheveux noirs. Puis j'aperçois un dentier qui dérive sur un morceau de bois avant de disparaître dans l'obscurité.

Les autres canots de sauvetage sont trop loin. Inutile de crier. Ça ne servira à rien. Je n'ai pas de rame. Je cherche des yeux quelque chose qui pourrait m'en tenir lieu. Tout autour de nous, de minuscules enfants affublés d'un gilet de sauvetage dansent sur l'eau comme des bouchons, la tête en bas, leurs petits pieds en l'air. C'est précisément le poids de leurs têtes – la partie la plus lourde de leur corps – qui les a retournés comme d'une chiquenaude. À chaque nouvelle lame, de petits cadavres viennent se cogner contre le radeau. Je suis environnée de centaines d'enfants noyés.

Tous les canetons avec leurs têtes dans l'eau
Têtes dans l'eau.

C'est mon châtiment. J'ai perdu ma dignité, mon honneur. J'ai tout perdu.

La honte n'a de cesse de vous poursuivre.

Ma honte est tout autour de moi à présent.

ALFRED

Mon ange, Hannelore,

La nuit est noire. Je ne sais par où commencer. Je dérive sur un radeau équipé de flotteurs en pleine mer Baltique. Mon navire, le Wilhelm Gustloff, *eh bien, il a coulé. Nous avons quitté Gotenhafen le 30 janvier, à l'heure du déjeuner. C'était à mon avis une date de départ idéale. Doublement idéale. Le 30 janvier n'est-il pas à la fois la date d'anniversaire de Wilhelm Gustloff qui a donné son nom au bateau ainsi que le douzième anniversaire de l'accession d'Hitler au pouvoir ?*

Le voyage a donc débuté cet après-midi. Il y avait plus de dix mille passagers à bord. Oui, dix mille. D'emblée, j'ai été en proie au mal de mer. C'était si handicapant que j'ai été contraint d'interrompre l'exercice de mes devoirs.

Plusieurs heures après notre départ pour Kiel, à 21 h 15 précises selon ma montre, le navire a été touché par trois torpilles. Il a commencé à sombrer. Les alarmes ont retenti, nous invitant à nous rassembler devant les embarcations de sauvetage. Les passagers étaient fous de terreur. Il serait malvenu de te décrire la scène. Vois-tu, en parcourant à toute allure les coursives plongées dans l'obscurité, j'avais l'impression de fouler aux pieds un matelas plein de bosses, tout à fait le genre de matelas que j'abhorre. Mais je n'ai pas tardé à me rendre compte qu'en réalité, je marchais sur un tapis de corps. Les trois explosions n'ont pas seulement déchiqueté le navire ; elles ont aussi déchiqueté des passagers. J'ai demandé à une jeune fille dans la coursive d'avancer. Voyant qu'elle ne me répondait pas, je lui ai donné un coup de coude. Sa tête ronde, qui avait la forme d'une pêche bien mûre, a basculé, et j'ai pu observer qu'il lui manquait la moitié du visage. Je ne peux pas m'empêcher d'y penser. Je suis soulagé à l'idée que tu n'aies pas été là pour voir une pareille horreur, qui ne cesse de m'obséder.

Le bateau a coulé en un peu moins de soixante minutes. Il finira tout au fond de la mer Baltique. J'estime la température de l'eau à cette époque de l'année à environ 4° C. Il est impossible de survivre en restant plus d'une demi-heure dans une eau aussi froide. Résultat : les milliers de personnes que je vois maintenant se débattre dans l'eau périront sûrement en dépit de leurs gilets de sauvetage. J'ai la chance d'avoir trouvé place sur un radeau. M'y a rejoint une jeune femme lettone dont le nouveau-né a été embarqué sans elle dans un canot de sauvetage. Les vagues sont gigantesques, et je suis en permanence tourmenté par le mal de mer et obligé de vomir par-dessus bord. Mon uniforme est souillé. Il semble qu'il me manque une chaussure.

Tandis que je dérive dans les ténèbres au milieu de tous ces cadavres, j'ai le temps de réfléchir et peut-être aussi celui de me montrer honnête. Je dois maintenant affronter une intolérable vérité. Comment ai-je pu t'aimer sincèrement, Lore ? Je ne pouvais pas t'aimer, je n'aurais pas dû t'aimer

– surtout pas après ce que tu avais dit, ce que tu avais proclamé avec une telle brutalité devant tout le monde, en pleine rue. L'engouement que j'avais pour toi m'a certes protégé et comblé comme tu ne pourras jamais l'imaginer. Peut-être un engouement de cette sorte éloigne-t-il la peur.

Je m'y suis donc cramponné.

Vois-tu, Lore, la peur n'a de cesse de vous poursuivre. Elle vous assaille au moment où vous êtes le plus désarmé et où vous vous y attendez le moins. On est alors contraint de prendre des décisions.

J'ai pris la bonne décision. J'ai essayé de t'aider.

Mais toi, tu as tenté de me tenir à distance. Ta décision, Hannelore, n'était pas la bonne.

FLORIAN

– Le navire, il a coulé, dit Joana d'une voix presque inaudible.

Elle claquait des dents.

Il y avait près de cinquante personnes dans notre chaloupe. On aurait pu en caser davantage.

Le cordonnier.

La petite Polonaise.

Disparus.

Le froid qui sévissait au large risquait de nous tuer. Je hélai le petit garçon et le pris sur mes genoux. Puis je pivotai pour m'installer à califourchon sur le banc de nage.

– Fais comme moi, conseillai-je à Joana. On mettra les gosses entre nous. Mets le bébé sous tes vêtements, tout contre ta peau.

Le nouveau-né étroitement serré contre elle, Joana se tourna vers moi. Je m'approchai d'elle le plus près possible et l'enveloppai de mes deux bras, protégeant ainsi Klaus et Halinka de la violence des éléments. Nos têtes se touchaient.

– Est-ce que tu m'entends ? chuchota Joana d'une petite voix d'enfant effrayée.

J'acquiesçai d'un signe de tête et je tendis ma bonne oreille vers elle.

– Il fait si froid. Quelqu'un viendra-t-il à notre secours ? demanda-t-elle.

Le ciel était noir. La lune se cachait derrière les nuages, comme si elle n'avait pas la force de supporter l'effroyable spectacle. Je parcourus des yeux la mer à la surface de laquelle flottaient en silence des milliers de corps. Tant et tant d'enfants. La jeune fille que j'avais hissée dans le canot de sauvetage était déjà morte. Elle gisait à nos pieds, bleue de froid, sans vie. Comment les nazis s'y prendraient-ils pour annoncer la nouvelle du naufrage ? À peine m'étais-je posé la question que je me rendis compte de son absurdité.

Les nazis se garderaient bien d'ébruiter la nouvelle.

– Quelqu'un viendra-t-il à notre secours ? répéta Joana.

Je mentis.

– Oui, affirmai-je. On nous viendra certainement en aide.

Étant donné la menace des sous-marins russes dans cette zone, la plupart des navires feraient sans doute un détour pour nous éviter.

Tout ce que j'avais emporté dans ma fuite – mes papiers, les faux documents, mon carnet de notes et le cygne –, toutes ces choses se trouvaient dans mon paquetage. À quoi bon avoir fui, m'être caché, avoir menti et même tué pour en arriver là ? Le cercle sans fin de la vengeance : répondre à la souffrance en infligeant de la souffrance. Pourquoi agir ainsi ?

L'étrange matelot n'avait pas réussi à gagner une embarcation de sauvetage. Il n'en restait plus aucune. Je jetai un coup d'œil à mes bottes.

Le talon était toujours intact. La clef et la carte avaient-elles tenu bon ? Mais cela importait-il encore à présent ? L'eau s'infiltrait lentement à travers une fente au fond de notre chaloupe. Le précieux trésor finirait dans les profondeurs de la Baltique.

Tel serait mon sort, à moi aussi.

Peut-être le Cabinet d'Ambre était-il vraiment frappé d'une malédiction.

Durant mes longues semaines d'errance, j'avais bâti tous les scénarios possibles et imaginables. J'avais passé en revue toutes les façons dont je pouvais mourir. Elles étaient horribles, terrifiantes. J'avais pensé à tout ; je savais d'avance comment je me défendrais dans chaque cas, quelle arme j'utiliserais. Mais cette mort-là, je ne l'avais jamais imaginée. Comment se protéger contre l'angoisse, d'autant plus atroce qu'elle se prolonge, de se voir condamné à capituler devant la mer ?

JOANA

L'eau noire clapotait contre le flanc de la chaloupe. La neige tombait mollement autour de nous. À la faveur de la quiétude de la nuit, Florian se mit à me raconter des choses sur sa vie. À me parler de sa mère qui lui manquait beaucoup et de son père envers lequel il avait commis des fautes, ce dont il ne pouvait se consoler. À évoquer quantité de gens et de lieux.

Il me racontait toutes ces choses à présent parce qu'il savait que nous allions mourir.

Je songeai à ma mère qui attendait patiemment mon arrivée, se tracassant à propos de son unique fille, peut-être la seule personne de sa famille encore en vie. Comment apprendrait-elle la nouvelle ? Tout le monde connaissait l'histoire du *Titanic* et du *Lusitania*. Je jetai un coup d'œil aux milliers de corps flottant sur la mer. Le naufrage de ces deux grands navires n'était rien en comparaison de celui-ci. Plus de dix mille personnes étaient à bord du *Gustloff*. Les horribles détails de la catastrophe seraient mentionnés dans tous les journaux du monde. La tragédie serait analysée, étudiée des années durant et finirait par devenir légendaire.

J'étais assise là, sur le banc de nage d'un canot,

blottie contre un séduisant voleur, avec un petit orphelin et un bébé nouveau-né nichés entre nous. Je pensais à Emilia debout sur le pont du *Gustloff* dans le vent glacial et je la revoyais tendre Halinka à Florian. Elle nous avait regardés de là-haut, et je me souviendrais toujours de ses cheveux blonds qui voletaient sous son bonnet rose.

– Encore une personne, avait dit le matelot, une seule.

La plupart se seraient battus pour être « cette personne-là ». Ils auraient soutenu qu'ils devaient être « cette personne-là ». Mais Emilia, elle, avait poussé le Petit Garçon Perdu dans la chaloupe, se sacrifiant pour lui. Où était-elle à présent ? Avait-elle réussi à monter dans une autre embarcation ? Me remémorant la petite Emilia si courageuse en dépit de sa frayeur, je me mis à pleurer.

J'avais besoin de ma mère. Ma mère aimait la Lituanie. Elle aimait sa famille. La guerre lui avait arraché, l'un après l'autre, toutes les choses, tous les êtres qu'elle aimait. Faudrait-il qu'elle apprenne les monstrueux détails de notre épreuve ? La nouvelle parviendrait-elle à Biržai, ma ville natale ? Parviendrait-elle jusqu'au sombre bunker enfoui dans les bois où mon père et mon frère étaient supposés se cacher ?

Joana Vilkas, votre fille, votre sœur. Elle n'est plus que larmes ; elle n'est plus que sel à la mer.

Une de nos compagnes de voyage annonçait l'heure toutes les trente minutes. On n'entendait plus aucun bruit d'éclaboussure, mais seulement le faible écho des pleurs. La neige ne cessait de tomber d'un ciel qui semblait sans limites, tandis que nous restions assis.

À attendre.

À dériver.

Je sentis alors le visage de Florian dans mes cheveux. Il m'embrassait. Il embrassa ma tête ; mon oreille ; mon nez. Je levai les yeux vers lui. Il prit mon visage dans ses mains.

– Je vois une lumière. Un bateau arrive, murmura-t-il.

ALFRED

Chère Hannelore,

Les nouvelles sont sinistres, la nuit terriblement froide. Pour me réchauffer, je pense à l'été dans notre bonne ville de Heidelberg. Je t'imagine là-bas. Je peux même te voir ici et maintenant, avec tes cheveux noirs qui se détachent sur ton pull rouge moelleux. C'est incroyable, toutes les choses que j'ai pu remarquer là-bas, au pays, et pourtant la plupart des gens ne se sont jamais rendu compte que j'avais un grand don d'observation ; ils ne m'accordaient aucune confiance. Au lieu de quoi, ils prétendaient, telle ma naïve Mutter, *que j'étais fait pour être boulanger ! « Comment jugeons-nous un homme… » Je n'arrive pas à me rappeler la suite. Tous savaient bien que j'avais des idées, mais ils ne voulaient jamais me laisser les exprimer. J'avais plus que des idées. J'avais des théories, des plans. Te rappelles-tu quand on était sur le trottoir et que je t'en faisais part ? Elles t'éblouissaient tant que tu t'enfuyais, sans doute pour les partager avec d'autres ?*

Hitler, lui, comprend mes théories. Et moi, les siennes. Il n'est pas raisonnable de protéger les malades, les faibles, les inférieurs. Voilà pourquoi j'ai averti les Jeunesses hitlériennes que ton père était juif. Ne comprends-tu pas que j'essayais de t'aider, Lore ? Ta mère n'est pas juive. J'étais persuadé que tu aurais eu assez de bon sens pour expliquer aux officiers que ta mère était de noble race, et que tu te serais réclamée de la meilleure part de toi-même – celle de ton ascendance maternelle.

Mais tu en as décidé autrement.

Et, bien des années plus tard, je suis toujours troublé par notre dernière conversation. T'en souviens-tu ? Je m'en souviens parfaitement. Tandis que l'on t'emmenait, je suis sorti sur le trottoir et j'ai couru après eux pour leur dire qu'une moitié de toi appartenait à la race des seigneurs. Tu t'es arrêtée net et tu t'es retournée vivement pour me faire face.

– Non, as-tu crié, et tu as ajouté en criant encore plus fort : Je suis juive !

Tes paroles ont retenti entre les bâtiments pour résonner jusqu'au bout de la rue.

« Je suis juive ! »

Je suis certain que tout le monde a entendu ta proclamation. Elle sonnait avec un accent d'orgueil. Et pour une raison ou pour une autre, ces paroles obstruent maintenant, comme des cheveux, les canalisations de mon esprit.

« Je suis juive ! »

EMILIA

Notre radeau est ballotté sur la mer depuis une éternité. De temps à autre, je crois voir au loin de pâles, de minuscules lueurs, mais les vagues nous ont emportés trop loin pour que j'en sois certaine. Où est le sous-marin russe qui a torpillé le navire ? Est-il sous notre radeau ? Je serre contre moi le paquetage du chevalier pour me protéger du vent. Le seul fait d'avoir ce paquetage avec moi me rend plus proche de lui. C'est quelqu'un de bien. Penser à lui me réchauffe. Il faut juste que j'attende le lever du soleil. Combien de temps va durer cette attente ? Peut-être sept ou huit heures.

Je pourrai tenir. *J'arrive, Halinka.*

Le marin ne cesse de parler quand il ne vomit pas par-dessus bord ; il alterne entre les deux occupations. Il pointe son doigt sur moi en parlant d'Hitler. Il m'appelle tout le temps Hannelore, ce qui me terrifie. Il y a quelque chose de malveillant dans son regard que je n'arrive pas à définir. Je l'ai vu tout de suite – dans le port, déjà. *Frau* Kleist avait le même regard réprobateur.

Son discours se ralentit, devient indistinct ; il a sans doute de plus en plus de mal à articuler à cause du froid. Il délire. Il jette les mains en l'air en répétant le mot *juif*. Un mot qui me fait penser à mes tendres amies de Lwów, Rachel et Helen. Un mot qui évoque pour moi tant de souvenirs : leurs visites à la maison ; la cueillette des champignons dans la forêt qui se faisait toujours en chantant ; la fabrication des *dumplings* aux prunes dans la cuisine qui nous laissait toujours saupoudrées de sucre et de farine, que sais-je encore ? Ah, comme elles me manquent !

Après quoi, le marin affirme que sa médaille se trouve dans le paquetage du chevalier.

– Vous avez pris ma médaille ? Vous êtes une voleuse ? demande-t-il, sans doute perturbé par le froid.

Il rampe jusqu'à moi et commence à empoigner le paquetage. Je lui donne des tapes sur les mains pour le chasser. Il devient encore plus insistant.

Je lui crie des mots à la figure, et je vois son visage se crisper aussitôt.

Je ne me suis pas rendu compte : j'ai parlé polonais. Je suis tellement fatiguée de jouer à ce jeu-là, j'en ai tellement assez de faire semblant. Et quelle importance à présent !

– *Nicht Deutsche,* lancé-je. *Polin.*

Il arrête de tirer sur le paquetage et vacille devant moi, très troublé, semble-t-il.

– Quoi ? Vous êtes polonaise ?

– Oui, je suis polonaise.

Comme pris de délire, il agite un doigt vengeur dans ma direction.

– Sale Polonaise ! Espèce de menteuse ! Je servirai mon pays en définitive. Je suis un héros, Hannelore. *Einer Weniger !* beugle-t-il.

Il se penche vers moi et tente de me pousser dans l'eau. Je rassemble le peu de forces qui me restent pour lui balancer un coup de pied. Il tombe à la renverse sur le radeau en chantonnant sans fin : « Héros, héros. » Il s'accroupit, les yeux plissés, avant de commencer à réciter. Ou bien chante-t-il ?

– *Polonais, prostituées, Russes, Serbes, socialistes…*

Il reprend haleine, serre les lèvres et me crache à la figure, après quoi il recommence à chanter.

– Arrêtez, s'il vous plaît, imploré-je.

Il ne s'arrête pas. Il m'empoigne par le bras. Je me débats et le griffe, tandis qu'il se remet à chanter de plus belle :

– *Républicains espagnols, syndicalistes, Ukrainiens…*

Il s'interrompt enfin, mais pour se lever aussitôt d'un bond et crier :

– *YOU-GO-SLAVES !*

Son pied déchaussé glisse sur la surface verglacée du radeau, et il tombe. En tombant, il se fracasse le front contre le coin en acier du radeau. Il gît par terre, parfaitement immobile. Puis, peu à peu, il commence à bouger. Il se redresse, le visage couvert de sang, les yeux écarquillés comme s'il allait se livrer à une enquête judiciaire. Il entrouvre les lèvres pour parler. Sa bouche esquisse un léger sourire, tandis qu'il murmure :

– Pa-pi-llon.

Son buste oscille. Il est gravement blessé. Je tends le bras pour l'aider à se stabiliser, mais il s'écarte brusquement, reculant d'horreur à l'idée de me toucher.

Il perd l'équilibre et tombe à la renverse dans l'eau.

J'entends un bruit d'éclaboussure, très bref, puis plus rien. L'eau glaciale a dû étouffer presque aussitôt ses cris.

Le silence règne. J'attends longtemps, l'oreille aux aguets. Le marin, le héros autoproclamé, est mort.

Je suis seule.

À nouveau.

Je serre sur mon cœur le paquetage du chevalier tout en fredonnant des chansons à Halinka dans le noir. De temps à autre, je vois quelque chose flotter tout près de moi. Au bout d'un moment, la houle s'apaise légèrement, et j'ai l'impression d'être bercée dans les bras des vagues. Je somnole un peu. Combien d'heures peut-il rester encore avant le lever du soleil ? Combien d'heures doivent s'écouler encore avant que le soleil me réchauffe et me montre où je suis ?

Encore un peu de patience.

Il fait très noir. J'ai le corps détendu, mais étrangement lourd. Ma respiration se ralentit. C'est à peine si on l'entend. Je ne me suis jamais sentie aussi ensommeillée.

J'aperçois alors un point scintillant à l'horizon et je cligne des yeux pour voir si je ne rêve pas. Non, je ne rêve pas. Il est toujours là. Il s'approche, il traverse l'eau dans ma direction, il devient de plus en plus brillant.

C'est une lumière.

JOANA

Florian avait raison. C'était bien la lumière d'un navire. Les passagers de la chaloupe qui n'avaient pas encore perdu toutes leurs forces agitaient la main, espérant être pris dans le faisceau du projecteur qui balayait la mer. Florian changea de place pour ramer en direction du navire de sauvetage.

Le bébé remua. Le Petit Garçon Perdu leva les yeux vers moi.

– Un bateau est venu nous prendre, expliquai-je.

– Est-ce qu'*Opi* est sur ce bateau ? demanda-t-il.

Les marins déployèrent un grand filet à nœuds le long du flanc du navire. Je ne savais pas si j'aurais la force de grimper. J'avais les mains complètement engourdies.

– Es-tu un bon grimpeur, Klaus ? s'enquit Florian.

L'enfant hocha la tête.

La chaloupe se balançait à présent près du bâtiment. Elle dansait furieusement sur les eaux. Florian, les pieds bien campés dans l'embarcation, se cramponnait au filet. Deux matelots descendirent tant bien que mal pour aider les passagers à se hisser jusqu'en haut.

– Nous avons un nouveau-né, les prévint Florian.

Me prenant la petite Halinka des bras, un des marins l'emporta. Ce fut ensuite le tour des enfants, puis celui des adultes. Je tâtai le pouls de ceux qui étaient encore dans la chaloupe. Cinq d'entre eux, qui étaient trempés jusqu'aux os et, en outre, n'avaient pas de manteau, étaient morts d'hypothermie.

Bientôt, il ne resta plus que Florian et moi dans le canot de sauvetage.

– Toi d'abord, décida Florian. Je serai derrière toi.

Mes doigts étaient gelés. Je ne pouvais même pas les remuer. J'étais obligée de grimper en mettant les coudes dans les mailles du filet et en me hissant à la force des jambes. J'étais presque arrivée en haut quand un de mes pieds dérapa tout à coup sur le cordage glissant et lança une ruade, heurtant quelque chose au passage.

J'entendis Florian pousser un hurlement et je laissai échapper à mon tour un cri. Presque aussitôt, je sentis une violente secousse ébranler le filet.

Le marin sur le pont tendit le bras par-dessus le garde-fou pour m'empoigner.

– Continuez à grimper, ordonna-t-il. Ne baissez pas les yeux.

– Florian ! appelai-je. Florian !

Il n'y eut pas de réponse.

Le matelot se pencha par-dessus le bastingage, m'attrapa par les épaules et me souleva pour me déposer sur le pont qui semblait osciller sous moi. Je me retournai pour jeter un coup d'œil en contrebas.

Florian avait disparu.

FLORIAN

Je tombais, tombais, tandis que l'eau écumeuse et noire montait vers moi. J'empoignai le filet si brusquement que mon épaule se déboîta.

Je sentis que je lâchais prise.

Lâchais prise.

Mes doigts s'ouvrirent, et je sombrai dans la mer. L'eau glaciale me tailladait la peau avant de se frayer à coups de couteau un chemin à travers ma chair. Une douleur vive surgit dans ma poitrine, puis irradia dans le bras. Je descendis encore plus profond.

J'étais désorienté.

Tout était noir.

Dans quel sens fallait-il monter ? Où était la surface ?

Je n'avais presque plus de souffle, et la tête me tournait.

C'est alors que j'entendis sa voix, m'appelant de là-haut, de l'autre côté de l'eau.

– Bats des pieds, bats des pieds ! me criait-elle.

Sa voix était soudain toute proche, chaude et présente, et je l'entendais de mes deux oreilles à la fois.

– Bats des pieds ! répétait-elle.

Je devais à tout prix me propulser moi-même à coups de pied vers le haut. Oui, entendu.

Vers le haut.

Ma tête s'éleva au-dessus de l'eau. Je suffoquai et m'étranglai en inspirant de l'air.

– Là-bas ! hurla un marin qui m'avait repéré.

Mon épaule cria de douleur quand on me hissa au sec sur un radeau.

JOANA

Les marins l'avaient retrouvé et déposé en sûreté sur un radeau.

– Florian ! criai-je tout en essayant de passer par-dessus le bastingage.

– Restez où vous êtes, ordonna un matelot. Ils l'ont récupéré.

Florian leva les yeux. D'un geste, il m'incita à rester sur le pont. Les deux courageux matelots qui avaient sauté dans l'eau à sa suite le soulevaient par-derrière pour l'aider à escalader le filet. Ils le poussèrent par-dessus le bastingage, et il s'effondra par terre en un misérable tas.

Le Petit Garçon Perdu se jeta sur Florian en sanglotant.

– Ça va, Klaus. C'est juste que je suis mouillé et que j'ai un peu froid.

– Il faut le réchauffer immédiatement, déclarai-je.

Nous suivîmes les marins quand ils transportèrent Florian sous le pont. Je me hâtai de le débarrasser de ses vêtements glacés et l'enveloppai dans une grosse couverture.

– Ce n'est pas exactement comme ça que j'avais imaginé cette partie de l'histoire, dit-il à voix basse avec un grand sourire.

– Veux-tu te taire !

Je l'enveloppai plus étroitement dans sa couverture et l'embrassai. Les marins lui donnèrent des habits secs.

Des gens couraient devant nous, pleurant leurs disparus. Un homme avait perdu la tête : il s'arrachait les cheveux et ne cessait de parler de poulets et de la voiture faite de poulets.

Un marin circulait au milieu des passagers.

– Quel est le navire qui nous a secourus ? s'enquit Florian.

– C'est le T-36, un torpilleur allemand, répliqua le matelot.

On entendit alors une forte détonation sous le vaisseau. Il y eut des cris.

– Restez calmes, expliqua le marin. Nous sommes en train de larguer des grenades sous-marines. Il y a encore des sous-marins russes qui rôdent dans la zone.

Des sous-marins. Nous n'étions donc pas encore tirés d'affaire.

On nous distribua des boissons chaudes et de la soupe. Cet afflux de chaleur provoqua des fourmillements et des picotements très douloureux. Le Petit Garçon Perdu se mit à pleurer, tant ses jambes et ses pieds lui faisaient mal. Il pleurait aussi la disparition d'*Opi*. Le bébé, qui devait avoir besoin d'Emilia, gémissait. Notre petite tribu s'installa par terre avec des piles de couvertures. Mais il fallut nous serrer les uns contre les autres pour avoir un peu chaud.

– Je t'ai entendue, murmura Florian en me prenant la main.

– Quoi ?

– Quand j'étais sous l'eau, je t'ai clairement entendue dire : « Bats des pieds, bats des pieds. » Merci.

Je levai les yeux vers lui.

De quoi parlait-il ?

FLORIAN

Joana, la tête posée sur mon épaule, berçait le bébé. Le petit garçon dormait, roulé en boule, sous mon bras valide. L'équipage du bateau de sauvetage s'était vraiment montré à la hauteur, travaillant avec autant de précision que de courage, manœuvrant le bateau tout en cueillant les passagers en perdition dans la chaloupe.

J'étais pourtant persuadé que j'allais mourir.

Halinka, elle aussi, dormait. Où était la petite Polonaise ? Avait-elle été sauvée ? Je regardai le Petit Garçon Perdu, profondément endormi. Heinz avait ses papiers, son adresse à Berlin ; il les avait gardés avec lui.

Heinz.

Notre Poète de la Chaussure, notre ami. *Opi.* Je luttai contre l'émotion qui commençait à m'envahir.

Les marins circulaient parmi les personnes qu'ils avaient secourues, posant des questions et donnant des instructions. Joana ouvrit les yeux pour les lever vers moi.

– Ils demandent aux passagers leur nom, ainsi que des renseignements complémentaires. Ils disent que nous allons à Sassnitz, sur l'île allemande de Rügen.

Elle me pressa la main. Je me penchai pour embrasser le sommet de son crâne, puis je m'adossai de nouveau contre le mur et fermai les yeux.

Mon nom, ainsi que des renseignements complémentaires.

Qui étais-je ?

Je regardai Joana et les enfants toujours couchés par terre.

Qui voulais-je être ?

EMILIA

Le rideau de dentelle bat contre la vitre de la cuisine. Aujourd'hui, il souffle une petite brise délicieuse, de celles qui dissipent les moindres flocons de tristesse et jusqu'aux relents du vieux péché, vous donnant envie d'ouvrir toutes grandes les persiennes. Le soleil entre à flots par la fenêtre, illumine un pot de miel couleur d'ambre sur l'appui de fenêtre. Je plonge les doigts dans un sac de farine, j'en saupoudre une poignée sur le plan de travail et je commence à étaler la pâte au rouleau. Rachel et Helen viendront prendre le thé en sortant de la synagogue. Elles seront ravies de déguster leurs beignets préférés – à la confiture de pétales de rose. Père, lui, sera tout content de manger le reste des beignets au petit déjeuner.

Il me semble que quelque chose remue près du buffet.

– Je te vois, Halinka.

Je ris. Ma petite fille, à demi cachée derrière le meuble, jette un coup d'œil furtif à mes préparatifs.

– Qu'est-ce que tu as à rôder ainsi ? Tu veux quoi au juste ? demandé-je.

– Une tartine de pain des fées.

Elle rit sous cape. Elle a une adorable voix.

Il suffit que je l'imagine, ainsi mon petit oiseau pourra-t-il toujours être avec moi.

– Va chercher une assiette.

Elle court au buffet et revient avec une assiette. Elle se lèche déjà les lèvres.

Je coupe une épaisse tranche de pain, pendant qu'elle saupoudre l'assiette de perles de sucre coloré. J'étale alors une fine couche de beurre sur le morceau de pain avant de le lui tendre. Elle le retourne et presse la face beurrée de la tartine sur les cristaux de sucre.

Alors, lentement, délicatement, du bout des doigts, elle l'en détache, veillant à ne pas en perdre un seul.

Halinka emporte son pain des fées jusqu'à la porte de derrière qui est ouverte sur le jardin de fleurs sauvages. Je viens à peine de me remettre à étaler la pâte au rouleau que ma petite fille commence à bondir d'excitation.

– Mama, ils sont revenus ! s'écrie-t-elle avant de se précipiter dans le jardin et de disparaître dans l'éblouissante lumière du soleil.

Je cours à la porte juste à temps pour voir les cigognes prendre leur essor dans le ciel.

– Tu les as vues, Emilia ?

Je hoche la tête et me tourne dans la direction de la voix.

C'est ma mère, ma jolie mère qui s'avance vers moi à travers la pelouse ; elle porte mon petit frère, encore bébé, dans ses bras.

– Tu les as vues, mon trésor ? murmure-t-elle. Elles sont de retour.

Mama arbore un grand sourire. Elle m'embrasse en me tendant un pot de confiture, puis elle pénètre dans la cuisine. Je m'appuie contre le chambranle tiède de la porte, laissant la chaleur dorée du soleil m'envelopper tout entière.

Après en avoir dévissé le couvercle, je porte le pot de confiture aux pétales de rose à mes narines, humant avec délice son parfum. J'offre mon visage au soleil. La guerre que je viens de vivre a été si longue, les hivers si froids. Mais contre toute attente, contre tout espoir, je suis parvenue à rentrer à la maison. Et pour la première fois depuis longtemps, je n'ai pas peur.

FLORIAN

J'étais assis sous la véranda. Mes mains glacées tremblaient. La peur était toujours là, mais à mesure que les années s'écoulaient, elle battait légèrement en retraite, telle l'eau qui reflue à marée descendante. Les souvenirs horribles – et avec eux, la terreur – revenaient me hanter surtout la nuit, mais Joana était toujours là pour les chasser.

Plus de vingt ans après ces sombres temps, une lettre était arrivée.

Je pensais que les souffrances passées étaient derrière moi, qu'il n'en restait plus que le fantôme. J'avais fui, j'avais vécu dans le mensonge et la dissimulation, mais cela n'avait servi à rien.

Le destin n'a de cesse de vous poursuivre.

Aussi le destin, glissé dans une enveloppe, avait-il traversé l'océan pour venir me retrouver. Longtemps, très longtemps, je m'étais demandé si je devais ou non répondre à cette lettre, mais, après mûre réflexion, j'avais fini par m'y décider.

Et voilà qu'une autre enveloppe était arrivée. Elle portait la même adresse au dos. C'était le même expéditeur.

Une réponse.

Des réponses à mes questions.

Après avoir pris une profonde inspiration, je déchirai l'enveloppe.

Bornholm (Danemark),
le 25 avril 1969

Mon cher Florian,

Quelle joie pour moi de recevoir votre réponse à ma lettre ! Bien que cela risque fort de vous paraître étrange, durant toutes ces années – vingt-quatre, pour être exacte –, j'ai eu l'impression de vous connaître. Oui, je comprends très bien que cette réponse vous ait demandé du temps et de la réflexion. Je vous dois, moi aussi, des excuses pour ma propre lenteur : mon allemand n'étant pas très bon, j'ai eu besoin d'aide pour vous écrire. Voyez-vous, mon cher enfant, j'ai tout d'abord craint que seul le silence n'accueille ma lettre. J'ai longtemps hésité à poster la première, d'autant que je n'étais même pas certaine qu'elle arrive à bon port. Je l'ai écrite le jour même où j'ai lu l'article dans le journal. Au départ, j'y ai simplement vu une histoire intéressante – celle d'une jeune nageuse des États-Unis désireuse de participer aux compétitions sportives de l'été, mais dont la nationalité posait problème, parce qu'elle était née sur un bateau. Pouvez-vous imaginer mon choc lorsque j'ai lu en caractères imprimés ces mots de la nageuse, Halinka en personne :

« Ma mère biologique était sur le Wilhelm Gustloff, *un navire allemand qui a coulé pendant la guerre, quand elle m'a mise au monde. Elle nous*

a sauvés, mon grand frère Klaus et moi, pendant le naufrage. Elle était très courageuse, dit-on. Nous ne savons rien d'elle sinon qu'elle était polonaise et qu'elle s'appelait Emilia. »

Son nom était donc Emilia.

Bien entendu, cela aurait pu être une simple coïncidence, mais lorsque j'ai vu apparaître un peu plus loin dans l'article votre nom, ainsi que celui de Joana, j'ai su. Emilia, Florian, Joana. Ce n'était pas une coïncidence. J'ai contacté une de mes relations aux États-Unis, laquelle m'a aidée à trouver votre adresse grâce à un annuaire téléphonique de la bibliothèque. Je lui en suis extrêmement reconnaissante.

Dans votre lettre, vous m'avez délicatement demandé si, par hasard, j'avais révélé quelque chose. Soyez en paix, Florian, je n'ai pas parlé de quoi que ce soit à quiconque. Vous m'avez aussi demandé comment cela s'était produit. Je suis très heureuse que vous souhaitiez le savoir, et j'espère que cela vous réconfortera.

Elle est arrivée un soir de février.

Niels était parti vérifier les filets. Il est resté si longtemps absent que j'ai fini par aller voir s'il n'avait pas besoin d'aide. Il est difficile de décrire le sentiment que j'ai éprouvé à la vue du radeau qui battait contre le rivage de notre petit domaine. C'était comme si Emilia frappait doucement à la porte pour demander la permission d'entrer.

Les flots ont déposé d'innombrables épaves sur le rivage au fil des ans. Il y a même aujourd'hui sur l'île de Bornholm un musée qui en est rempli. Mais ceci, bien entendu, était différent. Le radeau n'est pas arrivé sur une plage publique, comme la plupart des flotteurs et des bouteilles ; défiant les marées et les éléments, il est venu s'échouer à notre porte, dans le jardin sablonneux à l'arrière de notre cottage.

Bien que mon récit doive, je suis sûre, sembler aussi terrifiant qu'une histoire de fantômes, je peux vous assurer que ce n'était pas le cas. Mais je suis incapable, aujourd'hui encore, d'expliquer pourquoi. Cette nuit-là, Niels et moi sommes restés longtemps assis à regarder le feu en silence. Nous nous posions une foule de questions. D'où pouvait donc venir cette jolie jeune fille au bonnet de laine rose ? Combien de temps son voyage avait-il duré ? Jusqu'à quel point avait-elle souffert ? Après quoi, bien entendu, nous avons pensé à sa famille. Quelle sorte de famille était-ce ? Comme cette jolie jeune fille devait manquer à ses parents !

Incapables de trouver le sommeil, nous avons quitté notre lit quand il faisait encore noir. Le gros sac à dos avait dégelé près du feu, et Niels l'a apporté dans la cuisine. Nous avons enlevé tout ce qu'il contenait et déposé les différents objets, un à un, sur la table. Sans réussir à reconstituer le puzzle. Rien ne faisait sens. Jusqu'à ce que Niels trouve votre carnet de notes. L'écriture était si petite que nous n'avons pas pu la déchiffrer sans une puissante loupe. Nous avons aimé vos minuscules croquis, les signatures, et les brèves notices à propos de votre famille et de Joana. Toutefois, les informations, laconiques, étaient sibyllines.

Mais nous avons fini par trouver ce dont nous avions besoin – juste trois mots, griffonnés dans la marge :

Emilia. Bonnet rose. Pologne.

Nous nous sommes seulement rendu compte que votre abréviation Willi G. *renvoyait au* Wilhelm Gustloff *quand Niels a entendu à la radio un reportage suédois sur le naufrage qui avait eu lieu des années plus tôt. Ce fut pour nous un choc d'apprendre que le navire transportait dix mille passagers et que plus de neuf mille d'entre eux avaient péri.*

Votre Emilia en faisait partie.

Nous avons contacté les forces d'occupation de l'Allemagne, mais Emilia ne les intéressait pas parce qu'elle n'était pas un soldat. Puis nous avons contacté la Croix-Rouge. Nous savions que si nous mentionnions la petite boîte, nous éveillerions la curiosité, et que beaucoup se déplaceraient. Mais nous aurions aimé que quelqu'un enquête au sujet d'Emilia et non au sujet du butin de guerre. Vingt-quatre ans ont passé, et encore aujourd'hui, mon cœur s'arrête lorsque j'entends frapper à la porte du cottage. Néanmoins, jusqu'ici, personne n'est venu. Je ne sais si vous avez l'intention ou non de partager ces informations avec Halinka et je m'en remets à votre discrétion pour en décider. Entre-temps, j'ai enterré, comme vous m'en avez priée, le contenu de votre sac à dos.

Cher ami, à présent, mon Niels n'est plus de ce monde, et me voici devenue vieille. Sachez donc que votre bonne lettre m'a apporté une grande paix. Comment ne serais-je pas heureuse en apprenant que Klaus, Halinka, Joana et vous êtes tous ensemble en Amérique avec un bébé à vous ? Je vois combien vous avez dû lutter pour construire cette nouvelle vie. Le naufrage du Gustloff *a beau être la plus grande catastrophe maritime qui ait jamais existé, le monde n'en sait toujours rien. Je ne peux m'empêcher de me demander si la situation va changer ou si ce naufrage restera un des nombreux secrets à jamais engloutis de la guerre.*

Vous avez écrit qu'Emilia vous avait un jour sauvé et qu'elle était sans cesse présente à votre esprit. S'il vous plaît, Florian, sachez qu'elle est aussi dans mon cœur pour toujours. La guerre est monstrueuse. Elle brise irrémédiablement les familles. Mais ceux qui ont disparu ne sont pas nécessairement perdus. Non loin de notre cottage, là où la petite crique serpente sous le vieux pont en bois, on peut voir le plus beau des massifs de roses.

C'est là qu'Emilia repose. Elle est en sécurité. Elle est aimée.

Affectueusement,
Clara Christensen

Note de l'auteur

Ce livre est un *roman* historique.

Toutefois, le *Wilhelm Gustloff*, le Cabinet d'Ambre et l'Opération Hannibal ont bel et bien existé.

Le naufrage du *Wilhelm Gustloff* est la catastrophe la plus meurtrière de l'histoire maritime, avec un nombre de morts qui éclipse largement ceux du *Titanic* et du *Lusitania*, navires de triste mémoire. Et pourtant, chose surprenante, la plupart des gens n'en ont jamais entendu parler.

Le 30 janvier 1945, quatre torpilles prêtes au lancement attendaient dans le ventre du sous-marin soviétique S-13.

Chaque torpille portait une dédicace tracée au pinceau :

Pour la Mère Patrie.

Pour le Peuple soviétique.

Pour Leningrad.

Pour Staline.

Les trois premières des quatre torpilles furent lancées, détruisant le *Wilhelm Gustloff* et tuant approximativement neuf mille personnes. La dernière, celle qui était dédiée à Staline, resta dans son tube et dut être désarmée de toute urgence. La majorité des passagers du *Gustloff* étaient des civils, dont quatre à cinq mille enfants. Le vaisseau fantôme, comme on l'appelle quelquefois, gît à présent au large de la côte de Pologne. Son nom, écrit en grosses lettres gothiques, est toujours visible sous l'eau.

Plus de deux millions de personnes furent évacuées avec succès durant l'Opération Hannibal, la plus vaste opération d'évacuation par mer de l'histoire moderne. Grâce à elle, ce furent non seulement des soldats qui furent transportés en toute hâte dans des zones sûres, à l'abri de l'avancée des troupes russes, mais aussi des civils. Lituaniens, Lettons, Estoniens, Allemands de souche, résidents de la Prusse-Orientale et des corridors polonais, tous fuyaient en direction de la mer. Les cousins de mon père étaient parmi eux.

Mon père, comme la mère de Joana, patientait dans un camp de réfugiés, espérant retourner un jour en Lituanie. Mais cela ne se produisit jamais. Quant aux réfugiés baltes, ils attendirent un demi-siècle avant de pouvoir retourner dans leur pays d'origine. Mais la majorité de ceux qui furent contraints de fuir s'établirent dans différentes villes et différents pays où ils commencèrent une nouvelle vie. Les personnes évacuées circulaient à pied, quand elles ne pouvaient monter à bord des trains bondés, avant de se procurer, si possible, un passage sur un bateau.

Le *Wilhelm Gustloff* ne fut pas le seul navire détruit durant l'Opération Hannibal. Le SS *General von Steuben* fut également coulé par le sous-marin soviétique S-13 qui fit 4000 victimes. 6500 passagers périrent dans le naufrage du MV *Goya*. Les navires *Thielbek* et *Cap Arcona*, qui transportaient des prisonniers juifs sortis de camps de concentration, furent bombardés et coulés par les avions de la RAF. Il y eut plus de 7 000 victimes. Durant de longs mois, des corps dérivèrent en direction du rivage pour s'échouer en divers points de la côte, ne cessant de hanter les habitants. Aujourd'hui encore, des plongeurs signalent une forte présence dans l'eau, non loin des gigantesques fosses communes sous-marines.

Le Cabinet d'Ambre, appelé jadis la huitième merveille du monde, et qui a disparu durant la guerre, reste une des énigmes les plus insolubles de la Seconde Guerre mondiale. La dernière fois qu'on l'a vu dans son intégralité, c'était en 1944. Bien des chasseurs de trésors partis en quête du Cabinet d'Ambre ont connu des sorts terribles. Au fil des années, des pièces d'art du Cabinet auraient été retrouvées. Mais ce qu'on ne connaît pas, c'est l'emplacement exact du Cabinet d'Ambre ou plutôt de son contenu, démonté et placé dans des caisses. Selon certaines rumeurs, le sanglant leader nazi Erich Koch a été maintenu en vie durant les années 1980 parce qu'il était censé savoir où il était. Mais qui connaît sa véritable histoire ? Les uns prétendent qu'il est caché dans une mine de sel ou dans les caves d'un château, les autres affirment qu'il est enterré dans un bunker souterrain dans la forêt, d'autres enfin croient qu'il a été chargé sur le *Wilhelm Gustloff*.

La Seconde Guerre mondiale est une mine d'histoires de toutes sortes. Bien des sujets ont été largement documentés : le combat et la politique, la culpabilité et la responsabilité, la souffrance surtout, thème de prédilection pour toutes les nations impliquées dans cette guerre. Tandis que je travaillais à ce roman, j'étais hantée par la pensée des bébés, des enfants et des adolescents – victimes innocentes et désarmées des changements de frontières, des nettoyages ethniques et des régimes vengeurs. Des centaines de milliers d'enfants sont devenus orphelins durant la Seconde Guerre mondiale. Abandonnés par leurs familles ou séparés d'elles, ils ont été contraints de combattre seuls le monstre de la guerre pour se retrouver ensuite avec un lourd héritage à porter : le double fardeau du chagrin et de la responsabilité d'événements dans lesquels ils n'avaient joué aucun rôle. Si beaucoup d'entre eux ont été victimes d'atrocités innommables, quelques-uns ont bénéficié d'actes de bonté miraculeux de la part d'étrangers complets. J'ai donc choisi de voir la guerre à travers les yeux d'enfants et de jeunes adultes issus de différents pays et contraints de laisser derrière eux tout ce qu'ils aimaient et d'écrire un récit à quatre voix – *leurs* voix.

Pour nombre d'entre eux, l'expression « chez moi » a perdu tout sens après la guerre, qui a modifié les frontières. La ville natale d'Emilia, Lwów, en Pologne, fait aujourd'hui partie de l'Ukraine ; les lieux où Florian est né et a vécu, Tilsit et Königsberg, sont maintenant russes ; une grande partie de la Prusse-Orientale appartient désormais à la Pologne ; quant au pays de Joana, la Lituanie, il a été occupé par l'Union soviétique pendant plus de cinquante ans jusqu'à ce qu'il reconquière enfin son indépendance en 1990.

Chaque nation a soigneusement dissimulé des pans entiers de son histoire, et d'innombrables histoires seraient perdues à jamais si ne les avaient gardées ceux qui les ont vécues. Des lecteurs appartenant à des nations ennemies durant la guerre se rassemblent aujourd'hui à travers le monde pour discuter. L'Histoire nous divise, certes, mais par le biais de la lecture, de l'étude et du souvenir, elle peut aussi nous unir. Les livres font de nous une communauté de lecteurs internationale, luttant pour tirer parti des leçons du passé.

Qu'est-ce qui détermine la manière dont nous percevons l'Histoire, dont nous la filtrons, préservant un certain nombre d'éléments qui pénètrent la conscience collective ? Si les romans historiques éveillent votre intérêt, allez à la recherche des faits, des souvenirs, des témoignages personnels, engrangez tous les matériaux disponibles. C'est sur cette base que repose la fiction historique. Une fois les survivants disparus, il ne faut pas laisser la vérité disparaître avec eux.

S'il vous plaît, donnez-leur une voix.

Recherches et sources

Le travail préalable d'enquête et de recherches que j'ai mené pour ce roman est en réalité le fruit d'une étroite collaboration qui m'a conduite dans une demi-douzaine de pays. Cela dit, s'il se trouvait des erreurs dans cet ouvrage, elles seraient de mon seul fait.

Claus Pedersen au Danemark a travaillé avec moi pendant plus de trois ans sur ce projet. Il a lu, enquêté, traduit, et il s'est rendu à Copenhague et à Bruxelles pour me rencontrer. Je lui suis extraordinairement reconnaissante, à la fois pour l'aide qu'il m'a apportée, le dur travail qu'il a fourni et, plus encore, sa précieuse amitié.

Agata Napiórska en Pologne a été la première personne à défendre ce livre. Cette femme enthousiaste et magnifiquement passionnée a effectué quatre voyages successifs – à Varsovie, Gdynia, Gdańsk et Cracovie – dans le seul but de me rencontrer. Elle m'a mise en relation avec une foule de gens et m'a signalé quantité de lieux intéressants.

Voilà plus de quarante ans, deux plongeurs polonais, Michal Rybicki et Jerzy Janczukowicz, ont été parmi les premiers à explorer l'épave du *Gustloff*. Ils ont dû obtenir l'approbation des

Soviétiques pour effectuer leur première plongée. Michal et Jerzy ont consenti à m'aider dans mes recherches et ont passé d'innombrables heures avec moi à Gdańsk, partageant des informations inoubliables sur le naufrage et le site du cimetière sous la mer.

Michal Rybicki et Dorota Mierosławska m'ont aidée à retracer les pas des millions d'évacués qui se sauvaient à toutes jambes devant l'avancée de l'Armée rouge. Nous avons parcouru ensemble le chemin des réfugiés à travers l'ancienne Prusse-Orientale (désormais polonaise) jusqu'à Tolkmicko, Frombork (Frauenberg) et Nowa Pasłęka, au bord de la lagune. Ils m'ont emmenée au port de Gdynia (Gotenhafen) pour me permettre de reconstituer le départ du *Wilhelm Gustloff*, ainsi que la marche de l'Opération Hannibal. Michal a photographié tous les éléments nécessaires à ma recherche, et Dorota m'a insufflé la tendre magie qui constitue l'essence même de la Pologne.

La cousine de mon père, Erika Demski, a fui la Lituanie pour gagner, via la Prusse-Orientale, Gotenhafen, où elle est parvenue à obtenir un passage sur le *Wilhelm Gustloff*. Par un étrange tour du destin, elle a manqué le départ du bateau et a embarqué sur un autre navire. Erika et son mari, Theo Mayer, qui résident maintenant en Belgique, ont bien voulu partager avec moi leur incroyable histoire et m'ont encouragée à écrire sur le naufrage.

Bernard Schlegelmich, un historien né dans l'ex-Allemagne de l'Est, a passé des journées entières à me faire visiter la ville de Berlin, dénichant une foule de renseignements sur la Seconde

Guerre mondiale et ressuscitant pour moi l'atmosphère de l'époque.

Un plongeur sous-marin de renommée internationale, Leigh Bishop, a exploré plus de quatre cents épaves de navires, y compris le *Titanic* et le *Lusitania*. M. Bishop a bien voulu me parler de l'inoubliable expérience qu'a représentée pour lui l'exploration du *Wilhelm Gustloff* en 2003 ; il m'a même confié un certain nombre de découvertes qui continuent à le hanter.

Rasa Aleksiunas et son fils, Linas, ont eu la générosité de me raconter (avec tous les documents originaux et même la sangle de son gilet de sauvetage à l'appui) l'histoire de son père, Eduardas Markulis, un Lituanien de vingt-deux ans originaire de Šiauliai qui a survécu au naufrage.

Ann Māra Lipacis et son frère, J. Ventenberg, originaires de Riga, capitale de la Lettonie, ont survécu tous les deux au naufrage. Ils avaient respectivement six et dix ans. Mme Lipacis et M. Ventenberg ont partagé avec moi tous leurs souvenirs du naufrage dont ils m'ont fait un récit de première main, y compris le plus cruel : la perte de leur mère bien-aimée, Antonija Liepins, qui est restée sur le pont pour laisser sa place à des enfants dans les canots de sauvetage.

Lorna MacEwen aux États-Unis m'a confié des photos et des souvenirs personnels. Sa mère, Marta Kopaite, était une jeune infirmière lituanienne qui a gagné Gotenhafen en traversant des champs de mines avant d'embarquer sur le *Wilhelm Gustloff*. Elle a miraculeusement survécu.

Lance Robinson en Afrique du Sud m'a conté l'histoire de sa mère, Helmer Laidroo, une jeune

Estonienne de quinze ans qui a survécu au naufrage du *Gustloff*.

Mati Kaarma en Australie m'a, elle aussi, raconté l'histoire de sa famille contrainte de fuir l'Estonie. Alors que ses parents avaient pris un train pour l'Allemagne, ses grands-parents avaient préféré embarquer sur le *Gustloff*. Ils n'ont pas survécu.

Gertrud Baekby Madsen au Danemark m'a fait un récit détaillé de son évacuation au départ de Tilsit et de sa périlleuse traversée de la lagune gelée.

Edward Petruskevich, conservateur du musée Wilhelm-Gustloff, a patiemment répondu à nombre de mes questions. Son incroyable site Web (wilhelmgustloffmuseum.com) m'a procuré d'inestimables sources de renseignements.

La journaliste et écrivain Cathryn J. Prince a répondu à d'innombrables e-mails et généreusement partagé avec moi ses découvertes, ses contacts et ses connaissances.

Charlotte et William Peale ont préparé le matériel de recherche et lu mes premiers brouillons.

J'ai employé à la construction de ce roman de précieuses briques empruntées à des livres, films et documents auxquels je suis extrêmement redevable. En voici la liste :

Abandoned and Forgotten : An Orphan Girl's Tale of Survival During World War II, d'Evelyne Tannehill ;

The Amber Room : The Fate of the World's Greatest Treasure, d'Adrian Levy ;

Battleground Prussia : The Assault on Germany's Eastern Front 1944-45, de Prit Buttar ;

Before the Storm : Memories of My Youth in Old Prussia, de Marion Countess Dönhoff ;
Bloodlands : Europe Between Hitler and Stalin, de Timothy Snyder ;
The Captive Mind, de Czeslaw Milosz ;
Caveat Emptor : The Secret Life of an American Art Forger, de Ken Perenyi ;
Crabwalk, de Günther Grass ;
The Cruelest Night : The Untold Story of One of the Greatest Maritime Tragedies of World War II, de Christopher Dobson, John Miller et Ronald Payne ;
The Damned Don't Drown : The Sinking of the Wilhelm Gustloff, de Cathryn J. Prince ;
Die große Flucht : Das Schicksal der Vertriebenen, de Guido Knopp ;
Die Gustloff-Katastrophe : Bericht eines Überlebenden, de Heinz Schön ;
Forgotten Land : Journeys Among the Ghosts of East Prussia, de Max Egremont ;
God, Give us Wings, de Felicia Prekeris Brown ;
Handmade Shoes for Men, de Lázló Vass et Magda Molnar ;
Lwów, A City Lost : Memories of a Cherished Childhood, d'Eva Szybalski ;
Oral History Sources of Latvia : History, Culture and Society Through Life Stories, éditées par Māra Zirnīte et Maija Hinkle ;
The Painted Bird, de Jerzy Kosinski ;
The Rape of Europa : The Fate of Europe's Treasures in the Third Reich and the Second World War, de Lynn H. Nicholas ;
Rose Petal Jam : Recipes and Stories from a Summer in Poland, de Beata Zatorska et Simon Target ;

Shoes: Their History in Words and Pictures, de Charlotte Yue et David Yue ;
Sinking the Gustloff*: A Tragedy Exiled from Memory*, de Marcus Kolga ;
Token of a Covenant: Diary of an East Prussian Surgeon 1945-47, de Hans Graf von Lehndorff ;
The Vanish Kingdom: Travels Through the History of Prussia, de James Charles Roy.

Les personnes et les organisations citées ci-dessous m'ont apporté une aide appréciable dans mes recherches et mes tentatives d'écriture :

Henning Ahrens ; The Bihr ; Dr Richard Butterwick-Pawlikowski ; Ulrike Dick ; Angela Kaden ; Helen Logvinov ; Jeroen Noordhuis ; Jonas Ohman ; Xymena Pietraszek ; Julius Sakalauskas ; Carol Stoltz.

Ancestry.com ; le musée Balzekas de la culture lituanienne ; le musée de Bornholm ; *Der Spiegel* ; the Federal Foundation of Flight, Expulsion, Reconciliation à Berlin, Allemagne ; le Musée historique de la ville de Cracovie ; Inkwood Books, Kresy Siberia Virtual Museum, Letters of Note, le musée des Victimes du génocide à Vilnius, Lituanie ; le musée de l'Occupation à Riga, Lettonie ; le centre historique régional de Eindhoven, Pays-Bas ; le centre Bellagio de la fondation Rockefeller ; Steuben Tours ; le musée Wilhelm-Gustloff : wilhelmgustloffmuseum.com.

Le plus grand archiviste du *Wilhelm Gustloff* fut sans nul doute M. Heinz Schön. M. Schön, qui exerçait la fonction de commissaire adjoint à bord du *Gustloff*, a été témoin du naufrage auquel il a survécu, et a consacré la majeure partie de sa vie à fournir des documents sur la catastrophe maritime. Heinz Schön est décédé en 2013. À sa requête, sa dépouille a été déposée au fond de la mer Baltique, là où le *Gustloff* a sombré. Il a disparu, mais l'héritage qu'il nous a laissé grâce à ses recherches est pour nous un don inestimable.

Je suis reconnaissante aux survivants du *Wilhelm Gustloff* qui, au fil des années, ont courageusement accepté de donner plusieurs interviews très détaillées de leur expérience. En voici la liste :

Ulrich von Domarus ; Irene Tshinkur East ; Heidrun Gloza ; Waltraud Lilischkis ; Ellen Tschinkur Maybee ; Eva Merten ; Rose Rezas Petrus ; Helga Reuter ; Inge Bendrich Roedecker ; Eva Dorn Rothchild ; Willi Schäfer ; Edith Spindl ; Peter Weise ; Horst Woit.

Plusieurs autres personnes ont consenti à être interviewées pour ce projet, mais ont demandé à rester anonymes. Revivre une tragédie lacère le cœur. Ils ont bien voulu se soumettre à la pénible épreuve de ressusciter des souvenirs douloureux pour le bien de ce livre, et je leur voue une éternelle reconnaissance.

Beaucoup d'écrivains créent d'eux-mêmes, sans aucun appui extérieur. Je ne suis pas de ceux-là.

Mon remarquable agent littéraire, Steven Malk, guide et inspire chacun de mes pas. Je ne pourrais imaginer meilleur mentor et meilleur ami.

Liza Kaplan, mon infatigable éditrice, et Michael Green, mon brillant éditeur, ont consacré des années à ce roman et au grand voyage qui lui a été lié. Ce sont mes héros. Merci à Shanta Newlin, Theresa Evangelista, Semadar Megged,

Talia Benamy, Katrina Damkoehler, et toute la famille des éditions Philomel pour avoir donné à l'Histoire une voix et à mes histoires une maison.

Rien de tout cela n'aurait été possible sans le magnifique personnel de la maison d'édition Philomel, sans SPEAK, Penguin Young Readers Group, tous les responsables du domaine Penguin, Writers House et SCBWI.

Ma sincère reconnaissance à mes merveilleux éditeurs étrangers, sous-agents et traducteurs qui me permettent de partager mes mots avec le monde entier.

Il n'est pas une page de ce roman où les mains ou le cœur de Courtney C. Stevens ne soient intervenues.

Mon groupe d'écriture voit avant tout le monde les moindres défauts : Sharon Cameron, Amy Etchison, Rachel Griffith, Howard Shirley et Angelika Stegmann. Merci pour dix années de dévouement et d'amitié. Je ne pourrais me passer de vous et ne le voudrais pour rien au monde.

Fred Wilhelm et Lindsay Kee et même Ben Horslen par-delà l'océan m'ont aidée à trouver le titre.

Yvonne Seivertson, Niels Bye Nielsen, Claus Petersen, Mike Cortese, Gavin Mikhail, Beth Kephart, Genetta Adair, Ken Wright, Tamra Tuller, the Rockets, JW Scott, Steve Vai, les communautés baltes et lituaniennes, la communauté polonaise, les Myerse, les Reid, les Smith, les Tucker, les Peale et les Sepetys ont tous participé à mes tentatives d'écriture.

Merci du fond du cœur à mes plus grands partisans : les professeurs, les bibliothécaires et les libraires. Et avant tout, mes plus sincères remerciements aux lecteurs. J'apprécie chacun d'entre vous sans exception.

Je dois beaucoup à Mom et Dad qui m'ont appris à rêver grand et à aimer encore plus grand.

À John et Kristina, mes meilleurs défenseurs et les meilleurs amis qu'une petite sœur puisse souhaiter.

Et, bien entendu, à mon mari, Michael, dont l'amour m'a donné bien plus que du courage : des ailes ! Il est tout pour moi.

VUE D'ENSEMBLE
AUJOURD'HUI
DANEMARK
SUÈDE
STEUBEN
BORNHOLM
(DANEMARK)
SASSNITZ
KIEL
BERLIN
ALLEMAGNE
HEIDELBERG

LETTONIE
BALTIQUE
WILHELM
GUSTLOFF
TERRITOIRE
DE RUSSIE
BALTIISK
GOYA
BIRŽAI
LITUANIE
SOVETSK
KAUNAS
TCHERNIAKHOVSK
VILNIUS
KALININGRAD
GDYNIA
FROMBORK
MAÏAKOVSKOÏE
BIÉLORUSSIE
VARSOVIE
POLOGNE
LVIV
SLOVAQUIE
UKRAINE

Cet ouvrage a été imprimé par
CPI Bussière à Saint-Amand-Montrond
en novembre 2019

Numéro d'éditeur : 1958872
Numéro d'imprimeur : 2048008
Dépôt légal : décembre 2019

Imprimé en France